Sarah Hagenauer

Lass uns

zusammen

Abenteuer erleben

Die Entstehung einer außergewöhnlichen Freundschaft

Impressum

Bibliografische Information der Deutschen Nationalbibliothek:
Die Deutsche Nationalbibliothek verzeichnet diese Publikation in der
Deutschen Nationalbibliografie; detaillierte bibliografische Daten sind im
Internet über http://dnb.dnb.de abrufbar.

© 2024 Sarah Hagenauer

Verlag: BoD · Books on Demand GmbH, Überseering 33, 22297 Hamburg,
bod@bod.de
Druck: Libri Plureos GmbH, Friedensallee 273, 22763 Hamburg

ISBN: 978-3-7597-6990-9
2., aktualisierte Auflage 2025

Erinnerungen,
die wir in unserem Herzen tragen,
sind die wertvollsten Schätze,
die wir je besitzen werden.

Bilder und Videos von unseren Abenteuern findet ihr auf meinem Instagram-Account:

https://www.instagram.com/milanroessle/

Inhalt

Der Neubeginn...7

Wanderreiten im Hegau 30

Wanderreiten am Bodensee 71

Wanderreiten im Schwarzwald 132

Der gemeinsame Weg 154

DER NEUBEGINN

Wie jede Blüte welkt und jede Jugend
Dem Alter weicht, blüht jede Lebensstufe,
Blüht jede Weisheit auch und jede Tugend
Zu ihrer Zeit und darf nicht ewig dauern.
Es muß das Herz bei jedem Lebensrufe
Bereit zum Abschied sein und Neubeginne,
Um sich in Tapferkeit und ohne Trauern
In andre, neue Bindungen zu geben.
Und jedem Anfang wohnt ein Zauber inne,
Der uns beschützt und der uns hilft, zu leben.
(Hermann Hesse/Stufen 1. Strophe)

Der Einstieg

Sarah saß verkopft über der Tastatur, die Word-Datei war schon länger geöffnet und da sagte sie plötzlich zu mir: „Milan, wir brauchen unbedingt einen guten Einstieg in unsere neuen Kapitel. Hast du eine Idee?"

Ich gab ihr zu verstehen, dass wir jetzt nicht in der Schule sind, dass wir keinen Aufsatz schreiben müssen, in dem seltsame Schreibregeln beachtet werden sollten.

Ich fange einfach an und erzähle euch nun von meinen vielen Einstiegen; denn zu Beginn unserer neuen Kapitel nur von einem Einstieg zu erzählen, würde nicht der Realität entsprechen. Deshalb verstand ich auch nicht, weshalb Sarah über einen einzigen Einstieg in die Kapitel so lange nachdenken musste.

Sarah meinte zudem, ich dürfe aber auf keinen Fall vergessen, nochmal zu erwähnen, wer wir sind, denn falls die Erinnerungen an unser erstes

Buch „Lass uns zusammen Grashalme zählen" etwas eingestaubt wären oder es jemanden gibt, der unser erstes Buch gar nicht gelesen hat, wäre das vielleicht hilfreich, das nochmal kurz zu erwähnen.
- Ich bin Milan, ein Pferd, und Sarah ist ein Mensch. Alles klar?

Jedes Mal, wenn ich in diesen Hänger einsteigen sollte, wusste ich, dass sich irgendetwas für mich ändern wird. Das erste Mal, als ich in den Hänger gestiegen bin, war ich zwei Jahre alt und ich hatte keinen blassen Schimmer, dass ich meine Criollo-Freunde an der Donau, nie mehr wieder sehen würde.
Ich stieg aus dem Hänger aus und stand plötzlich in einem mir unbekannten Stall im Hegau, in dem ich weitere zwei Jahre verbringen sollte, ich lernte die Criollo-Stute Josie kennen, die Sarahs Vater gehörte.
Nachdem Sarah und ihr Vater aber entschieden, dass wir auch in diesem Stall nicht bleiben würden, stiegen Josie und ich gemeinsam in den Hänger und landeten im Schwarzwald, wo wir den ganzen Sommer verbrachten, würzige Schwarzwaldkräuter fraßen und die riesigen Grashüpfer zählten, den lieben langen Tag.
Dann ein weiterer Einstieg in den Hänger und wir landeten wieder im Hegau, aber nicht in dem Stall, in dem ich meine ersten Abenteuer mit Sarah erlebte, sondern ein paar Kilometer von diesem entfernt, in Zimmerholz.
Zimmerholz liegt perfekt gelegen, von diesem kleinen Dörfchen lassen sich so viele Naturschönheiten ganz schnell mit dem Auto bzw. mit dem Hänger erreichen.
Nur 27 km entfernt liegt der wunderschöne Bodensee, 30 km entfernt liegt das Donautal, von dem ich auch schon erzählte und in dem Luchse gesichtet wurden. 37 km entfernt liegt der Rhein auf der Schweizer Seite und in 30 km in eine andere Richtung beginnt schon der Schwarzwald!
Zimmerholz, das Zentrum, von dem man alle Naturschönheiten in kürzester Zeit erreichen konnte, ist unser neues Zuhause.

Sarah versprach mir schon damals im Schwarzwald, dass sie einen Hof finden würde, in dem die Weiden das ganze Jahr offen sein würden, und dass Josie und ich nicht in getrennte Herden kommen würden. Dieses Versprechen hielt Sarah ein.

Josie und ich, vom Schwarzwald kommend, nun wieder im Hegau angekommen, kamen im neuen Stall erstmal in einen abgezäunten Bereich, sodass wir die anderen Herdenmitglieder dieses Stalles in Ruhe kennenlernen konnten, ohne dass uns diese aber zu nahe kommen konnten.

Josie gab mir eine gewisse Sicherheit und auch ich gab Josie eine gewisse Sicherheit; wir kannten uns schließlich und waren inzwischen ein gutes Team, und inwieweit wir uns mit den anderen Pferden des Stalles anfreunden würden, das wird wohl die Zeit zeigen.

Sarah war begeistert von dem Hof. Es gab keine Stallzeiten, sie konnte sich morgens um 6 Uhr schon zu uns ins Stroh legen, konnte auch irgendwann spät abends kommen, ohne dass das jemanden gestört hätte, und sowieso waren wenige Menschen auf dem Hof zu finden, obwohl es in unserer Herde doch zehn Pferde und in dem unteren abgezäunten Bereich mindestens zwanzig Pferde gab.

Für Josie und mich war die Weide natürlich das Wichtigste, und diese war geöffnet.

Nach ein paar Wochen wurde unsere Umzäunung dann entfernt und wir hatten die Möglichkeit, die anderen Pferde unseres Offenstalls noch besser kennenzulernen.

- Tja, wer mich kennt, weiß, ich wäre nicht Milan, wenn ich nicht die anderen Pferde erst einmal alle doof finden würde – super doof!

Beißen, treten, Ohren anlegen: „Ja, ich finde euch doof, bleibt mir fern, wenn ihr mir zu nahe kommt, dann gibt's richtig Ärger!"

Es gab so viel Ärger, dass Sarah sogar angesprochen wurde…

„Was könnten wir denn machen, dass sich unsere Pferde besser verstehen? Mein Wallach Cherry wird wirklich so verbissen und verschlagen von Milan. Sollen wir mal gemeinsam spazieren gehen, dass sich die beiden vielleicht anfreunden?"

Ich wusste es, wieder das gleiche Theater. Ich hoffte, dass Sarah nicht auf die Idee kommen würde, dass ich mit diesem Cherry gemeinsam Hänger fahren musste.
Natürlich ging Sarah dieser Bitte nach und ich musste mich wieder mit einem Pferd abgeben, das ich überhaupt nicht leiden konnte.
Sarah traf sich also mit der Besitzerin von Cherry, und wir vier machten regelmäßige Spaziergänge zusammen.
„Milan, es ist doch kein Zustand, dass du Cherry so verschlägst, es soll doch einigermaßen Harmonie in der Herde sein. Du wirst sehen, wenn wir ein paar Mal zusammen spazieren waren, dann wirst du Cherry schon akzeptieren, zudem finde ich es ganz nett, wenn man es positiv sehen will, dass ich wenigstens mal einen Kontakt mit einem weiteren Stallmitglied knüpfen kann."

- Sarah fand es schön, dass sie einen Stallkontakt knüpfen konnte, während ich mit angelegten Ohren mit diesem Cherry spazieren gehen musste – wieder eine Zwangsbefreundung vom Feinsten, meine angelegten Ohren zeigten meine Begeisterung.
Der Plan der Menschen ging aber tatsächlich auf, nach ein paar wiederholten Runden im nahegelegenen Wald sah ich ein, dass es nichts bringen würde, Cherry weiter zu beißen, und ich ließ ihm auch im Offenstall seine Ruhe.

Der Verursacher

Sarah erzählte mir, dass sie unseren jetzigen Stall im Internet gefunden hatte. „Das richtige Suchwort bei Google eingegeben und ein bisschen Zeit investiert, schon kann man mit etwas Glück das Richtige finden", erzählte Sarah stolz.

- Aha, Suchwörter gibt es also unter den Menschen auch. Diese Worte sucht man dann im Internet und das Internet findet dann die Wörter, die man braucht, um das Richtige zu finden? Scheint mir ein sehr komplexes Verfahren zu sein, ich nehme stark an, dass es durch dieses Such-Verfahren enorm viele Missverständnisse gibt, wie auch sonst in der Sprache der Menschen!
Schon in unserem ersten Buch habe ich mich doch darüber ausgelassen, wie seltsam die menschliche Sprache doch ist, dass ihr Menschen unzählige Worte für etwas habt, euch aber dennoch oft nicht versteht, falsch versteht oder euch vielleicht einfach nicht verstehen wollt.
Wenn ich es mal positiv betrachte, vielleicht ist ein Gerät, das den Menschen die richtigen Wörter sucht, tatsächlich eine Hilfe, damit sich die Menschen besser verstehen können. Nur, wie ich es verstanden habe, wurde dieses Wort-Such-Gerät auch von Menschen erfunden, von daher vermute ich, dass dieses Gerät auch keine Hilfe sein wird, dass ihr Menschen euch besser verstehen könnt, denn erinnert euch, bei dem Wort „richtig" fängt es doch schon wieder an: Was soll denn das Richtige sein?

Das Internet, eine Welt, die für mich unerklärlich ist; denn Sarah erzählte mir, man finde Ställe im Internet, man könne sogar Futter bestellen, jegliche Grashalme in verschiedenen Trocknungszuständen, Sattel, Halfter, Hufschuhe… - eine Welt, die einem scheinbar alles ermöglicht, wenn man dieses Internet nur zu bedienen weiß.
Das Internet findet man auch auf Sarahs Handy, dieses Handy und dieses Internet kann man weder fressen, noch riecht es gut.

Ich kann mit diesem Gegenstand nichts anfangen, ist das Internet überhaupt ein Gegenstand, denn man kann das Internet nur über das Handy oder den Bildschirm sehen, was sieht man denn dann überhaupt, die Futtermengen oder die Grashalme, die das Wort-Such-Gerät gefunden hat? Aber was bringt mir denn das Futter, wenn ich es nur sehe und nicht fressen kann, oder muss ich es doch probieren, das Handy einfach mal zu fressen?

Sarah erzählte mir sogar davon, dass man sich über das Internet auch unterhalten könne, indem man zum Beispiel über verschiedene Apps miteinander kommuniziert. Es gäbe sogar extra Smilies, die die Kommunikation erleichtern sollen, das seien gemalte Gesichtsausdrücke oder Figuren, die das Geschriebene noch verstärken können.

- Moment mal, es gibt Figuren, die die Kommunikation erleichtern oder verstärken sollen? Sind das etwa alles Witzfiguren oder verwendet man dieses Wort wieder in einem anderen Zusammenhang?
Ich starre also als Mensch auf diesen Bildschirm, habe vielleicht die Kompetenz, lesen zu können, lese eine Nachricht, die mir eine App schickt und verstehe die Nachricht dann besser, wenn dieses Internet noch eine Figur, eine Witzfigur, hinzufügt?
Also ganz ehrlich, gebt die Verantwortung doch nicht an eine App ab! Was soll eine App denn überhaupt sein, wenn ihr miteinander sprechen wollt? Verabredet euch ohne Figuren, trefft euch ohne das Internet und schaut euch erst einmal an, ohne zu sprechen. Ich sage euch, dann werdet ihr im ersten Augenblick mehr über euch erfahren, als 100 Internet-Apps oder Figuren es je schaffen könnten, glaubt mir!
Die Witzfiguren erkennt man auch ohne Internet, vertraut mir.
Von mir aus sucht im Internet Ställe, das scheint ja ganz gut funktioniert zu haben, aber Sprechen über das Internet, lasst es bleiben!

Dass das Internet auf alle Fälle auch einer der Verursacher ist, von noch ganz vielen Abenteuern und Begegnungen, die Sarah und ich noch erleben werden, das erzähle ich im Laufe des Buches.

Unser neues Zuhause

Nach einer längeren Einlebungsphase in unserem neuen Stall wagten Sarah und ich auch immer wieder längere Spaziergänge etwas weiter weg vom Hof. Die Gegend war nach wie vor ein Traum. Wenn man etwa 40 Minuten von unserem Hof Richtung Ballenberg lief, hatte man einen atemberaubenden Blick auf die Hegau-Berge, auf das Städtchen Engen, und wenn man besonders früh losspazierte, bescherte einem der Sonnenaufgang immer ein Licht, welches den naheliegenden Wald in einem Orange erscheinen ließ, dass man hätte denken können, ein ganzer Farbeimer wurde über dem Wald ausgekippt.

Lief man den Berg hoch, in die entgegengesetzte Richtung des Ballenbergs, gelangte man an einen weiteren Stall, auf dem die Stute Samara lebte. Die Besitzerin von Samara, Valerie, kannte Sarah noch von dem vorherigen Hof im Hegau, der Kontakt blieb über das Handy bestehen.

Auch dieser Ausblick von dort, je nachdem wie das Licht schien, ließ die Alpen über dem Bodensee hervortreten, und die Sicht reichte bei gutem Wetter bis auf die Insel Reichenau.

Einer unserer Lieblingsstrecken, ca. drei Kilometer von unserem Hof entfernt, war der Panoramaweg Richtung Napoleonseck, von wo man auch eine Aussicht auf die Hegau-Berge hatte, auf den Bodensee und die Alpen. Also dass dieser Weg als Panoramaweg galt, ist absolut verdient, denn mehr Panorama als auf dieser Höhe ist kaum vorstellbar. Besonders im Herbst, wenn die Täler wieder getränkt vom Nebel waren; auf dieser Strecke löste sich der Nebel oft auf und mit etwas Glück schien einem die Sonne ins Gesicht, während der Nebel in den Tälern regelrecht feststeckte.

Egal in welche Richtung wir marschierten, die Grashalme schmeckten überall vorzüglich, wuchsen am Waldrand, auf saftigen Wiesen und bei etwas Glück auch neben den Aussichtsbänken, auf die sich Sarah gerne setzte und den Ausblick genoss.

Ich fühlte mich sehr wohl in unserem neuen Zuhause, genau wie Josie. Uns fehlte es an nichts, wir hatten einen sehr großen Auslauf, die Weiden waren alle offen, wir hatten eine riesige Liegefläche mit Stroh für die Nacht, und auch Sarah und ihr Vater fühlten sich sehr wohl in unserem neuen Stall.

Unseren zukünftigen Abenteuern stand also nichts mehr im Wege, denn welche größere Belohnung kann es geben, wenn man sein sicheres Zuhause mal verlässt, an einen Ort zurückzukehren, an dem man sich wohl fühlt.

Der zauberhafte Atem

Es war ein etwas grauer Herbsttag, was Sarah aber nicht davon abhielt, mich zu satteln und loszulaufen, eine Strecke, die wir noch nicht kannten, wir wollten die Umgebung unseres neuen Zuhauses und das wunderschöne Hegau-Gebiet natürlich weiter erkunden und kennenlernen.

An meinen Sattel hatte ich mich inzwischen sehr gut gewöhnt, und dass Sarah immer mal wieder aufstieg, um ein Stück zu reiten, das war inzwischen zur Routine geworden.

Wir liefen den Berg hinauf, der gegenüber unserem Stall lag, und schon nach wenigen Höhenmetern erreichten wir einen Wald, der sehr dunkel war, die nahestehenden Tannen ermöglichten es kaum, dass das Tageslicht ein wenig Licht zwischen die dunklen Tannen brachte.

Obwohl wir mitten im Wald liefen, hörte man schon von weitem Verkehrslärm. Sarah sagte, wir müssten gleich an einer

Autobahnbrücke herauskommen, die wir überqueren müssten, um zu einem weiteren unbekannten Wald kommen zu können.

- Moment mal, eine Autobahnbrücke? Wenn die im tiefsten Wald schon so laut war, wie laut würde die dann bitte sein, wenn wir sie überqueren müssten, zudem heißt überqueren, dass ich seitlich - laufend, das eine Bein über das andere Bein stellend, den Lärm bezwingen müsste? Seitwärtslaufen kann ich inzwischen schon richtig gut, das machen wir aber eigentlich immer auf dem Platz, damit ich schön gymnastiziert bleibe. Sollte das Überqueren dieses Lärms etwa zu einer neuen Routine werden?

Ist es denn wirklich die Autobahnbrücke, die diesen Lärm verursachte oder war es der Verkehrslärm? Ich habe weder dieses Wort zuvor gehört, noch konnte ich die Bedeutung erahnen.

Wir näherten uns dem Lärm, bis Sarah und ich plötzlich vor einem Weg standen, der links und rechts eine seltsame Abzäunung hatte. Blickte man durch die Abzäunung hindurch, sah man, wie die Autos unter diesem Weg so schnell fuhren, dass man teilweise kaum erkennen konnte, dass es Autos waren. Der Untergrund dieses Weges war aus Beton, solche Betonwege kannte ich.

Sarah sagte: „So Milan, tief einatmen und ausatmen, Augen zu und einfach weiterlaufen, das ist die Autobahnbrücke, unter uns, das sind die fahrenden Autos, die machen aber nichts, weil sie unter uns durch fahren, wir sind aber weit oben, uns wird nichts passieren. Ich hoffe, dass du ruhig bleibst, aber wir schaffen das!"

- Einatmen und ausatmen, das mache ich doch schon die ganze Zeit? Ich soll die Augen zumachen? Darf man auf Autobahnbrücken etwa nichts sehen?

Der Lärm war wirklich ohrenbetäubend laut.

Sarah wartete noch einen Moment, bis sie das Kommando gab, dass wir jetzt über die Brücke laufen sollten, im Nachhinein erzählte sie mir, sie hoffte, ein paar Sekunden zu erwischen, in denen keine Autos kamen, weil sowohl von rechts als auch von links die Autos so angerast kamen, dass das auf der Brücke tatsächlich so aussah, als würden die Autos in uns reinfahren. Also Sarah hätte nur zu gut verstanden, wenn die Brücke eine wirkliche Herausforderung für mich werden würde.

Die Brücke war eine Herausforderung, denn sobald wir auf der mittleren Höhe der Brücke angekommen waren, sah ich im Augenwinkel, wie von links ein LKW angerast kam und plötzlich aber auch von rechts ein Auto kam, das genauso schnell fuhr. Ich habe doch gelernt, dass man bei Straßen, vor allem wenn Autos kamen, immer stehen bleiben musste, jetzt sollte ich aber, trotz des Anscheins, dass die Autos in uns reinfahren, weiterlaufen.

War Sarah lebensmüde? Wollte sie uns umbringen? Sollten wir jetzt schon ins Gras beißen, also in das Gras, das einen in den Pferdehimmel befördert?

Ich fing an, meine Muskeln anzuspannen, meinen Atem anzuhalten; von wegen ein- und ausatmen, bei so viel Stress war das kaum möglich. Meinen Kopf hielt ich ganz nach oben und Sarah rechnete schon damit, dass ich gleich losrennen würde.

Ich rannte Sarah nicht um und ich riss mich auch nicht von ihr los; wenn wir schon sterben würden, dann würden wir zusammen sterben, das war sicher.

Ein paar Sekunden später standen wir tatsächlich am anderen Ende der Brücke und sowohl ich als auch Sarah lebten noch beide. – War das wirklich so oder nur ein Traum?

Ich atmete tief ein und aus, meine Nüstern waren immer noch angespannt.

Ich musste mich kurz vergewissern, ob wir nicht doch in dem Pferdehimmel mit dem Karottenteppich angekommen waren, in den man doch kommt, wenn man stirbt. Ich roch an dem Betonboden, keine einzige Karotte zu finden. Wir hatten überlebt!

Sarah lobte mich und streichelte mich und wir mussten erstmal kurz pausieren, um beide die Aufregung zu verarbeiten.

Ein paar Minuten vergingen – so langsam entspannte ich mich wieder. Ich hatte sogar wieder Lust auf Grashalme und sah sogar welche; die waren aber zum Glück weit genug von der fürchterlichen Autobahnbrücke entfernt.

Sarah konnte wohl meine Gedanken lesen, oder war das eine App, die das konnte? Mit dem Handy in der Hand steuerte sie auf alle Fälle genau auf die Grashalme zu, die ich im Visier hatte; diese Belohnung hatte ich auch wirklich verdient.

Nachdem ich die frischesten Grashalme abgegrast hatte, gingen wir weiter, ich konnte nur hoffen, dass wir keine Autobahnbrücke mehr überqueren mussten.

Sarah immer noch mit dem Handy in der Hand, scheinbar immer noch meine Gedanken lesend, oder was auch immer ihr Handy ihr mitteilte, sagte dann aber zu meiner Beruhigung: „Milan, wir können nachher einen anderen Weg zurück, meine Wander-App zeigt mir an, dass es noch einen anderen Weg gibt."

- Die Wander-App, wohl eine der besten Internet-Erfindungen, wenn diese dafür verantwortlich war, dass wir diese Todesbrücke nicht nochmal überqueren mussten.

Wieder in einem Wald angekommen, sah es so aus, als würde der anfänglich graue Herbsttag sich doch noch zu einem sonnigen Spätsommertag entwickeln, denn mit den zunehmenden Sonnenstrahlen wurde es immer milder, sodass Sarah ihre Jacke sogar an den Sattel hängen konnte.

Sarah schlenderte auf dem Schotterweg entlang, ich ihr hinterher. Plötzlich hielt sie an und beugte sich nach unten: „Schau mal Milan, der Schmetterling versucht zu fliegen, ich glaube sein Flügel ist beschädigt, er schafft es nicht."

Sie setzte sich auf den Schotterboden und gab mir zu verstehen, dass ich stehen bleiben sollte.

- Mmh, was sollte das denn jetzt bringen, sich auf den Schotterboden zu setzen, deswegen wird der Schmetterling sicher nicht plötzlich wieder zu fliegen beginnen!?

Sarah machte auch nach einigen Minuten keine Anzeichen, dass sie weiterlaufen wollte, sie saß nach wie vor auf dem Boden, und das Seltsame war, der Schmetterling ließ sich ganz sanft aufheben und in Sarahs Hand absetzen, ohne irgendwelche Bewegungen zu versuchen, fliehen zu wollen.

Sarah schaute sich den Schmetterling ganz genau an, noch nie hatte sie die Möglichkeit, so intensiv einen Schmetterling zu beäugen, denn wie ihr sicher wisst, fliegen gesunde Schmetterlinge sofort weg, wenn man ihnen zu nahe kommt. Wenn man mal das Glück hat, dass man einen Schmetterling auf einer Blüte sitzen sieht, verbleiben auch dann nur wenige Sekunden, um diesen beobachten zu können.

Der Schmetterling hatte orangene Flügel mit dünnen schwarzen Linien, die sanft über das Orange verteilt waren. Seine Fühler sahen proportional zum Körper sehr groß aus und auch seine Augen erschienen zu seinem kleinen restlichen Körper sehr groß.

Sarah blickte den Schmetterling weiter an, als hätte sie ein kleines Wunder entdeckt.

Ich nutzte die Zeit des Stehens, um den ganzen Schreck der Autobahnbrücke nochmal richtig zu verarbeiten, und realisierte, dass wir nach meinem Empfinden eigentlich dem Tod nur durch Glück entkommen waren.

Meine Augen fielen langsam zu und mein Atem wurde ganz ruhig.

Sarah erzählte mir später, dass dieser Augenblick so magisch gewesen sei, dass sie sich hinterher nicht erklären konnte, was von diesem Schmetterling und meiner Ruhe ausging, das ein solches Wunder bewirken konnte.

Sarah entschied, den Schmetterling auf einer Blume absetzen zu wollen, damit er zumindest nicht auf dem Schotterweg noch überfahren oder zertrampelt würde.

In dem Moment, als Sarah den Schmetterling auf eine Blume absetzen wollte, signalisierte ich ihr, dass ich gerne an dem Schmetterling riechen wollte. Meine Nüstern bewegten sich in die Richtung des Schmetterlings, sodass Sarah entschied, dass es ihm sicher nicht schaden würde, wenn ich an ihm riechen würde, weil sie weiß, dass ich sehr achtsam und vorsichtig bin.

Ich hielt meine Nüstern sanft über den Schmetterling, und Sarah traute ihren Augen kaum und bezweifelt bis heute, dass ihr diese Geschichte irgendjemand glauben wird.

Ich atmete leicht aus und der Schmetterling flog davon.

Sarah begriff es zunächst nicht: Sie hob vor einigen Minuten diesen Schmetterling vom Boden auf, weil er nicht fliegen konnte, wunderte sich auch, dass er sich so behutsam auf ihrer Hand hatte absetzen lassen, und als ich den Schmetterling sanft anatmete, flog er davon, als wäre nichts gewesen.

„Milan, ich muss mich wieder hinsetzen, ich begreife das gerade nicht und ich bin so berührt von diesem magischen Augenblick, dass mir die Worte fehlen.

Was hast du denn für einen zauberhaften Atem, der dem Schmetterling wieder das Fliegen ermöglichte?"

Sarah saß wieder auf dem Boden und sah erst jetzt, dass der Himmel inzwischen strahlend blau war. Meine Augen fielen erneut zu und mein Atem ging ruhig und ganz gleichmäßig, während der Schmetterling schon längst nicht mehr in unserem Sichtfeld war.

Der Eimer mit stinkender Wäsche

Der neue Stall für Josie und mich bedeutete nicht nur für uns einen Neubeginn, sondern auch für Sarah und ihren Vater. In einem neuen Stall, in einer neuen Umgebung trifft man natürlich nicht nur neue Pferde, sondern auch andere Menschen.

Es begleitete uns hin und wieder ein Haflinger namens Chico, der nur ein paar Meter entfernt von unserem Hof seine Box hatte. Dann lernte Sarah die Besitzerin von Cherry, den ich anfänglich nicht mochte, immer besser kennen, und das seltsame Internet bescherte uns auch weitere Begegnungen, von denen ich euch im Laufe unseres Buches erzählen möchte.

„Weißt du, Milan, die meisten Pferdemenschen, die ich so kenne, passen irgendwie nicht zu uns; das habe ich schon früher immer wieder gedacht, als ich mit Frisco, deinem Vorgänger in Langerain, unterwegs war … oder wir passen nicht zu den anderen, keine Ahnung wie man das ausdrücken soll! Bei so vielen, mit denen wir einen Versuch gestartet haben, mal ins Gelände zu gehen, stellte sich relativ schnell heraus, dass so vieles ein Problem war oder zu einem Problem gemacht wurde, dass ich irgendwie schnell das Interesse an den Kontakten verloren habe. Wir wollen schließlich keine selbsterzeugten Probleme anderer lösen müssen, muss man aber irgendwie, wenn man weiterkommen möchte. Oder sehe ich das falsch?

`Mein Pferd stolpert auf Wurzelwegen, mein Pferd kann nur höchstens eine Stunde ins Gelände, mein Pferd kann dieses und jenes nicht´: Alles selbst erzeugte Einschränkungen, wenn ich mich entscheide, mich mit diesen Menschen und deren dazugehörigen Pferden abzugeben.

Die einen denken, nach 60 Minuten im Schritt ist das Pferd schon völlig überlastet, die denken vermutlich über uns, wenn wir nach unseren Tageswanderungen zurückkommen, dass ich ein totaler Tierschänder bin.

Die anderen haben immer Zeitdruck, schieben ein Treffen zwischen ihre 150 Termine am Tag, antworten übers Handy ewig nicht, wenn man ihnen eine Frage stellt oder einen Vorschlag macht, das nervt mich irgendwie auch. Zudem bin ich der Meinung, dass man lieber gar nicht in den Stall sollte als mit Zeitdruck.

Dann gibt es noch die, die noch kein einziges Wort mit mir gesprochen haben, ich aber tatsächlich auch keine Lust habe, das Gespräch anzufangen, weil mir die seltsamen Blicke schon reichen.

Und zuallerletzt gibt es noch die, um eine ganz einfache Unterteilung vorzunehmen, die überhaupt kein Feingefühl haben, die permanent von ihrem Leben erzählen, was ja wirklich ein Stück weit interessant sein kann, aber wenn man tatsächlich mehrere Stunden miteinander unterwegs ist und keinerlei Frage auch mal an mich geht, fühlt sich das auch eher seltsam an oder spricht von keinem großen Interesse an meiner Person. Ein Dialog besteht doch irgendwie aus gegenseitigem Fragen und Antworten und nicht aus einem Monolog!"

Sarah sprach und sprach, und es bestätigte mich nur wieder, dass die Menschen einfach Schwierigkeiten haben mit der Kommunikation… Ein Kontakt zu einem Menschen, der nur mit sich selbst spricht, das soll wohl ein Monolog sein, was soll denn das bitte bringen?

Stellt euch mal vor, ich würde unter meinen Pferdefreunden im Stall mit mir selbst sprechen. Wie sollte das denn überhaupt gehen, ohne dass mich die anderen nicht für völlig aussortierbar halten würden?

Und den Wunsch nach einem Fragen - Antworten – Spielchen, um auf diese Art kommunizieren zu können, sollte Sarah auch eher abhaken, denn wenn die Menschen ihre eigenen Fragen oft nicht verstehen, wie sollen sie dann die Antworten des anderen verstehen können? Es gibt so unzählig viele Wörter, die allein in einer Frage stecken können, die dann wiederum im falschen Kontext verwendet werden, was wieder zu Verwirrung führt, sodass die Kommunikation über Fragen und Antworten ganz sicher auch nicht funktionieren kann, oder zumindest in den meisten Fällen nicht.

Mein Vorschlag: Schweigt euch doch am besten an und genießt die schöne Gegend. Mir ist nämlich auch schon öfter aufgefallen, manchen Menschen fällt das Schweigen extrem schwer, es müssen immer Wörter in der Luft liegen, ob sie einen Sinn ergeben oder nicht, es will kommentiert, bewertet oder erklärt werden, die Stille können viele Menschen nicht ertragen, wir Pferde lieben die Ruhe und verstehen uns ganz ohne Worte.

Sarah fuhr fort: „Wenn ich zu viel Zeit mit Menschen verbringe, die nur über sich selbst sprechen oder nur Probleme wälzen, fühle ich mich danach immer wie ein Eimer, der gefüllt wurde mit alten Essensresten und ungewaschener, stinkender Wäsche. Auch nicht wirklich erstrebenswert solche Kontakte aufrecht zu erhalten, bei denen man sich nach einem Treffen so fühlt, oder?
Vielleicht bin ich auch einfach zu kompliziert oder zu anspruchsvoll, wenn es darum geht, wer mich in meiner Freizeit begleiten soll?
Aber es kann doch auch nicht sein, dass es niemanden gibt, der einfach ähnlich tickt wie wir und mit dem man seine Erlebnisse hin und wieder teilen kann, das muss es doch geben, oder?"

- Was? Probleme wälzen sich auch, ich war schon verwirrt, als Sarah mir damals erzählte, dass sie im Studium Bücher wälzen musste, und wer will sich denn bitte als Eimer, gefüllt mit alten Essensresten, fühlen? Obwohl, wenn ein paar Apfelbutzen dabei sind?
Und wie riecht wohl alte Wäsche, aber was hatte alte Wäsche eigentlich damit zu tun, wie man sich fühlt?
Ich habe es doch schon immer gesagt, was sollen diese Begleitpferde und Begleitmenschen? Ich habe von Anfang an durch meine angelegten Ohren klar signalisiert, ich lege keinen großen Wert auf Begleitung. Ich habe meine Ruhe am schnellsten und am intensivsten genau dann, wenn uns niemand begleitet.

Wenn Sarah so viele Menschen irgendwie anstrengten, warum wagt sie dann immer und immer wieder den Versuch jemanden zu finden, der zu uns passt?

Vermutlich sind die Menschen, genau wie wir Pferde, auch einfach soziale Wesen, die hin und wieder den sozialen Kontakt brauchen, auch wenn die Menschen den Kontakt vielleicht nur brauchen, um die stinkende Wäsche zu waschen, könnte das die Erklärung sein?

Ich kann mich noch erinnern an eine Erzählung des weisen Wallachs auf unserer damaligen Weide. Er war schon sehr alt und hatte so viele Erfahrungen mit Menschen gemacht, dass er ihre Sprache so gut verstand, dass er uns jungen Pferden immer Geschichten über die Menschen erzählte. Ich habe nicht alles verstanden, was er uns immer erzählte, aber im Nachhinein verstehe ich immer mehr von dem, was mir noch in Erinnerung geblieben ist.

Ein Satz war: „Du kannst die anderen nicht ändern, nur dich selbst."

Wenn ich diesen Satz nun auf Sarahs Beschreibungen übertrage, dann verstehe ich ihn in der Umsetzung ihres Problems folgendermaßen: Da die anderen Menschen sicherlich weiterhin Monologe führen wollen, sich gerne weiterhin einschränken und viele Dinge zu Problemen machen, weiterhin sich nicht mehr Zeit nehmen wollen, weil sie in ihrem Alltag gefangen sind und sie schließlich jedes Recht haben, ihr Leben genau so weiterzuführen, dass Sarah nichts Anderes übrig bleibt, als die Kontakte abzubrechen, über die sie sich immer wieder erneut ärgert.

Wir zwei ziehen los, lieber zu zweit als mit jemandem, der uns nervt – Problem gelöst.

„Lasst die Dinge los, die ihr nicht ändern könnt und fokussiert euch auf die Dinge, die euch gut tun, dann zieht ihr euch die Dinge ins Leben, die ihr euch wünscht, ohne etwas dafür tun zu müssen", auch das war ein Satz des alten Wallachs und er hat recht, denn alles, was man festhält, was man nicht ändern kann, raubt einem Kraft und Energie, ich sollte mich auf das kontenzieren, was in meiner Macht liegt zu ändern, und in Sarahs Fall hat sie doch jede Macht, ihre Kontakte jeden Tag neu auszuwählen und jede Sekunde das Recht, neu zu entscheiden, mit wem sie ihre Zeit verbringen möchte und mit wem nicht.

Was ich loslassen möchte und was nicht, das ist wohl eindeutig – meine Grashalme lasse ich nicht los, niemals. Die verfaulten Grashalme, ok, die sortiere ich aus, aber die frischen Grashalme, an denen beiße ich mich fest, wann immer es nur geht.

Ich stupste Sarah mit meinen Nüstern an und machte sie darauf aufmerksam, dass sie mal in die Ferne blicken sollte. Vor uns lag ein dunkelgrüner Wald, dessen Baumwipfel im Wind leicht hin und her schwankten. Die Naturschönheiten, die an jedem Eck nur auf uns warten, sieht man deutlicher, wenn man weniger spricht und sich mehr auf die Ruhe konzentriert.

Die Kirsche auf der Sahnetorte

Sarah und ich machten hauptsächlich unsere Wanderungen zu zweit, wir genossen die Zeit auch sehr zusammen, nur ganz hatte Sarah die Hoffnung noch nicht aufgegeben, für weitere Abenteuer jemanden zu finden, der uns wenigstens hin und wieder begleiten würde und der zu uns passen würde.
Könnte die Internetwelt und das Wort-Such-Gerät vielleicht weiterhelfen, wenn man diesem Gerät sagte: Suche mal den richtigen Menschen, der zu uns passt, und nicht zu vergessen, suche auch noch das richtige Pferd, das ich einigermaßen mag. Was würde da wohl als Ergebnis kommen?

Das Wort-Such-Gerät fand Susanne mit ihren Pferden und ihrem Hund - ja, ihr habt richtig gehört, das Internet servierte Sarah ein Gespann, das wir kennenlernen durften, worüber Sarah heute noch dankbar ist, dass wir diese gefunden haben.

Sarah und Susanne haben sich durch Zufall über das Internet kennengelernt. Dass sie nur 30 km voneinander entfernt wohnten, ist ein Geschenk des Lebens.
Susanne, ihre Pferde Eddy, Max und Artos sowie ihr Hund Safie begleiteten uns auf wunderschönen Ausritten in unsere Gegend; auch Sarah und ich besuchten sie im Schwarzwald, wo sie herkamen. Ich muss zugeben, am Anfang war ich noch etwas skeptisch, aber diese Skepsis legte sich sehr schnell.

Als ich Sarah fragte, was denn nun an Susanne so anders und besonders sei, antwortete sie Folgendes:
„Weißt du Milan, was mir an Susanne schon während des ersten Telefonts auffiel, sie bedankte sich so oft. Ich habe überhaupt nichts Großartiges organisiert, sie bedankte sich für meine Mühen und ich hatte das Gefühl, das kam so von Herzen – sehr außergewöhnlich!
Schon so oft habe ich versucht, etwas zu organisieren: Grillen im Stall, Halloweenritte, ich erstellte Gruppen über Whatsapp. Manche haben auf meine Ideen gar nicht reagiert.
Ich bin ratlos und möchte meine Gedanken nicht mehr darauf richten, mich zu fragen, was mit den Menschen los ist, deshalb kann ich es ja nur auf anderem Wege probieren und siehe da, das Internet hat mir geholfen.

Ist es nicht wünschenswert und richtig, andere Menschen eine gewisse Wertschätzung entgegenzubringen?
Wertschätzung kann sich schon durch Kleinigkeiten zeigen, finde ich, beispielsweise durch Grüßen, wenn man aneinander vorbeiläuft, ein Nachfragen, wie es einem geht, oder in unserem Fall, wie man sich eingelebt hat.

Auch über das Handy kann man, meiner Meinung nach, eine gewisse Wertschätzung erkennen, indem man eine Antwort bekommt auf eine Frage oder einen Vorschlag, ohne dass man demjenigen hinterherrennen muss oder denjenigen erinnern muss oder dass man tagelang auf eine Nachricht warten muss.

Alles nicht mehr selbstverständlich – erst neulich habe ich mit meinen Schülern einen Artikel gelesen: "Das Phänomen der Unverbindlichkeit – Die Menschen wollen sich nicht mehr festlegen" - oder so ähnlich hieß der Artikel.

Natürlich kann jeder so handeln, wie er es für richtig hält, nur die Frage, die mir dann in den Kopf kommt, wenn man sich nicht mehr festlegen will und sich bis auf die letzte Minute die Freiheit genehmigt, sich doch umzuentscheiden, auch wenn andere vielleicht ein schönes Event organisieren: Wie kann dann noch eine Gemeinschaft entstehen und wie fühlt sich derjenige, der das Treffen organisiert, wenn kurz vor knapp doch noch die Hälfte der Leute absagt?

Heutzutage kommt es mir vor, es wird vieles für selbstverständlich genommen.

Es wird durch das Überangebot von allem nur noch konsumiert. Laufe doch mal durch einen Einkaufsladen, 100 Sorten Säfte, 50 verschiedene Sprudelsorten ... Dass es Länder gibt, in denen es überhaupt kein sauberes Trinkwasser gibt, wer denkt daran, wenn er durch Läden läuft, in dem die Fülle an Säften und Sprudel nichts Besonderes mehr ist?

Ähnlich ist es auch mit Kontakten. Menschen haben so viele Möglichkeiten, an Unternehmungen teilnehmen zu können, so viele Angebote an jeder Ecke, wieso soll ein Vorschlag von mir oder sonst wem dann etwas Besonderes sein, man hält sich den vorgeschlagenen Termin mal lieber noch frei, sagt noch nicht zu, weil man sich eventuell im letzten Moment noch für etwas Anderes entscheiden könnte?

Verbindlichkeit ist wohl eher altmodisch geworden, denn man weiß nie, ob noch eine bessere Unternehmung oder ein besserer Vorschlag auf dem Handy auftaucht, dann brauche ich kein schlechtes Gewissen zu haben, wenn ich kurz vor Ablauf des anstehenden Treffens eine kurze Nachricht schreibe: „Sorry, ich kann nicht".

Ich habe schon versucht, Unternehmungen ins Leben zu rufen, da kam nicht mal die Nachricht: „Nein ich kann nicht, danke, dass du an mich gedacht hast", da kam einfach gar nichts…

Ist das einfach der Trend unserer Zeit?

Keine Antwort ist auch eine Antwort, ist das inzwischen völlig normal geworden?

Es soll sich jeder so verhalten, wie er es für richtig hält, ich bin mir sicher, manchmal gibt es auch gute Gründe, warum man sich nicht meldet oder vielleicht mal eine Phase hat, in der man unzuverlässiger ist, aber ist es nicht einfach schön, wenn man schon gleich beim ersten Telefonat das Gefühl hat, dass einem eine gewisse Wertschätzung schon durchs Telefonieren erreicht und man bei jedem weiteren Kontakt merkt: - Wahnsinn, mein erster Eindruck, dass ich wertgeschätzt werde, bestätigt sich bei jedem weiteren Treffen.

Susanne ist eine feinfühlige, bewusste und sehr zuverlässige Person. Mich wundert es auch in keinerlei Weise, dass sie so eine berührende Verbindung zu ihren Pferden und ihrem Hund hat, denn nur wer sich selbst gut wahrnehmen kann, kann auch seine Mitmenschen oder die Tiere wahrnehmen, die ihn umgeben. Oder irre ich mich in diesem Punkt?

Susanne kann ebenfalls zuhören. Wie selten ist auch das in unserer hektischen Welt geworden?

Wenn man jemandem etwas erzählt und der einem zuhört, dann weiß er im besten Fall noch die Dinge, die man ihm erzählt hat.

Menschen, die nicht richtig zuhören, die vergessen Dinge schneller, was ja auch nicht schlimm ist, nicht jeder kann sich alles merken, manchmal hatte man auch einfach einen stressigen Tag und hat den

Kopf nicht richtig frei, aber wie schön ist es, wenn man sich wiedersieht und vielleicht dort anknüpfen kann, wo man das letzte Mal stehen geblieben ist, und der andere noch weiß, was man ihm erzählt hat?!"

- Puh, die Menschen wieder, in einer Bibliothek müsste ich mich wälzen, damit ich einigermaßen nachvollziehen könnte, was Sarah ausdrücken möchte.
Ich kann eigentlich mit einem Satz antworten, warum ich ein Pferd mag oder nicht.
Die meisten Pferde mag ich nicht, weil mir ihre Nasenhaare nicht gefallen. So, noch Fragen? Da brauche ich doch keinen halben Roman zu schreiben.

Sarah erzählte zudem irgendwas von einem Einkaufsladen, von Säften und Sprudel, hört sich alles irgendwie verwirrend an und der Zusammenhang zu dem Thema lässt sich mir nicht ganz erschließen, was war nochmal das Thema? Ging es um den nächsten Einkauf, welches Leckerli sie mir mitbringen will?

Aber in einem Punkt stimme ich ihr tatsächlich zu. Zuhören ist nicht nur unter euch Menschen sehr wichtig, auch im Umgang mit uns Tieren ist das sensible Wahrnehmen unserer Befindlichkeit sehr wichtig und könnte als ein gewisses Zuhören gesehen werden. Wenn der Mensch auch dem Tier besser zuhören würde, es intensiver wahrnehmen würde, dann gäbe es viel weniger Kommunikationsprobleme und auch die Bindung zwischen Menschen und Tieren würde viel schneller wachsen.
Manche Menschen sind aber tatsächlich so schlecht im Zuhören oder im Wahrnehmen, dass sie eben erst vom Pferderücken runtergebuckelt, gebissen oder getreten werden müssen, bis sie etwas verstehen. Bis es aber soweit kommt, haben wir schon so viele Anzeichen gegeben, die einfach nicht gehört oder gesehen wurden!

„Milan, Susanne gehört wohl auch zu unserem Neubeginn, denn ich möchte mir vornehmen, dass ich in Zukunft noch achtsamer sein will, wer uns auf unsere Touren begleitet, denn es ist unsere Zeit und ich bin mir sicher, es gibt noch mehr Menschen wie Susanne, die wertschätzend, dankbar und achtsam sind.

Ich will mit dir zusammen Abenteuer erleben, im Hegau, im Schwarzwald und am Bodensee.
Um meine Träume zu erfüllen, brauche ich nur dich, und alle anderen Menschen, die uns begleiten wollen und die auch wir dabeihaben wollen, sind die Kirschen auf der Sahnetorte. Mit ranziger Butter geben wir uns nicht mehr zufrieden.
Das Internet wird uns dabei helfen, noch weitere Kirschen auf der Sahnetorte zu finden und wenn alle Stricke reißen, dann atmest du mit deinem Zauber-Atem auf meinen Bildschirm und zauberst uns noch weitere wundervolle Leute in unser Leben.
Ich lasse los von allen Bemühungen um Menschen, die unsere Bemühungen weder wahrnehmen noch sie zu schätzen wissen, und bin gespannt, wer in unser Leben treten wird."

- Warum genau sollen Stricke reißen, wenn ich atme und was um alles in der Welt sind Kirschen auf einer Sahnetorte? Kann man die fressen oder findet man diese in dem komischen Eimer, in dem die stinkende Wäsche liegt, die man dann riecht, wenn Menschen Monologe führen und ranzige Butterbrote fressen?

WANDERREITEN IM HEGAU

„Wenn ich das Hegau-Gebiet beschreiben sollte, würde ich es folgendermaßen tun: Auf einer Ruine stehend, der Blick nach vorne gerichtet könnte man meinen, dass die Vulkanberge, die alle relativ weit auseinander liegen, riesige Dinosauerierrücken sind. Es sieht aus, als würde diese Dinoasaurierherde durch tiefgelegene Wälder an den Bodensee wandern, denn bei guter Sicht, sieht man von hier oben nicht nur bis zur Insel Reichenau, sondern man hat noch einen Blick auf die Alpen, die abends in einem Licht erstrahlen, dass man meinen könnte, ein Flugsaurier hätte Goldpulver auf die Spitzen der Berge während seines Fluges fallen lassen."

Der blaue Stein

Schon als ich zwei Jahre alt war, machten Sarah und ich viele Spaziergänge zusammen; schließlich wollten wir uns und die Umgebung genaustens kennenlernen. Von den ersten Spaziergängen, die wenige Minuten gingen, weiteten wir unser Spazieren mit zunehmender Zeit immer weiter aus, bis man inzwischen nicht mehr von Spazierengehen sprechen kann, sondern von Wandern.
Tagestouren am Wochenende, morgens loslaufen und gegen Abend zurückkommen, waren inzwischen keine Seltenheit mehr und sowohl Sarah als auch ich hatten große Freude daran, die Gegend gemeinsam zu erkunden.

Ich bin inzwischen fünf Jahre alt und dass der Sattel hin und wieder auf meinem Rücken liegt und Sarah ein paar Meter von mir getragen wird, macht mir nichts aus. Ich lasse Sarah in Ruhe aufsteigen und verhalte mich immer sehr vorbildlich, wenn Sarah mich führt, oder auch auf mir sitzt. Das sagt Sarah auf jeden Fall immer, wenn uns jemand fragt, wie ich mich beim Einreiten anstelle.

Wir wanderten auf dem alten Postweg entlang, da kamen uns plötzlich zwei Pferde entgegen, die eine Kutsche hinter sich herzogen. Auf dieser Kutsche saß ein sehr freundlicher Mann, der die Pferde gut unter Kontrolle hatte, denn ein paar Meter vor uns hielten die Pferde und die Kutsche an, und ich konnte es mir nicht anders denken, als dass der Mann dieses Stehenbleiben verursacht hatte.

Woher ich weiß, dass dieses Teil hinter den Pferden mit komischen großen Rädern, die es ermöglichen, dass dieses Teil überhaupt vorwärtskommt, Kutsche heißt? Sarah ist mit meinem Vorgänger, Frisco, auch Kutsche gefahren, sie hat mir schon einige Fotos gezeigt. Für mich unvorstellbar, wie einem das Kutscheziehen Spaß machen soll, Frisco machte es aber immer, nach Sarahs Erzählungen zu urteilen, viel Spaß.

Sarah und der Mann unterhielten sich ein paar Minuten, ich konnte mich nicht auf das Gespräch konzentrieren, denn die Pferde an der Kutsche waren sehr interessiert an mir. Ich musste ihnen signalisieren, dass ich den Kontakt mit ihnen nicht wirklich wünschte, da hatte ich nicht noch Zeit, mich auf die seltsamen Worte des Kutschers zu fokussieren.

Als die Kutsche mit den zwei Pferden und dem darauf sitzenden Mann wieder weiterfuhren, sagte Sarah zu mir: „Milan, die zwei Pferde wohnen ungefähr in der Mitte von einer Strecke, die ich unbedingt mal wandern will. Da die gesamte Strecke zu dem blauen Stein in einem Tag momentan noch zu weit ist, wäre es ideal, wenn wir die Strecke aufteilen und eine Nacht bei dem Kutscher übernachten würden. Das machen wir; er bot uns an, dass wir eine Nacht kommen dürfen!"

- Was? Sarah will zu einem blauen Stein wandern? Ist das jetzt bestimmt wieder irgendeine Fantasie, die gerade mit ihr durchgeht? Seit wann gibt es denn blaue Steine und wieso fährt ihr Vater den blauen Stein, wenn es diesen wirklich gibt, nicht einfach mit dem Hänger zu uns in den Stall?

Übernachten? Über dem blauen Stein schlafen? Meinte sie das? Oder habe ich nur wieder die Hälfte verstanden und sie meint, dass der Kutscher den blauen Stein über Nacht zu uns an den Stall transportieren will?

Ein paar Tage später wanderten wir los, das Ziel war der Blaue Stein, nahe der Ortschaft Randen.

Wir wanderten recht spät los und ich wunderte mich auch, dass wir eine scheinbar längere Wanderung machen wollten, bei der Kälte. Macht man denn solche langen Wanderungen nicht lieber, wenn es warm ist? Sarah wohl nicht.

„Milan, du kennst mich doch, wir haben keine Zeit alles aufzuschieben. Die Möglichkeit hat sich nun geboten, dass wir bei dem Kutscher eine Nacht bleiben können, zudem möchte ich, dass es zur Routine wird, dass wir auch mal eine Nacht wegbleiben. Ich verspreche dir, du kommst immer wieder zu Josie zurück, aber wenn die Wanderungen eben mal länger sind, dann brauchen wir auch Pausen oder müssen mal irgendwo einkehren. Zudem bauen wir durch solche Touren immer mehr Kondition auf, wir beide werden so fit, dass wir diese Strecke, die wir dieses Mal in zwei Tagen meistern werden, irgendwann in einem Tag schaffen, aber wir steigern das alles nach und nach."

- Einkehren? Müssen wir bei dem Kutscher etwa kehren? Das soll eine angenehme Pause sein? Das soll Sarah dann machen!

Kondition? Ich kannte nur das Wort Konditor, aber vielleicht hieß das Wort das Gleiche. Zu einer Pause gehörte vielleicht ein leckerer Kuchen? Je mehr wir laufen, desto mehr Kondition bekommen wir vom Konditor?

Wir erreichten den Stall des Kutschers und uns wurde unser Schlafplatz gezeigt. Ich hatte eine riesige Weide allein für mich. Neben dieser Weide war der Stall der anderen beiden Pferde, aber die hat man von unserem Schlafplatz aus gar nicht gesehen. Sarah machte den Sattel von meinem Rücken und das erste, worauf ich Lust hatte, ich wollte mich wälzen, sprang auf und rannte erstmal los, wie ein wilder Hengst – das war vielleicht ein großartiges Abenteuer!

Während ich meine überschüssige Energie herauslassen konnte, breitete Sarah ihr Schlaflager aus, eine Matte, einen Schlafsack und meine Satteldecke unter ihrer Matte, das müsse reichen, meinte sie.

- Ich weiß nicht, aber wusste Sarah, dass es in den frühen Morgenstunden schon Frost gab?

Mir machte das natürlich nichts, ich hatte ein dichtes, flauschiges Winterfell und ich würde so lange an den Grashalmen lutschen, bis sie auftauen würden.

„Milan, Papas Schlafsack ist ausgerichtet für Temperaturen bis -20 Grad, das wird schon gehen, wenn nicht, dann müssen wir nachts halt ein bisschen rumspringen, damit es mir warm wird, du hast ja dein Winterfell schon, und so aufgedreht, wie du jetzt schon hin und her flitzt, springst du bestimmt gerne mit mir über die frostigen Grashalme."

Es wurde mit jeder Minute immer dunkler und die Nacht lag vor uns. Ich war entspannt, mich interessierte es weder, dass ich nicht in meiner gewohnten Umgebung war, noch fehlte mir irgendetwas Anderes, denn Gras gab es genügend und zu meinem Glück musste ich mich mit den Kutschpferden nicht abgeben. Sarah lag in ihrem Bundeswehr-Schlafsack und ich freute mich auf die aufgehende Sonne.

Es war etwa 7 Uhr morgens, es wurde langsam heller, da hielt plötzlich ein Auto neben der Weide an, ein Mann stieg aus und lief in unsere Richtung.

Sarah war verwirrt, denn der Kutscher meinte, er käme nicht mehr vorbei, bevor wir weiterwandern würden, da er arbeiten müsse. Wer war das?

„Ist alles in Ordnung bei Ihnen? Ich dachte, ich schau mal nach Ihnen, denn vielleicht sind Sie vom Pferd gestürzt. Ist alles gut?"

Der Mann war aber gleich nicht mehr besorgt, als er von Nahem sah, dass das eine gewollte Aktion von Sarah war, sich bei dieser Kälte liegend im Schlafsack aufzuhalten.

Wie er uns von der nahegelegenen Straße überhaupt aus dem Auto aus sehen konnte, unerklärlich!

„Bei uns ist alles in Ordnung, vielen lieben Dank, dass sie nach uns schauen, ich habe hier mit meinem Pferd übernachtet, wir wollen jetzt gleich weiterwandern, danke für Ihre Sorge", antworte Sarah auf das nette Bemühen des Mannes, der dann wieder ins Auto stieg, aber man konnte ihm ansehen, dass er es überhaupt nicht verstehen konnte, wie man hier auf der Weide liegen konnte.

Sarah packte ihre Schlafsachen zusammen, die sie aber weder auf mir verstauen wollte noch in einem Rucksack tragen wollte, sie legte sie einfach in die Scheune. Sarah meinte, ich wäre noch zu sensibel und unruhig, wenn sie Gepäck auf mich schnallen würde, das müssten wir erst noch mehr üben. Wenn es doch möglich war, das Gepäck einfach hierlassen zu können und später mit dem Auto abzuholen, genau wie sie das Gepäck auch vor unserer Wanderung hierherfuhr, dann wäre das momentan noch die komfortabelste Lösung.

Es läuft sich so oder so am angenehmsten ohne Gepäck, meinte sie.

Durch märchenhafte Wälder wanderten wir, auf saftigen Wiesen durfte ich mich stärken und mit jedem weiteren Schritt, näherten wir uns dem blauen Stein.

„Schau nur, das ist er, der blaue Stein, die Felsformation, ein geschütztes Naturdenkmal."

Wir standen vor einem Felsen, mitten im Wald. Der Fels war grau, seine Form war tatsächlich etwas außergewöhnlich. Wie zu dick gewordene Oberschenkel mehrerer riesiger Gestalten, die sich über die Jahre zu einer großen Steinformation formten, ragte dieser graue Fels mitten im Wald empor. Sarah meinte später, dass sie sich gut vorstellen konnte, dass man früher bestimmt diese Felsen und diese Lichtung im Wald als irgendeine Gebetsstätte nutzte; was es mit diesen Felsen auf sich hatte, konnte man aber auch auf keiner Informationstafel herausfinden.

Die Felsformation war etwa drei bis vier Meter hoch und Sarah konnte es nicht lassen, auf die Spitze dieser Felsen zu klettern, was durch die vielen Kanten in dem Stein auch gut möglich war. Zum Glück machte sie das allein, ich durfte neben dem Felsen Grashalme zupfen, und als sie zu mir, auf der Spitze des Felsens stehend, runterrief: „Wir haben unsere erste Übernachtungstour gemacht, mein wunderbares Wanderrössle, ich bin so stolz auf dich", dachte ich mir nur: - Die Menschen wieder, wieso nennen die diesen Stein, blauen Stein? Der Stein war, wie zu erwarten, nicht blau, er war grau, wie jeder andere Stein, den ich bisher gesehen habe. Okay, dass diese Felsen mitten im Wald stehen, ist vielleicht etwas außergewöhnlich, aber dass wir deshalb eine Zweitagestour dorthin machen mussten, da gibt es bestimmt noch spannendere Ziele.

„Milan, viel schöner als diese Felsen fand ich tatsächlich den Weg dorthin. Erinnerst du dich an den Wald, durch den wir liefen, der uns zu diesem Felsen führte, man hätte meinen können, dass lauter unsichtbare Elfen und Kobolde versteckt unter dem Moos lebten, die sich wunderten, dass wir auf den Wegen liefen, auf denen eigentlich sonst nur Rehe und Hirsche liefen. Ich glaube auch, dass wenn es diese Elfen und Kobolde tatsächlich in diesem Wald gab, dass wir beide die

einzigen waren, die das Singen der schwarzen Tannen nicht verstehen
konnten."

Liebe Wanderreiter, oder alle, die gerne auf Tour gehen wollen mit
ihren Pferden, aus jedem Abenteuer haben wir etwas gelernt und
wir wollen in diesen Kästen eine kleine Zusammenfassung für euch
hinterlassen, was wir euch raten würden, was zu beachten ist,
damit ihr auch wirklich sicher und mit Freude unterwegs sein
könnt.

Tipp 1: (Kondition)
Steigert eure Kondition langsam und bedacht.
Tipp 2: (Überforderung vermeiden)
Überfordert eure Pferde nicht, indem ihr alles auf einmal verlangt
(Gepäck, Übernachtung, unbekannte Situationen), versucht erst
längere Spaziergänge mit eurem Pferd zu machen und weitet
Schritt für Schritt eure Touren aus. Dabei baut sich Vertrauen auf
und ihr lasst eurem Pferd die Möglichkeit, sich nach und nach
immer sicherer fühlen zu dürfen.

Teamwork

Dass Sarah die Kälte scheinbar nicht sonderlich viel ausmachte, ließ
mich vermuten, wir werden weitere Touren machen, egal ob es immer
kälter wurde.
„Es gibt kein schlechtes Wetter, er gibt nur schlechte Kleidung", das
war Sarahs Antwort, wenn sie im Stall von Menschen, die uns kritisch
beäugten, gefragt wurde, wohin es denn dieses Mal wieder ginge.

„Valerie und ihre Stute Samara wollen uns begleiten, wir wandern Richtung Blumberg. Boxen für euch, Strohbett für uns, tolle Landschaft und Abenteuer garantiert ", freudig kam Sarah auf mich zu gerannt.

Samara kannte ich schon von einigen Tagesausflügen, ich mochte sie. Ja, ihr habt richtig verstanden, ich mochte Samara.

Sarah wunderte sich bei jedem Spaziergang und bei jeder Wanderung, wie das sein konnte, dass ich Samara tatsächlich mochte. Keine angelegten Ohren, kein zorniger Blick, kam mir Samara zu nahe. Ich begrüßte sie sogar immer ganz sanft und freundlich, indem ich meine Nüstern an ihren Hals legte, wenn sie ihren Kopf in meine Richtung neigte.

Sarah kannte Valerie noch von der Zeit, als ich von der Donau in den Stall ins Hegau kam. Karuso, Samaras Sohn, war zu dieser Zeit auf dem gleichen Hof wie ich untergebracht, und Sarah wurde gebeten, Karuso hin und wieder zu füttern, und so lernten sich Sarah und Valerie auch allmählich kennen.

Dass Sarah tatsächlich jemanden gefunden hatte, der sich bei winterlichen, frostigen Temperaturen eine Übernachtungstour mit Pferd anschließen wollte, auch noch mit einem Pferd, das ich mochte, das konnte irgendwie kein Zufall sein!

- Zufall? Dass wir auf unserer ersten Übernachtungstour mit Samara tatsächlich fast gefallen wären, das erzähle ich euch jetzt.

Es war ein sonniger Februartag. Auch dieses Mal wanderten wir ohne Gepäck los, da uns das Gepäck von Freunden nach Blumberg, unseren Zielort, gebracht wurde. Das Einzige, was wir dabei hatten, war genügend Trinken für Valerie und Sarah und eine Powerbank für das Handy, damit Sarah und Valerie auch den Hof in Blumberg finden würden, der das Ziel sein sollte.

Siglinde, die zustimmte, dass wir eine Übernachtungstour zu ihr unternehmen könnten, kannte Sarah von ihrem Vater. Sie gab Josie hin und wieder Tipps, wie sie den Reiter auf ihrem Rücken richtig tragen könne, ohne ihren Rücken dabei zu sehr zu beanspruchen.

Es war einfach nur kalt. Sarah zog sich immer wieder die Mütze tief ins Gesicht, wäre sie nicht neben mir gelaufen und ständig in Bewegung gewesen, wären ihr ihre Füße vermutlich abgefroren, wie sie mir im Nachhinein erzählte.

Die Wander-App führte uns durch Wälder, sehr stillgelegene Dörfchen, von denen man hätte vermuten können, dass alle Dorfmitglieder schon vor langer Zeit verstorben sind, weil weder jemand im Garten oder auf den Straßen zu sehen war, noch Autos durch diese Dörfer fuhren.

Wir liefen eine ganze Weile durch Blumberg durch, bis wir an den Einstieg eines Weges kamen, von dem Valerie und Sarah von Anfang an nicht wirklich überzeugt waren.

Das Schild am Wegrand sah schon so aus, als wäre dieser Weg vermutlich zuletzt vor 100 Jahren gewartet worden und die anfängliche Steile des Weges verbesserte den Eindruck des Weges nicht wirklich.

Während Samara und ich ein paar Grashalme gezupft haben, einigten sich Sarah und Valerie, dass wir den Weg probieren wollten, aber auf alle Fälle sofort umdrehen würden, wenn der Weg doch nicht geeignet für uns wäre. Lieber nehmen wir einen Umweg in Kauf oder müssen umdrehen, als dass etwas passiert. „Wir wagen die ersten Meter des Weges und wenn es nicht geht, drehen wir im Notfall um", beschlossen beide.

Das klang nach einer vernünftigen Lösung, auch wenn ich natürlich weder auf das Schild am Wegesrande achtete noch verstanden hatte, dass die Wander-App vorschlug, dass der Weg möglich sei.

Samara und Valerie gingen vor.

Ja, der Weg war steil, aber er war bis zu diesem Augenblick nicht nass oder rutschig. Die hervorstehenden Wurzeln ermöglichten es, dass wir trittsicher Schritt für Schritt nach unten kamen.

„Die Wander-App zeigt an, es müssen nur noch ein paar Meter sein, dann müsste der Weg wieder breiter werden", rief Sarah Valerie zu, als diese schon überlegte, ob nicht jetzt doch der Zeitpunkt gekommen war, wieder umzudrehen.

Valerie und Samara gingen noch ein paar Schritte weiter, bis Sarah und Valerie entschieden: „Es geht nicht weiter, das wird zu gefährlich, wir müssen umdrehen."

Valerie versuchte, mit Samara auf dem schmalen Weg zu drehen, da rutschte und bröckelte plötzlich ein Stück des Weges, so dass Samara Mühe hatte, wieder sicher zu stehen. Durch das abgerutschte Stück Weg kam das ganze nasse Laub und das rutschige Moos plötzlich zum Vorschein, was den Weg nicht unbedingt sicherer machte.

Die Stimmung wurde immer angespannter. Als Samara zu rutschen begann, wusste ich, höchste Konzentration ist gefordert!

„Valerie, warte, bleib genau so stehen, das Drehen an der Stelle funktioniert nicht, ich gehe mit Milan auf diesen kleinen Vorsprung hier, dann kannst du an uns vorbei und wir laufen dann hinter dir her", sagte Sarah mit aufgeregter Stimme, auch wenn sie sich am liebsten eine Fee herbeigewünscht hätte, die den Weg einfach wieder befestigen konnte.

Meine Ohren standen nach vorne - auch wenn wir das nun so probieren, um eine Lösung zu finden für das abgerutschte Stück Weg, - dieser Vorsprung, auf den ich treten sollte, war alles andere als vertrauenswürdig.

Würde dieser Vorsprung mein Gewicht denn aushalten? Wenn dieser nämlich auch so brüchig ist, müsste ich, solange Samara an mir vorbei lief, so ruhig stehen wie ich nur konnte, denn jedes unnötige Bewegen erhöhte das Risiko, dass irgendwas weiter rutschte oder plötzlich abbrach.

„Milan, wir haben immer und immer wieder geübt: Stehenbleiben – Stehenbleiben, wenn eine gruselige Plane auf deinen Rücken gelegt wird oder wenn seltsame Gegenstände auf dem Platz rum gelegen haben, wenn du stehst, wird alles gut. Bitte laufe jetzt ein paar Schritte mit mir auf diesen Vorsprung, damit Samara an dir vorbeikommt, bleib ruhig stehen, halte am besten den Atem an, damit du dich nicht einen Millimeter unnötig bewegst, und dann folgen wir Samara und laufen so schnell wie möglich wieder nach oben."

Ich hatte keine Zeit, um viel zu denken, denn ich merkte die angespannte Stimmung und ich sah den Vorsprung, auf den ich laufen sollte. Neben diesem Vorsprung plätscherte Wasser den Hang runter, und wagte man es nur, etwas über den Vorsprung zu blicken, sah man, dass ich mich wirklich nicht weiterbewegen durfte, sonst würden ich oder Sarah drei Meter fallen in den tiefgelegenen Bach, der aber nicht tief genug aussah, dass man da hätte reinfallen wollen; abgesehen davon wollten wir natürlich überhaupt nirgendwo runterfallen.

Sarah gab mir das Kommando, ganz langsam, mit ganz vorsichtigen Schritten auf diesem Vorsprung zu stehen.

Valerie gab Samara das Kommando, ebenso ganz vorsichtig zu drehen und mit langsamen Schritten an uns vorbeizulaufen.

Sarahs Herz blieb stehen, genau wie, glaube ich, das Herz von uns allen.

Wir schafften es. Mit voller Konzentration, Ruhe und Teamwork haben wir diese fürchterliche Situation gemeinsam gemeistert. Keiner konnte ahnen, dass es tatsächlich in dem sicherheitsbesessenen Land wie Deutschland Wege gibt, die als begehbar ausgeschrieben sind, aber eigentlich gesperrt werden sollten, aufgrund von Hangrutschgefahr.

„Valerie, was haben wir nur für fantastische Pferde! Wenn einer von uns Panik bekommen hätte, ich möchte mir gar nicht weiter ausmalen, wie das hätte ausgehen können. Ich habe daraus gelernt: Wir vertrauen in Zukunft keiner App mehr. Wenn unser Bauchgefühl von Anfang an

sagt, wir wagen das lieber nicht, dann probieren wir es erst gar nicht. Ich bin unglaublich stolz auf unsere Pferde!"
Valerie und Sarah stand die Erleichterung ins Gesicht geschrieben.

- Ganz ehrlich, wie konnte denn Sarah nach so einem Erlebnis ans Ausmalen denken? Was wollte sie denn jetzt ausmalen? Das vermoderte Holzschild, welches den Weg als begehbar ausgeschrieben hatte? Oder wollte sie selbst eins malen, auf dem wohl stehen sollte: Weg ist gesperrt – Hangrutschgefahr!

Immer noch völlig außer Atem und mit Schweißperlen auf der Stirn wanderten wir stillschweigend auf sicherem Boden, auf Umwegen, in Richtung unseres Zielhofes.

Wir kamen an, zwei Boxen waren schon für uns gerichtet, und Valerie und Sarah entschieden sich, ihr Nachtlager neben unseren Boxen im Stroh aufzuschlagen.

„Mein Gott, war die Nacht kalt! Mein Handy hat sich über Nacht einfach ausgeschaltet, dem war es vermutlich auch zu kalt. Und dass Valerie nochmal aus ihrem Schlafsack gehüpft ist, um das Licht bei euch auszumachen, das irgendwie vergessen wurde auszumachen, dafür bin ich ihr heute noch dankbar. Ohne Mütze hätte ich vermutlich nicht überlebt.
Wusstest du, dass man zwischen 7 und 10 Prozent der Körperwärme über den Kopf verlieren kann? Eine Mütze ist ein Muss für jede Übernachtung draußen, auch im Sommer!
Aber wie wunderbar du dich auch in der Box verhalten hast, keine Unruhe, keine Unsicherheit. Ich vermute, dir hat auch die Gesellschaft von Samara sehr gutgetan. Ich bin wie immer wahnsinnig stolz auf dich, Milan, und sowieso immer noch dankbar, dass wir alle gesund hier angekommen sind!"

- Gott kann Handys ausschalten? Wer ist denn Gott? Hätte nicht dieser Gott das Licht bei uns ausmachen können, dann hätte Valerie auch im Schlafsack bleiben können, denn Sarah sagte vermehrt, es gäbe nichts Schlimmeres, wenn man eh schon friert und der Schlafsack das Einzige ist, was einen ein bisschen warmhält, wenn man entweder aufs Klo muss und die ganze kuschlige Wärme des Schlafsacks durch das Aufstehen wieder verliert oder es sonst einen Grund gibt, weshalb man aus seinem Schlafsack müsse, wie in diesem Fall, um das grelle Licht auszumachen.

Und was soll die Information mit der Mütze, soll ich in Zukunft auch eine Mütze tragen? Ich kann schließlich nichts dafür, dass Sarah so wenige Haare an den Ohren hat; meine Ohren sind eigentlich ganz flauschig.

Tipp 3: (Bauchgefühl)

Auch wenn irgendwelche Apps sagen, der Weg sei möglich, traut eurem Bauchgefühl, hört auch auf euer Pferd. Wenn es sich weigert, irgendeinen Weg gehen zu wollen, gibt es meist einen Grund.

Tipp 4: (Stehen)

Es gibt viele Situationen, die gefährlich werden können, wenn das Pferd plötzlich panisch und unruhig wird. Versucht „Stehenbleiben" als Übung zu betrachten, die belohnt und regelmäßig geübt wird.

Tipp 5: (Mütze)

Bei jeder Übernachtung im Freien darf eine Mütze nicht fehlen!

Der Teufel im Treibsand

Der beste Nebeneffekt an unseren Übernachtungstouren oder auch an den Touren, wenn wir mit dem Hänger unterwegs waren: Ich habe danach immer mindestens einen Tag frei, da kommt Sarah gar nicht zu mir, oder nur, um mich zu verwöhnen, z. B. mich zu putzen oder ein bisschen zu massieren, wenn ich mit Josie zusammen an den Heuhalmen knabbere.

Warum? Weil Sarah meint, dass alles Erlebte auch Zeit braucht, um verarbeitet werden zu können.

„Weißt du, Milan, ich will, dass dir die Touren mit mir genauso Freude bereiten, wie sie mir Freude bereiten. Ich möchte nicht das Gefühl haben, dass ich dich zwingen muss, mit mir loszuziehen, und ich weiß auch von mir, wenn ich viele neue Eindrücke gesammelt habe, dann habe ich auch schon Phasen gehabt, zum Beispiel nach Urlauben, dass ich müde war. Nicht, weil ich nicht Lust gehabt hätte, weitere Eindrücke zu sammeln, sondern weil es einfach auch Zeit braucht, neu Erlebtes zu verarbeiten. Wieso soll das bei dir anders sein?

Hängerfahren ist aufregend, dann die neue Gegend zu erkunden, ist aufregend; wir wissen schließlich beide nicht, was uns auf der jeweiligen Tour erwartet, welche Aufgaben wir zusammen meistern werden, und auch in fremden Ställen zu übernachten, ist doch etwas Neues und Ungewohntes. Ich zum Beispiel habe auf unserer letzten Tour im Stroh vermutlich eine Stunde geschlafen, den Rest der Nacht habe ich mich vor dem klappernden Scheunentor gefürchtet und hatte die ganze Zeit das Gefühl, dass gleich jemand reinkommen würde, was aber nicht passierte, zum Glück.“

Sarah musste noch lernen, mir noch mehr zu vertrauen, denn wenn ich an fremden Orten ruhig bin, dann besteht keine Gefahr. Ja, vielleicht denkt Sarah, ich könnte manche Situationen noch nicht richtig einschätzen, weil ich zu unerfahren bin, das kann sein, aber ich habe ein Feingefühl für Gefahren, das stärker ist als irgendwelche Erfahrungswerte.

Dass Sarah immer beruhigt sein kann, wenn ich es auch bin, aber auch darauf hören sollte, wenn ich es nicht bin, zeigte ich ihr durch folgendes Erlebnis, das ich euch nun erzählen werde.

Eine wunderschöne Tagestour, die wir nur jedem Wanderer empfehlen würden, ist, über den Eiszeitpark in Engen an die Aach zu laufen.

Die Strecke insgesamt, von unserem Stall gestartet bis zu dem Aussichtspunkt, auf dem man einen malerischen Blick auf die Aach und die Hegau-Berge hat, beträgt etwa 20 Kilometer.

An dem Aussichtspunkt befindet sich eine Überdachung aus Holz, neben dieser eine Grillstelle mit Sitzbänken. Neben diesen Sitzbänken ist eine große Wiese und sonst ist diese Stelle umgeben von Wald. Für Menschen gibt es einen schönen Weg noch zur Aachquelle hinunter, da es aber Treppenstufen sind, die dort hinunterführen, ist der Weg für mich leider nicht geeignet.

Sarah packte ihr belegtes Brötchen aus ihrem Rucksack und ich durfte ausgiebig grasen.

Ich liebte die Pausen, wenn Sarah einfach irgendwo neben mir im Gras saß und ich mir den Bauch vollhauen durfte, bis ich von selbst signalisierte, jetzt ist genug.

Plötzlich war es vorbei mit der Ruhe, ich stellte meine Ohren nach vorne und spannte, von einer Sekunde auf die andere, alle meine Muskeln an.

„Was ist los Milan, hast du irgendwelche Tiere im Wald gehört?" Sarah schaute mich verwundert an, denn sie hörte weit und breit nichts, konnte auch sonst nichts im Wald erkennen, was meine plötzliche Unruhe hätte erklären können.

- Tiere? Seit wann war ich denn so angespannt, wenn irgendwelche Tiere im Wald waren? Wir waren schon spazieren, da sind uns Füchse vor der Nase weggelaufen, Rehe vor uns aus dem Gebüsch gesprungen, und dass irgendwelche Hasen plötzlich aufspringen, wenn wir über eine Wiese galoppieren, das kam nur zu oft vor.

Das waren keine Tiere, die mich unruhig werden ließen, ich musste Sarah irgendwie erklären, dass wir von diesem Ort wegmussten. Ich zog an dem Strick und auch das Gras interessierte mich nicht mehr.

„Milan, jetzt beruhig dich doch, hier ist nichts, ich sehe und höre nichts, du warst doch noch eben so entspannt am Fressen, wir hatten doch einen langen Weg hierher, jetzt wollen wir doch auch die Pause genießen."

Ich wusste nicht, wie ich es Sarah erklären sollte, ich stand wie angewurzelt da, immer noch jeden Muskel angespannt, die Ohren nach vorne gerichtet.

Ganze zehn Minuten vergingen, Sarah beobachtete mich immer noch, abwechselnd den Wald, und verstand einfach nicht, was das Problem war. Sie versuchte mich durch sanftes Streicheln und gutes Zureden zu beruhigen, was ihr aber nicht gelang. Ich wurde noch nervöser und stellte plötzlich meinen Schweif leicht nach oben, was ich eigentlich nur mache, wenn ich mich auf dem Platz mit Josie richtig austoben darf und wir eine Runde nach der anderen über den Platz flitzen dürfen.

„Du wirst mir jetzt wohl nicht abhauen wollen?! Ich packe zusammen, Milan, wir gehen weiter, okay?", Sarah schaute mich immer noch verwundert an. „Ich kann mich nicht erinnern, wann du das letzte Mal so lange angespannt warst. Wir sind hier an keiner Straße, an der uns laute LKWs fast streifen, keine knatternden lauten Motorräder sind hier, auch keine Autobahnbrücke in Sicht, was für dich sehr wohl

Gründe sind, leicht angespannt zu sein, aber auch dann, du beruhigst du dich normalerweise immer ganz schnell wieder!?"

- Okay? Ja, wir gehen weiter, mach doch schneller, wieso wartet sie denn so lange, die Gefahr war doch gleich da. Ich wäre schon längst verschwunden, wenn Sarah doch nur kapiert hätte, was ich ihr sagen wollte.

Es kamen ein Mann und eine Frau um die Ecke aus dem Wald.

„Milan, ernsthaft, das sind doch nur Menschen. Das war jetzt das Problem oder was, ernsthaft?"

Der Mann und die Frau kamen auf uns zugelaufen. Ich war immer noch angespannt, der Mann war etwa zwei Meter von uns entfernt und Sarah spürte jetzt endlich das, was ich schon die ganze Zeit spürte. Obwohl wir beide diesen Mann zuvor überhaupt noch nie gesehen hatten, spürte ich seine Aura und die Gefahr, die von diesem Mann ausging, schon lange.

Der Mann hatte eine so bedrohliche Ausstrahlung, das hatte Sarah bisher in ihrem ganzen Leben noch nie wahrgenommen, was sie später zugeben musste. Er blickte uns mit einem intensiven, durchdringenden Blick an. Dieser Blick war aber nicht wohlwollend, er fixierte uns auf eine Weise, die einen erstarren ließ. Der Blick war beängstigend und machte auch Sarah Angst. Die Erscheinung des Mannes war nicht besonders, er hatte schwarze Haare, war schätzungsweise um die 20 Jahre, aber die Energie, die ihn umgab, die man aber mit bloßem Auge nicht sehen konnte, war böse.

Wie kann man eine Energie, die man wahrnimmt, beschreiben? Das ist kaum möglich.

Vielleicht kann man es mit gruseligen Kellern in alten Häusern vergleichen, meinte Sarah – Keller oder Räume, in denen man sich überhaupt nicht wohlfühlt, es aber nicht wirklich erklärbar ist, warum, die lösen teilweise auch so ein Unbehagen aus?
Ja, Keller sind meistens dunkel, das könnte ein Grund für das komische unwohle Gefühl sein.
Die Aura des Mannes war dunkel und diese war intensiv spürbar und beängstigend.

„Ich weiß Milan, als Erwachsener sagt man zu oder über Personen nicht, dass sie böse sind, das ist so ein kindlicher Begriff, aber mir fällt nichts Anderes dazu ein, als ihn als böse zu beschreiben. War das ein Mann, der seine Frau zuhause misshandelte oder der frisch aus dem Gefängnis gekommen war oder was hatte er verbrochen, dass ihn eine solch' negative Energie umgab?
Ich weiß es nicht, ich weiß nur, dass du ab dem Zeitpunkt wieder ruhig geworden bist, als wir uns von diesem Mann entfernten.
Du hast Minuten vorher, als nichts und niemand zu sehen war, diese Energie gespürt. Wie kann ich sonst deine Unruhe erklären?
Ich vertraue dir, ich werde dir ab diesem heutigen Tag versprechen, für alle weiteren Touren, egal was ich geplant habe, wenn wir an einem Ort ankommen sollten, an dem du dich so verhältst wie heute, auch wenn ich es nicht verstehe, werden wir den Ort verlassen, egal was es für Konsequenzen hat, ob Kosten aufkommen oder wir die gleiche Strecke zurücklaufen müssen."

- Danke! Ich konnte wieder ausatmen und kam wieder zur Ruhe.
Sarah war heute aber wirklich begriffsstutzig, auch wenn ich fairerweise zugeben muss, dass ich logischerweise keinen menschlichen Ausdruck für mein Empfinden hatte, wie ich auch sonst nicht die menschliche Sprache beherrschte, aber ich wollte ihr mein Empfinden durch meine angespannte Körperhaltung erklären, dass wir hier wegmussten.

Immerhin hat sie mich im Nachhinein, nachdem sie die Aura des Mannes ebenfalls gefühlt hatte, verstanden.

Sarah lobte mich und erinnerte sich an eine Geschichte ihres Vaters.
„Weißt du, was mir mein Vater mal für eine Geschichte erzählt hat? Seine erste Schimmelstute namens Chanel rettete sich und meinem Vater schon das Leben, genau durch eine solche Reaktion, wie du sie heute auch gezeigt hast, obwohl ich jetzt mal nicht den Teufel an die Wand malen will, dass dieser Mann uns hätte etwas antun wollen.
Mein Vater war mit seiner Stute allein ausreiten, auch in einem unbekannten Gebiet.
Er ritt durch einen Wald, auf einem nicht ausgeschriebenen Weg. Einfach aus dem Nichts blieb Chanel stehen und lief keinen Schritt mehr weiter.
Er gab ihr wiederholt das Zeichen, dass sie doch weiterlaufen solle, er trieb sie voran, er trieb sie kräftig voran, sie blieb wie angewurzelt stehen. Genau wie ich heute, verstand er nicht, was mit seinem Pferd los war.
Da Chanel nach wie vor keinen Schritt weiter machte, stieg er ab, stellte Chanel neben einem Baum ab und lief selbst ein paar Schritte voraus, um nachvollziehen zu können oder einen Grund zu finden, warum Chanel partout nicht weiterlaufen wollte.
Einen Meter von Chanels standhaftem Stehen entfernt, unter dem Moos, versteckte sich ein Tümpel voller Treibsand.
Wären mein Vater und Chanel dort reingeraten, wie hätte das nur ausgehen können?
Wahnsinnig, oder? Chanel spürte, dass der Weg nicht sicher war und signalisierte auch ganz deutlich, dass etwas nicht stimmte."

- Den Teufel an die Wand malen? Welchen Teufel will Sarah an die Wand malen? Wir standen dem Teufel heute gegenüber.
Hätten wir nur gewusst, wo es auch hier in der Nähe einen Treibsandtümpel gab, bestimmt stieg dieser Teufel aus einem dieser

Treibsandtümpel oder er versenkte dort seine Opfer, die von nichts um niemandem je gefunden werden würden.

Tipp 6: (Pausen)
Mit jeder Pause gebt ihr euch selbst und eurem Pferd die Möglichkeit, Dinge zu verarbeiten. Es benötigt nicht nur körperliche Pausen, sondern auch mentale. Am besten gebt ihr euch zwischen den Abenteuern oder Übernachtungstouren, die besonders ereignisreich waren, eine mehrtägige Pause im gewohnten Umfeld.

Tipp 7: (Vertraue deinem Pferd!)
Wenn ihr euer Pferd gut kennt und es sich total anders verhält, als ihr es gewöhnt seid, nehmt euer Pferd ernst, es wird einen Grund für dieses Verhalten geben.

Der magischste Hegau-Berg von allen

Valerie und Sarah verstanden sich sehr gut. Jedes Abenteuer, auf dem sie sich beweisen mussten, dass sie zusammenhalten müssen, um ans Ziel zu kommen, schweißte nicht nur die beiden zusammen, sondern wirklich uns alle vier.

Samara und ich sind zu einem wahrlichen Liebespaar zusammengewachsen. Der Altersunterschied zwischen uns, dass Samara beinahe zehn Jahre älter war als ich, hinderte uns nicht daran, unsere Beziehung zueinander weiter auszubauen. Wenn wir zusammen auf Tour waren, haben wir jede Gelegenheit genutzt, uns liebevoll zu beschnuppern, unsere Köpfe aneinander zu legen und den anderen zu unterstützen. Wenn Samara vor etwas Angst hatte, dann bin ich eben voraus und umgekehrt. Wir waren einfach ein Team, das besser nicht hätte harmonieren können.

Unsere nächste gemeinsame Übernachtung sollte auf einem der Hegau-Berge, dem Hohenstoffeln, sein.

Sarah und ich haben schon einige Tagestouren auf dem Gipfel des Hohenstoffeln unternommen. Von all den Hegau-Bergen ist dieser unser Lieblingsberg, weil die Energie neben dem Gipfelkreuz, mit Blick auf den Binninger Baggersee und den Hohenhewen magisch ist.

Das erste Mal, als ich mit Sarah auf dieser Aussichtsplattform stand, dachte Sarah, es sei ein Zufall, dass ich schon nach wenigen Minuten, ruhig stehend neben ihr, zu gähnen anfing, aber da es wirklich jedes Mal passierte, dass ich dort oben völlig zur Ruhe kam, musste das daran liegen, dass dieser Berg etwas ganz Besonderes ausstrahlte.

Viel Platz hatte man auf dieser Aussichtsplattform nicht; ein steiler Wurzelweg führte hinauf, neben dem noch alte Ruinenreste zu erkennen sind. Ganz oben steht dann das große Gipfelkreuz und neben diesem eine Bank für Wanderer.

Sarah stellte mich immer genau neben diese Bank und ich verweilte ewig, ohne mich auch nur einen Schritt zu bewegen und blickte in die Ferne.

Sarah war jedes Mal fasziniert, denn ihr ging es genauso, man wollte einfach gar nicht aufhören in die Ferne zu blicken und mit jeder weiteren Minute, die den Blick weiter fesselte und dafür sorgte, sich den Naturschönheiten einfach hinzugeben, bewirkte, dass man unglaublich müde wurde.

Ich gähnte, Sarah legte sich teilweise sogar auf die Bank und merkte, wie alle Glieder und jeder Muskel so wunderbar anfingen zu entspannen.

An Tagen, an denen keine Wanderer vorbeikamen, kam es vor, dass wir stundenlang dort oben verbrachten, ohne nur einen Schritt zu wagen oder uns in irgendeiner anderen Form zu bewegen.

Nur unsere Blicke schweiften über die Berge und Täler, die uns dieser atemberaubende Ausblick bot.

Valerie, Sarah, Samara und ich nahmen uns also als nächstes Abenteuer vor, auf dem Hohenstoffeln zu übernachten. Natürlich hätten wir nicht alle Platz auf der Plattform zu schlafen, aber ein bisschen unterhalb des Berges gab es einen Hof, der uns sofort zusagte, als Sarah anrief und fragte, ob sie vielleicht ein Stückchen Weide für uns zur Verfügung stellen würden.

Bisher organsierte Sarah das Gepäck immer irgendwie. Entweder fuhr sie es mit dem Auto zuvor an den gewünschten Platz und holte es später ab, oder es war jemand so lieb aus dem Bekannten- und Freundeskreis, der es uns brachte.
Mit dem Auto zu diesem Ort zu gelangen, war dieses Mal aber etwas schwierig, nicht nur weil der Tag schon angebrochen war und wir nur unnötig Zeit verloren hätten, hätte Sarah noch durch die Gegend fahren müssen, sondern auch, weil ich es langsam lernen sollte, Gepäck auf meinem Rücken transportieren zu können.

„Milan, wir versuchen es mit einer ganz einfachen Schlauchtasche, die ich einfach am hinteren Ende deines Sattels befestigen werde, dort kommt mein Schlafsack hinein. Meine Matte und meine Klamotten, die ich sonst noch brauche, werde ich selbst in meinem Rucksack tragen, damit auch nichts verrutscht oder wackelt, was dich irgendwie beunruhigen könnte, einverstanden?"

- Was sollte ich denn für Einwände haben? Wenn diese komische Schlauchtasche der Preis dafür war, dass ich mit Samara wieder eine romantische Nacht verbringen dürfte, von mir aus.

Da Valerie und Sarah nach dem Arbeiten starteten, ging der Tag schon langsam dem Ende zu. Es war inzwischen wieder länger hell und die

Temperaturen um einiges erträglicher als auf unserer letzten Tour, als Sarah im Stroh fast erfroren wäre. Valerie und Sarah konnten im T-Shirt wandern, auch wenn die Sonne schon relativ weit unten stand.

Die Strecke, um auf den Hof des Hohenstoffeln zu kommen, betrug etwa 12 km, wofür es schon ziemlich spät war. Es war eine relativ weite Strecke, wenn man bedachte, dass wir bestimmt im Hellen ankommen wollten.

Mit den Hofbesitzern war ausgemacht, dass wir irgendwann abends ankommen würden. Dass es jetzt aber schon fast 20 Uhr war und wir immer noch den Anstieg im Wald vor uns hatten, der bestimmt nochmal eine Stunde in Anspruch nehmen würde, ließ Sarah tatsächlich etwas nervös werden, zumal man bei fremden Menschen schließlich auch nicht mehr so spät klingeln möchte.

Wir konnten es nicht ändern, es wurde immer dunkler und wir brauchten länger als gedacht. Immer wieder musste meine Schlauchtasche zurechtgerückt werden, weil die Befestigung sich immer wieder löste, was die ganze Sache auch nicht besser machte, denn im Dunkeln immer wieder irgendwelche Schnüre neu zu knoten, nervte Sarah tierisch, zumal sie mir versprach, dass eben nichts dauernd verwackeln und verrutschen würde.

„Ja, wie man das Gepäck tatsächlich so befestigt, dass alles richtig festsitzt, das muss man eben immer und immer wieder testen, bis man eine Lösung gefunden hat, damit auch wirklich alles so verschnürt ist, dass nichts mehr verrutschten kann. Aber, Milan, du bist dennoch wunderbar ruhig geblieben, und wenn die Tasche ganz in Schieflage geraten ist, dann bist du sogar stehen geblieben, um mir zu signalisieren, da stimmt etwas nicht. Klasse, es hat sich gelohnt, dir noch ein bisschen Zeit zu geben, bis dir das Gepäck auf den Rücken geschnallt wurde. Ich denke, jetzt ist es tatsächlich kein Problem mehr, wenn auch mal etwas verrutscht.

Vor ein paar Wochen bist du noch völlig nervös geworden, als wir das auf dem Platz immer wieder übten, mal die Satteltaschen am Sattel zu befestigen. Weißt du das noch? Inzwischen bist du aber eindeutig bereit dazu, auch mal weniger gutsitzendes Gepäck auf deinem Rücken zu akzeptieren!"

Um 22 Uhr kamen wir endlich an und Sarah war es extrem unangenehm, so spät noch bei den Hofbesitzern zu klingeln, um zu fragen, wo sie denn nun ihre Schlafsäcke ausbreiten dürften.
Ein Mann in Socken und Schlafanzughose machte uns auf und zeigte nur mit dem Finger, in welche Richtung wir laufen sollten, Geld wollte er auch keins, er war, glaubte Sarah, einfach froh, als er die Tür wieder zumachen konnte.

Im Dunkeln vermuteten wir, welche Weide er gemeint haben könnte. Samara und ich wurden abgesattelt und sobald das Halfter von uns entfernt wurde, marschierten wir in die dunkle Nacht, um die Weide zu begutachten.
Sarah und Valerie breiteten ihre Matten aus; so ganz ideal war der Liegeplatz nicht, hörte ich Sarah murmeln, da es ein leichtes Gefälle gab, aber in der hohen Wiese liegen wollten sie auch nicht, weil da die Zecken vermutlich eine Blutsauge-Party veranstaltet hätten.
Valerie und Sarah konnten die Silhouetten unserer Pferdekörper noch gut erkennen, die Sterne blinkten immer heller am Himmel, und die wunderbare Ruhe, die vom Gipfelkreuz ausging, war auch hier spürbar.

Am nächsten Morgen entschieden Samara und ich, unsere zwei Pferdenasen erstmal in den rumliegenden Rucksäcken stöbern zu lassen. Außer ein paar Resten von Plastikmüll, in dem vermutlich das gestrige Abendessen der beiden eingepackt war, gab es nicht viel zu entdecken.

Wir machten uns früh morgens auf in Richtung des Hohentwiels, eine bekannte Festungsruine.

Während Sarah wandernd auf ihr Handy blickte, las sie uns Folgendes aus Wikipedia vor: *„Seit 9000 Jahren siedeln Menschen an den Hängen des Hohentwiel. Nachgewiesen sind Spuren aus der Jungsteinzeit, Rössener Kultur, La-Hoguette-Gruppe und der Kelten. Eine erste Befestigung des Berges um das Jahr 915 ist nachgewiesen. Die mittelalterliche Burg wurde ständig erweitert. Zu Beginn des 16. Jahrhunderts ging sie in den Besitz der Württemberger über, die sie zu einer Staatsfestung ausbauten. Im Dreißigjährigen Krieg wurde die Festung fünfmal erfolglos belagert. Unter Napoleon wurde sie geschleift und entwickelte sich schon bald danach zu einer Touristenattraktion."*

Genau auf dieser Ruine wollten Valerie und Sarah frühstücken, was sie auch taten, während Samara und ich, nah beieinanderstehend ebenfalls frühstückten. Burghalme durften wir probieren, als wären wir ein paar Jahrhunderte zurück in der Zeit, in der man mit den Pferden tatsächlich noch eine Burg bestieg. Sarah meinte, es fehle nur noch eine Schar Ritter, die uns dazu einluden, am Rittermahl teilzunehmen.

Tipp 8: (Planung)
Versucht immer so zu planen, dass Zeitdruck erst gar nicht entstehen kann.

Tipp 9: (Gepäck)
Wie das Gepäck am besten transportiert werden kann, sollte immer wieder getestet werden, am besten schon auf kleineren Strecken, damit man für die weiteren Wege (bis dahin) die ideale Lösung gefunden hat.

Criolloliebe

„Den Tipp damals, dass wir an der Donau ein neues Pferd für mich finden würden, gab uns Jana, eine frühere Arbeitskollegin von Papa. Jana hatte damals beim selben Züchter einen Criollo gekauft und war von der Rasse so angetan, dass wir ihren Tipp, zu deinem damaligen Züchter zu fahren, unbedingt befolgen wollten."

Sarah saß auf dem Gras, positionierte ihr Handy auf einem Stein und wollte mit dem Selbstauslöser ein Foto von uns beiden machen, dabei erzählte sie weiter, dass Jana eigentlich die Einzige sei, die sie kenne, die auch immer wieder so fasziniert von der Pferderasse ist wie Sarah.

„Weißt du, Milan, wenn ich mich mit Jana austausche, erfahre ich, dass sie mit Nick, ihrem Criollo, auch immer wieder Dinge erlebt, die man kaum glauben kann. Genau wie du, ist auch er wahnsinnig schlau. Natürlich liebt man sein Pferd, mit dem man sich tagtäglich beschäftigt, von Herzen, und sagt, man hätte das beste Pferd der Welt. Pferde, egal welche Rasse, sind einfach wunderbare Wesen, aber dieses Mitdenken, wie es scheinbar die Criollos tun, das kenne ich von keinen anderen Erzählungen oder Pferderassen.

Weißt du noch, ich wollte, dass du über einen Bach springst. Ich weiß, dass du mir gehorchst, wenn ich dir signalisiere, dass der Weg eben über den Bach gehen soll, aber du bemerktest, dass das Springen über den Bach gar nicht nötig war. Ein paar Meter weiter führte nämlich ein kleines Stück Wiese über den Bach, dass ich vorher nicht gesehen hatte. Ganz ohne Springen würden wir über den Bach kommen, dies zeigtest du mir mit einer Kopfbewegung und beharrlichem Stehen, dass du meine Idee nicht klug fandest, sondern eine viel bessere Lösung hattest, wie wir beide ans Ziel kommen würden.

Ich schaute in die Richtung, in der du deinen Kopf strecktest und sah erst nach deinen deutlichen Signalen, welche Lösung du hattest, um über den Bach zu kommen.

Wie großartig, oder?

Du denkst einfach mit, egal um was es geht, auch wenn irgendein Rucksack oder ein Gepäckstück nicht mehr richtig auf deinem Rücken liegt, du bleibst stehen und signalisierst mir dadurch, dass ich das Gepäck nochmal anders befestigen sollte.

Ich weiß, dass ich mich auf dich verlassen kann, dass du nicht stumpf irgendwelche Befehle ausführst, sondern dass du durchaus mitdenkst und Ideen hast, wie wir welche Hindernisse überwinden können.

Als mir der Züchter damals mehrmals gesagt hatte, dass Criollos scheinbar so auf einen Menschen fokussiert sind, dachte ich mir nur: Ja, wenn man sich mit einem Pferd viel beschäftigt, sind alle Pferde auf den jeweiligen Menschen fixiert, aber ich muss ihm im Nachhinein wirklich Recht geben.

Mit welchem Pferd kann man allein in irgendwelchen Wäldern schlafen, ohne dass es unruhig wird, weil die Pferdeherde nicht in der Nähe ist. Ich reiche dir; wenn ich da bin, ist für dich die Welt in Ordnung.

Auch Josie, die genau wie Nick und du vom gleichen Züchter kommt, hängt so unglaublich an Papa, sie kennt schon das Motorgeräusch seines Autos. Immer wenn er von weitem angefahren kommt, dann galoppiert Josie ihm entgegen und man sieht ihr regelrecht an, wie sehr sie sich freut, wenn er kommt. Auch Josie zeigt deutlich, dass sie gefordert werden will, das ist schon sehr besonders.

Nicht zu vergessen die Kondition, die du hast, und was man auch über Criollos sagt, dass diese unglaublich laufbegeistert sind. Jana erzählte mir erst neulich übers Handy, dass Nick scheinbar neun Kilometer marschiert ist, in einer knappen Stunde. Man könnte meinen, er wäre danach mal ausgepowert gewesen – nichts da, genau wie ich mit dir doch mal getestet habe, wenn ich das Trabsignal gebe auf einer langen schönen Strecke, wie lange du freiwillig im Trab bleibst, bis du von selbst in den Schritt fällst: Es waren 3,1 km. Auch nach diesen Kilometern hast du ein paar weitere Schritte im Schritt gemacht und hast mir gleich wieder zu verstehen gegeben, dass du durchaus noch genügend Energie hast für eine weitere Strecke im Trab – unglaublich.

Auch wenn Criollos nur ca. 140 bis ca. 148 cm groß sind, habe ich mal in einem Buch gelesen, was die Gauchos über Pferde gesagt haben: Bewundere den Großen, aber reite den Kleinen. Die werden wohl gewusst haben, warum!"

Nachdem wir wieder ein paar Schritte weiterspaziert waren, schickte Sarah mit Jana Sprachnachrichten hin und her und ich hörte im Hintergrund die Eisen klappern, weil Jana vermutlich auch gerade mit ihrem Nick unterwegs war: „Jana, stell dir vor, Milan signalisiert mir sogar, wann ich ihn nicht mehr reiten soll und er möchte, dass ich absteige. Normalerweise steige ich immer auf Milan auf, indem ich zuerst eine Sitzbank suche, auf die ich steigen kann, damit ich dann leichter auf seinen Rücken komme.

Wenn Milan pinkeln muss, merke ich schon während des Reitens, dass er öfter stehen bleibt und es ihm dann nicht angenehm ist, wenn ich auf ihm sitzen bleibe. Deshalb steige ich auch immer ab, wenn ich merke, dass er angespannt läuft und immer wieder stehen bleibt.

Gestern aber, da wollte ich nicht gleich absteigen, obwohl ich schon merkte, dass er vermutlich pinkeln musste. Ich dachte, noch einen kleinen Anstieg sollte er mich tragen, dann würde ich, oben angekommen, absteigen.

Milan sah eine Sitzbank, lief, ohne mein Zutun zu dieser Sitzbank und positionierte sich so, wie er sich positionieren würde, wenn ich aufsteigen will.

Zuerst dachte ich: Hä, was soll denn das jetzt? Aber ich begriff sofort, er wollte, dass ich jetzt absteige. Er wollte nicht mehr den Hang hochlaufen und dass ich ihn weiter reiten würde. Er musste scheinbar dringender pinkeln, als ich es vermutet hatte.

Ich bin abgestiegen, die Sitzbank hatte ich ja nun als Hilfe. Ich stand auf dem Boden und Milan pinkelte, das ist doch absolut irre oder nicht?

Wie komplex denkt dieses Pferd, dass er die gelernten Kommandos so kombiniert, dass er sich so deutlich ausdrücken kann?"

Jana lachte ins Telefon rein und bestätigte nur, dass ihr Nick genauso zeigen würde, was er will und was er nicht will!

Jana und Nick kamen uns auch im Hegau besuchen, was Sarah sehr freute, denn so konnten Sarah und Jana sich weiterhin über die Erfahrungen mit ihren Criollos austauschen und Sarah konnte Jana ein paar schöne Strecken zeigen, die wir über die Zeit schon erkundet hatten. Nick mit seinem schwarz-weißen Fell und seiner prächtigen Mähne war ein angenehmer Zeitgenosse für mich, vermutlich spürten wir, dass uns die gleichen Wurzeln verbanden, auch wenn weder Nick noch ich eine Idee hatten, was die Begriffe Criollo, Gaucho und Rasse überhaupt bedeuten sollten.

Geschenk des Himmels

„Wenn ich das Hegau-Gebiet beschreiben sollte, würde ich es folgendermaßen tun: Auf einer Ruine stehend, der Blick nach vorne gerichtet könnte man meinen, dass die Vulkanberge, die alle relativ weit auseinander liegen, riesige Dinosauerierrücken sind. Es sieht aus, als würde diese Dinoasaurierherde durch tiefgelegene Wälder an den Bodensee wandern, denn bei guter Sicht sieht man von hier oben nicht nur bis zur Insel Reichenau, sondern man hat noch einen Blick auf die Alpen, die abends in einem Licht erstrahlen, dass man meinen könnte, ein Flugsaurier hätte während seines Fluges Goldpulver auf die Spitzen der Berge fallen lassen." Sarah sprach eine Sprachnachricht auf ihr Handy, die an Sandra, die an der Ostsee wohnt, gehen sollte.

Vermutlich hat diese Beschreibung meines Zuhauses Sandra so neugierig gemacht, dass sie beschloss mit ihrem Hund namens Happy zu uns zu fahren.

„Wie verrückt ist das nur? Noch zu Beginn unseres Einlebens hier in Zimmerholz habe ich mich noch beklagt, dass wir nicht die richtigen Leute finden, die zu uns passen. Ich habe mir aber vorgenommen, dass ich loslassen will von all den Erwartungen und Bemühungen um diejenigen, die meine Bemühungen nicht wertschätzen, und jetzt habe ich schon wieder einen Menschen kennengelernt, der neun Stunden Autofahrt auf sich nehmen möchte, um uns kennenlernen zu wollen, das ist doch wohl ein Geschenk des Himmels."

- Der Himmel macht Geschenke? Ich grübelte über diesen Satz. Es war wohl eher wieder das Handy, das es ermöglichte, dass Sarah und Sandra sich kennenlernten.

Wenn mich jemand fragen würde, wie ich das Hegau-Gebiet beschreiben würde, würde ich folgende Worte wählen: bergauf – bergab – Grashalme zwischen Steinen – bergab – bergauf. Ob diese

Sandra, die wir kennenlernen wollten, immer noch so begeistert wäre, wenn sie diese Beschreibung hören würde?

Sandra setzte ihre Worte in die Tat um und kam uns besuchen.
Sarah hatte folgende Idee: Nachdem wir so gut wie alle Hegau-Berge inzwischen bestiegen hatten, würde sich die am nächsten gelegene Ruine, der Hohenhewen, die nur sieben Kilometer von unserem Hof entfernt lag, doch am ehesten für eine Tour mit Sandra anbieten. Wir mussten schließlich erstmal schauen, wie ihr das Bergauf und das Bergab hier so gefallen würde, denn von ihren Erzählungen war sie an diese vielen Steigungen, die für uns inzwischen völlig normal waren, überhaupt nicht gewöhnt.

Noch eine Neuigkeit wollte Sarah mit Sandra testen: Da Sarah vorhatte auf dem Hohenhewen auch zu übernachten, wurde dieses Mal keine Matte als Unterlage für Sarahs Schlafkomfort eingepackt, sondern eine Hängematte.
Die Ruine des Hohenhewens eignete sich hervorragend für eine Übernachtungstour, denn die großen Bäume, die auf dem Ruinengelände standen und die Stahlzäune, die vor einem Absturz der Gemäuer schützen sollten, eigneten sich nicht nur, ganz einfach ein Seil zu spannen, in dessen Abzäunung ich dann verweilen sollte, sondern auch als Befestigung für die Hängematte, in der Sarah schlafen wollte.

Mit ein bisschen Holz, das Sarah und Sandra für das Erwärmen ihres Abendessens brauchten, ihren Hängematten und Wasserkanister für mich, zogen wir los.

Als wir oben ankamen – wir überlegten tatsächlich auf dem Weg, ob wir die Tour, aufgrund der schwarzen Gewitterwolken, die sich über uns zusammenbrauten, doch abbrechen sollten - leuchtete ein Regenbogen über uns, der in seinen bunten Regenbogenfarben das ganze Gelände erstrahlen ließ und uns nur bestätigte, dass es sich gelohnt hatte, hier hochzulaufen.

Sarah sattelte mich ab, sie legte das ganze Material schon an die richtige Stelle, an der sie nachher unser Lager aufschlagen wollte, und bevor die Dunkelheit einbrach, nutzten Sarah und Sandra noch die Abendstimmung, um sich über dem Feuer ein Fondue zu machen.

„Mmh, so lecker, Fondue lässt sich so unkompliziert auf dem Feuer machen, schneller als Würste anbraten, geht es auch, denn für richtig leckere Bockwürste braucht man eine Glut, für Fondue braucht man nur ein paar wenige Hölzer und einen Feueranzünder, schon kann man seine kleine Pfanne auf die Flammen stellen und das Fondue fängt wenige Minuten später an zu blubbern."

Sarah und Sandra tunkten ihr Brot in den heißen Käse und blickten mir zu, wie auch ich genüsslich meine Grashalme fraß.

Die Ruine liegt 846 m. ü. M. Die Abendstimmung von hier oben war so malerisch. Die Sonne ging langsam unter, während der ganze Himmel, der zuvor noch von den Regenbogenfarben erleuchtet wurde, jetzt in einem sanften Orange leuchtete.

Wenn die Sonne anfing unterzugehen, dauerte es nicht lange, bis die Dunkelheit sich langsam breitmachte.

Sarah und Sandra hatten ihre Hängematten schon gespannt und auch meine Umzäunung war schon fertig angebracht.

„Sandra, liegst du auch so gut in der Hängematte?", fragte Sarah, als sie sah, dass Sandra ihre Position in der Hängematte mit ihrer süßen Hündin auch schon gefunden hatte.

Sarah blickte aus ihrer Hängematte, eingekuschelt in ihrem Schlafsack. Der Mond ging langsam auf und vor dem aufgehenden Mond sah sie meine Silhouette. Mein Kopf richtete sich ebenfalls dem aufgehenden Mond zu und es wurde immer stiller.

„Sandra, es ist wirklich ein Wahnsinn, wir haben so viel miteinander geschrieben übers Handy und jetzt liegen wir hier und du hast so einen weiten Weg auf dich genommen, dass wir nun hier zusammen in den Sternenhimmel schauen können.

Weißt du, ich habe Kontakte, die wohnen ein paar Kilometer von meiner Wohnung entfernt, und wir treffen uns vielleicht einmal im Jahr.

Denkst du, dass ein Treffen wirklich aufgrund fehlender Zeit nicht stattfindet?

Ich denke nicht. Jeder von uns hat Zeit; Zeit hat man nämlich immer für das, was einem wichtig ist. Ich würde sagen, Menschen, die immer beschäftigt sind oder vorgeben, keine Zeit zu haben, haben einfach andere Prioritäten.

Kennst du den Spruch: Verbringe Zeit mit denjenigen, die fünf Stunden fahren würden, um dich nur eine Stunde zu sehen?"

Wer das für dich tut, da kannst du wohl sicher sein, dass du für diese Person eine Priorität bist. Ich danke dir, dass du den weiten Weg auf dich genommen hast, um mit mir nun hier zu liegen."

Abwechselnd streckte ich meine Nüstern mal in Sarahs Hängematte, dann wieder in Sandras,- graste, blickte in die Dunkelheit und es gab keine Gründe, dass auch ich mich hier nicht sehr wohl fühlen würde.

Tipp 10: (Die Hängematte)
Die Hängematte ist eine super Möglichkeit, um sich draußen einen guten Schlafkomfort zu bieten. Besorgt ihr euch eine Hängematte mit Insektennetz, seid ihr sowohl vor den Mücken geschützt als auch vor den Insekten auf dem Boden. Wenn man die Hängematte stramm spannt, kann man sich drehen wie in einem Bett und zum Transportieren auf dem Pferd ist die Hängematte von der Größe und dem Gewicht das Beste, was wir bisher ausprobiert haben.

Tipp 11: (Fondue)
Fondue ist ein sehr unkompliziertes, leckeres Essen, das weder lange Feuer braucht, bis es genießbar ist, noch schlecht wird, wenn man es mehrere Stunden transportiert.

Der Klebebeschlag

Eine Frau kam zu uns an den Hof gefahren, die meine Hufe bearbeitete. Bisher lief ich ohne Hufschutz, ein paar Mal probierte Sarah, mir Hufschuhe anzuziehen, aber wir merkten beide schnell, das war keine Lösung für längere Touren.

Entweder steckten die Hufschuhe relativ schnell im Matsch fest und Sarah durfte sie dann wieder aus den Matschlöchern fischen oder die Schuhe saßen nicht richtig, und nach unseren Tagestouren entdeckte Sarah immer wieder wunde Stellen an meinen Fesseln, die natürlich auch wieder eine Zeit lang heilen mussten, während wir in dieser Zeit die Schuhe auch nicht anziehen konnten.

Da Valerie und Sarah aber auch in naher Zukunft weitere Touren mit Samara und mir machen wollten, musste eine Lösung her, denn da es viele Wege gab, die eben nicht aus weichen Wiesenböden bestanden, war der Klebebeschlag eine Idee, die wir ausprobieren wollten.

Die Hufschmiedin brauchte viel Zeit und Geduld für meinen Klebebeschlag, denn wie Sarah mir erklärte, klebte sie den Hufschutz (Duplos) auf meine Hufe.

Die Plastikeisen, die man auch Duplos nennt, haben seitlich Gummilaschen, die man alle einzeln an die Hufwand kleben musste. Das bedeutete, dass stilles Stehen angesagt war, denn wenn die Laschen nicht richtig angeklebt werden, könnt ihr euch denken, dann halten die Duplos auch nicht richtig.

Eine lange und mühsame Angelegenheit; die Duplos einfach zu nageln, wäre viel schneller gegangen, aber Sarah meinte, sie möchte mir noch keine Nägel in meinen Huf schlagen lassen, das hätte noch Zeit. Wir würden diese Variante nun einfach mal ausprobieren, und wenn die geklebten Duplos auch längere Zeit halten würden, dann wäre das auf alle Fälle eine gute Alternative zum Nageln.

Nach zwei Stunden Geduldsarbeit der Hufschmiedin – ich hatte nach so langem Stillstehen tatsächlich auch genug – war ich also bereit für eine Probetour mit meinem neuen Klebebeschlag.

Tipp 12: (Hufschutz)
Klebebeschläge sind eine gute Alternative zu genagelten Beschlägen, wenn man keine Hufschuhe möchte, jedoch sind sie sehr teuer, zeitaufwändig anzubringen und weniger zuverlässig als genagelte Duplos.

Das Ungeheuer

Jetzt wusste ich, warum ich diesen Klebebeschlag brauchte: Wir würden innerhalb eines Tages zwei Kontinente bewandern oder wie konnte man es sonst erklären, dass wir plötzlich an Elchen vorbeispazierten, die, soviel ich wusste, in Nordamerika leben, und wenige Minuten später vor einem Emu standen, die eigentlich in Australien beheimatet sind.

Aber von vorne…

Dass Samara schon eine etwas reifere Stute war, habe ich euch schon erzählt, stimmt's? Auch dass sie einen Sohn hat, namens Karuso, habe ich euch erzählt, auch diesen akzeptierte ich, denn ich würde mich nicht unbedingt beliebt bei Samara machen, würde ich ihren Sohn mit angelegten Ohren begrüßen.

Wir drei Pferde, Samara, ihr Sohn Karuso und ich wanderten los, auf in das nächste Abenteuer.

Samara und Karuso führte Valerie, und ich wurde von Sarah geführt, von wem auch sonst.

Sarah dachte sich schon zu Beginn der Wanderung: „Hut ab vor Valerie! Mit beiden Pferden loszulaufen, ganz stressfrei und ungefährlich war das sicher nicht."

Unser Ziel war Eigeltingen, etwa 22 km von unserem Hof in Zimmerholz entfernt.

Die ersten Wege waren überhaupt kein Problem. Am Eiszeitpark vorbei, Richtung Aach, dann weiter auf schönen Waldwegen, einfach immer Richtung Krebsbachtal.

Karuso, der noch nicht so viel Erfahrung hatte mit längeren Touren, hat sich tapfer geschlagen; er hatte schließlich auch Valerie und Samara an seiner Seite sowie mich und Sarah.

Wir überquerten den Krebsbach und mit jedem weiteren Meter näherten wir uns unserem Ziel, bis wir plötzlich aus dem Wald kamen und ein Elch am Waldesrand stand.

So ein Tier habe ich noch nie zuvor gesehen; ich blieb stehen und schaute es mir intensiv an.

Dieses Tier sehe einem Hirsch sehr ähnlich, meinte Sarah, schaute aber gleichzeitig etwas verwirrt auf ihr Handy, da sie eigentlich vermeiden wollte, dass wir durch die Lochmühle laufen mussten, über einen über 400 Jahre alten Bauernhof, der heute in einen attraktiven Freizeitpark für Alt und Jung verwandelt wurde.

Wenn dieser Elch aber zu diesem Freizeitpark gehörte, dann ging Sarahs Plan wohl nicht ganz auf. Oder woher sollte der Elch nun kommen? Oder waren wir doch in Nordamerika und hatten uns total verlaufen?

„Valerie, die App zeigt an, dass es eine Route oberhalb gibt, dann müssen wir nicht ganz durch den Park. Sollen wir das probieren?", fragte Sarah und Valerie stimmte nickend zu.

Wir fünf liefen tapfer an dem Elch vorbei, da hörte man schon von weitem Kindergeschrei und Geräusche, die ich nicht zuordnen konnte. Das Klappern und Kleppern wurde immer lauter, bis um die Ecke eine vollbeladene Kutsche angefahren kam, die so an uns vorbeirauschte, dass wir es gerade noch so schafften, in den Wald am Wegesrande zu springen, damit uns die schnellfahrende Kutsche nicht umfuhr. Unsere Anspannung stand uns allen ins Gesicht geschrieben; erst der Elch, dann die lauten Geräusche aus allen Ecken und jetzt diese viel zu schnell fahrende Kutsche.

Ich erwähne nochmal kurz, Valerie hatte zwei Pferde zu führen, sie hatte für jedes Pferd nur einen Arm, das Adrenalin schoss ihr vermutlich schon durch jede Ader. Es blieb aber keine Zeit sich weiter Gedanken zu machen, da wir nicht wussten, welche Hürde wir als nächstes zu meistern hatten und mein Gefühl sagte mir, es würde noch einige geben, denn wir standen mitten in diesem überfüllten Freizeitpark.

Wir liefen tapfer weiter, in der Hoffnung, dass uns die App auf Sarahs Handy nicht enttäuschen würde, und wir jeden Moment einen Ausweg aus diesem Freizeitpark finden würden.

Wir liefen an schnatternden freilaufenden Gänsen vorbei, an lauten Kinderwägen, die auf dem Schotterweg nur so vor sich hin ratterten, an brüllenden Kindern und an Menschenmengen, die uns teilweise anschauten, als kämen wir vom Mond.

Die Gedanken mancher Menschen konnte man wahrlich an ihren Blicken erahnen, von Verachtung bis Bewunderung, was wir fünf hier eigentlich machten, war alles spürbar.

Wir liefen an einem Schweinestall vorbei, an einer Umzäunung entlang, bis plötzlich vor uns ein buschiges, riesiges Tier stand, mit Federn, dass uns so durchdringend anschaute, dass ich mir förmlich hätte vorstellen können, dass dieses Tier bestimmt jeden Moment über die Umzäunung fliegt und uns die Augen auspicken wollte.

Die Federn waren eher Flaum, und Vögel sind doch eigentlich ganz klein, aber ich kategorisierte dieses Tier dennoch zu den Vögeln, da dieses Tier auch so einen spitzen Schnabel hatte. War es ein mutierter Monstervogel, dessen Lieblingsspeise vielleicht Elche und Pferde sind? So groß wie dieses Tier war, so riesig war auch sein Schnabel. Der Hals war sehr lang, die Füße ebenfalls, auch die Zehen oder was das gewesen sein soll, worauf das Tier stand, sahen gefährlich aus. Aber nichts gegen diesen fesselnden Blick, wie uns dieser komische Vogel anschaute. Er fixierte uns immer noch wie ein Puma, der uns vermutlich jede Sekunde fressen wollte, oder, besser gesagt, mit seinem großen Schnabel jedes Organ herauspicken wollte.

- Keine Chance! An diesem Ungeheuer wollte ich nicht vorbei, da waren wir Pferde uns alle einig, denn ich schaute nur zu Samara und Karuso, denen es ähnlich erging. Sie starrten ebenfalls dieses Vogelungeheuer an; auch für sie war dieses Tier furchterregend. Ich stand wie angewurzelt vor diesem Ungeheuer und hoffte, dass irgendetwas passieren würde, was dieses Tier verschwinden ließ, auch wenn wir es sein müssten, die auf der Stelle umdrehen sollten.

„Milan, nicht jetzt, wir müssen da vorbei, wir haben es gleich, wir müssen weg aus diesem Park, sonst müssen wir die ganzen Wege wieder zurück."

Sarah und Valerie waren beide so entschlossen, an diesem Emu, wie dieses ungeheuerliche Tier scheinbar richtig heißt, vorbeizumüssen, dass uns keine andere Wahl blieb, als an ihm vorbeizugehen.

Ich war so angespannt und hatte genau im Blick, dass mich dieser Emu immer noch mit den Augen fixierte, dass ich mich beherrschen musste, im Schritt zu bleiben.

Wir hatten es geschafft.

Kurze Entspannung, einmal ausatmen.

Meine Organe lagen nirgendwo auf der Wiese. Oder hatte ich es vor lauter Stress gar nicht bemerkt, dass vielleicht doch schon eine Niere herausgepickt worden war?

Sarah meinte tatsächlich, kaum hatten wir dieses Ungeheuer besiegt, dass der Weg, den die App anzeigte, gesperrt sei und dass wir wieder zurückmüssen.

- Wie bitte? Habe ich gerade richtig gehört?

Sichtlich war auch Sarah gestresst, denn ihr und Valerie war es sehr wohl bewusst, dass das hieße, dass wir wieder durch den Park zurücklaufen mussten, also wieder vorbei an dem Emu, dem Schweinestall und den Gänsen. Unsere Nerven waren jetzt schon etwas beansprucht, aber Aufgeben brachte jetzt nichts.

- Ich wusste es: Das Ungeheuer hatte Sarah unbemerkt bestimmt die Augen ausgepickt, denn wieso sah sie auf ihrer App denn erst ein paar Meter später, nachdem wir die Todesgefahr überwunden hatten, dass der Weg gesperrt ist und wir jetzt wirklich den ganzen Weg wieder zurückmüssen?

Entschlossen, aber doch schon total verschwitzt vor Stress, gingen wir also den Weg wieder zurück.

- Das wird ja was werden! Wie soll Sarah jetzt bitte den richtigen Weg finden, wenn dieses Ungeheuer doch ihre Augen ausgepickt hatte?

Wenn ich an unserem Zielort nicht die besten Grashalme zur Belohnung bekommen würde... ich war immer noch im Panikmodus.

Wir schafften es, alle fünf heil durch diesen Park zu kommen, aber sichtlich erschöpft und angestrengt. Noch weitere zwei Kilometer durch den Wald und wir kamen endlich an unserem gewünschten Hof an.

Tatsächlich half dieses Wandern im Wald, um wieder runterzukommen und dieses Nahtoderlebnis etwas zu verarbeiten - ob sich Sarah inzwischen andere Augen reinmachte, damit sie wieder etwas sehen konnte – keine Ahnung. Hauptsache, meine Augen funktionierten.

Unsere Zeichnung, die dieses Erlebnis in einem Bild ausdrücken müsste, wären wir in einem Comic-Heftchen abgelichtet worden, sähe vermutlich folgendermaßen aus:

Drei Pferde, deren Zungen vor Erschöpfung am Boden hängen, ihre Augen schon zugefallen und zwei Frauen mit zerzausten Haaren, die ihre Pferde am Strick hielten, Schweißflecken unter den Achseln sowie ein stinkendes Käsebrot essend, und zur Krönung natürlich noch der furchterregende Emu im Hintergrund, der plötzlich über den Zaun fliegt.

Heute Nacht würde ich hoffentlich nicht von diesem Ungeheuer träumen, ich hatte viel zu verarbeiten, genau wie Karuso und Samara.

Valerie und Sarah waren auch ziemlich kaputt, sie pumpten ihre Luftmatratzen auf, legten sich in ihre Schlafsäcke und schliefen trotz hellen Mondscheins und surrenden Mücken relativ schnell ein.

Tipp 13: (Begleitung)

Mit jedem weiteren Pferd verändert sich die Gruppendynamik innerhalb einer Pferdeherde. Es ist immer sinnvoll, dass sich die Pferde gut kennen, bevor sie miteinander losziehen, außer man hat das Ziel, dass die Pferde sich durch die gemeinsame Tour besser kennenlernen sollen. Da man aber im Voraus nicht wissen kann, wie sich die Pferde verstehen, birgt es ein gewisses Risiko, wenn sich die Pferde erst auf der Tour kennenlernen (z. B. ist zu beachten, dass man sie eventuell nicht auf die gleiche Weide stellen kann, wenn die Rangordnung noch nicht geklärt ist, usw.)

WANDERREITEN AM BODENSEE

Wenn ich mich an den Bodensee erinnere, kommt mir folgendes in den Sinn:
„Ich saß auf dem großen Baumstamm, der Teile seiner Äste ins Wasser ragen
ließ, aber auch einige Teile der Äste aus dem Wasser herausschauen ließ.
Schaute ich nach vorne, sah ich das türkisfarbene Wasser, in dem sich die
Mittagssonne spiegelte und es schien, als würde uns die Sonne durch ihr
Glänzen im Wasser anlächeln.
Schaute ich zur Seite, sah ich dich, wie du geerdet einen sicheren Stand
gefunden hast, zwischen vereinzelten kleinen Muscheln und Sand, der deine
Vorderhufe immer weiter eingrub und wie deine Augen sich immer wieder
schlossen, weil auch du die unglaubliche Ruhe aber zugleich die Kraft des
Wassers wahrgenommen hast, die einen in einen Zustand versetzten, dass
man nichts weiter tun wollte als weiter auf die Weite des Sees zu blicken."

30 km Beton

Endlich wurde es wieder wärmer, Sarah hatte Osterferien, Valerie hat
sich ebenfalls freigenommen und es stand ein großes Abenteuer bevor,
von dessen Planung Samara und ich nicht so wirklich viel
mitbekommen hatten. Ich wurde einfach aus dem Stall geführt,
gesattelt und schon wenige Minuten später stand Samara vor mir und
die Vorfreude von Valerie und Sarah ließ mich vermuten, dass sie
etwas Größeres vorhatten.
Dass Samara und ich tatsächlich einige Übernachtungen
hintereinander zusammen erleben würden, hätten wir beide nicht
vermutet.
Sarah hatte zuvor irgendwelche Telefonate geführt, aber auch Valerie
hatte verschiedene Kontakte mobilisiert, sodass wir jeden Tag ein
neues Ziel haben würden.

„Wir werden Deutschland kurze Zeit verlassen, wir müssen über die Grenze und dann werden wir in der Schweiz unsere erste Unterkunft haben."

Ich verstand gar nichts, ich war viel zu abgelenkt von Samara, die an diesem Tag wieder so wundervoll duftete, und ich hatte das dringende Bedürfnis, ihr ein paar Liebesbisse zu verpassen. Allein ihre braunen Augen, ihre wunderschöne dunkelbraune Mähne und ihr köstlicher Duft, ein wahrer Genuss.

Zu viert liefen wir los und der Weg hörte nicht auf. An der Straße entlang, immer weiter und immer länger zog sich der Beton unter unseren Füßen. Die Hegau-Berge lagen schon längst hinter uns, es war kaum noch zu erkennen, dass wir aus der Nähe dieser schönen Berge kamen.
Wohin das Auge auch reichte, lag immer noch Beton vor uns, grauer, harter Beton.
Verkehrskreisel, rauschende Autos, die an uns vorbeiflitzen, seltsame Dörfer, die total ausgestorben schienen, Bushaltestellen, an denen keiner saß, Kirchen, so groß wie Hochhäuser, kleine Läden, die aber alle nicht geöffnet hatten.
Wohin würde dieser Weg nur führen?
Mitten in einem Industriegebiet klingelte Sarah an einem riesigen gelben Haus, aus dem eine blonde Frau heraustrat, die sich unglaublich freute, uns zu sehen.
Ich hatte diese Frau noch nie zuvor gesehen, aber das, was sie ein paar Minuten später in den Händen hielt, war unsere Rettung, denn ich hätte nicht gewusst, wie lange ich diesen Betonweg noch weiter hätte bestreiten sollen, ohne eine Pause einzulegen, in der es ausreichend Wasser gab.
Samara und ich konnten nicht warten, bis der eine aus dem Wassereimer fertig getrunken hatte, wir streckten beide unsere

Nüstern in den Eimer und tranken Liter für Liter diesen Eimer zusammen leer.

Irgendwas wurde davon erzählt, dass wir die Grenze demnächst erreichen würden, von da ab würde es nicht mehr lange dauern, bis wir unseren Zielort Ramsen in der Schweiz erreicht hätten.

Nachdem jeder weitere Schritt sich anfühlte, als hätten wir Blei an unseren Füßen, standen wir plötzlich vor einem Stein, der mitten auf der Wiese stand.

Sarah und Valerie freuten sich und versuchten Fotos zu machen, wie jeweils unsere Beine um diesen Stein standen.

- Was ist nur mit den Menschen los, dachte ich mir in diesem Moment. Könnt ihr euch vorstellen, wie viele unzählige Steine auf unserer bisherigen Route am Wegesrand lagen? Wir waren bis zu diesem Zeitpunkt schon knappe 25 km auf Steinboden gelaufen, weshalb jedem von uns schon die Füße schmerzten, und ausgerechnet dieser Stein, auf einer ganz gewöhnlichen Wiese, musste fotografiert werden.

„Das ist der Grenzstein, der markiert, dass wir nun mit einem Fuß in Deutschland sind und mit dem anderen Fuß in der Schweiz."

Ich schaute wieder Samara an, und die Worte, die Sarah sagte, flogen fast sichtbar über die nahestehenden Äcker hinweg, denn Samara schaute in die Ferne und ich konnte nicht aufhören, ihre Ohrenspitzen zu beobachten, die leicht nach vorne gerichtet so aussahen, als wüsste sie tatsächlich, wo wir waren. Ich konnte mich nicht auf die herumfliegenden Worte konzentrieren, mein Blick fokussierte sich auf die wunderschöne Samara, die sich vermutlich genauso wenig wie ich dafür interessierte, weshalb ausgerechnet dieser Stein nun besonders sein sollte.

Ein paar Kilometer weiter, nachdem wir noch durch ein paar Waldabschnitte gewandert waren und zwischendurch immer mal ein paar Grashalme abzupfen durften, erreichten wir den Hof in Ramsen, den Samara tatsächlich von früher kannte, da sie anscheinend hier schon untergebracht war.

Zur Belohnung, dass wir die ersten 30 km zu diesem Zielort geschafft hatten, durften Samara und ich uns erstmal auf einem Stückchen Weide ausgiebig satt fressen. Es war eine Wohltat, allein dass der Sattel entfernt wurde, ich mich mit Samara zurückziehen konnte und es nicht so aussah, dass wir diesen Platz die nächste Zeit wieder verlassen müssten.

Nachdem Valerie und Sarah ihr benötigtes Material in Empfang genommen hatten – sie hatten sich tatsächlich vorher so organisiert, dass sie jemanden baten, ihnen das Gepäck jeweils zu bringen und wieder abzuholen, um während der Wanderung nicht von rutschendem, schwerem Ballast geplagt zu sein – wurden wir am späten Nachmittag in einen Stall geführt, in dem wir heute übernachten sollten.

Die Idee der Hofbesitzerin war, dass Samara in den Stall rein sollte und ich in die Box außerhalb des Stalls.

- Wir sollten getrennt werden? Stress stand uns beiden ins Gesicht geschrieben… ein fremder Stall, von Samara getrennt, wer weiß, welche Ungeheuer nachts aus dem Stroh schleichen würden.

Was war das für eine Box? Ich signalisierte Sarah schon durch mein penetrantes Stehenbleiben, dass ich nicht in diese Box wollte; sie war zu eng und hatte einen komisch knarrenden Boden. Und wieso sollte ich von Samara getrennt werden? Sehnsüchtig schaute ich, wohin Samara geführt wurde.

Auch Sarah hatte ein ungutes Gefühl, denn sie und Valerie würden den Hof verlassen heute Nacht, da Valeries Zuhause nur ein paar Meter von diesem Hof entfernt lag und die beiden bei ihr übernachten wollten. Daher musste Sarah ein gutes Gefühl haben, wenn sie mich schon hier lassen würde.

Wir versuchten, einen Kompromiss zu finden.

Die neue Idee war, ich sollte mit im Stall stehen, in dem Samara untergebracht werden sollte, aber meine Box hatte keine Tür. Wie soll denn das gehen? Durfte ich nach Belieben die Box einfach verlassen? Auch die Decke dieses Stalls war für Samara nach Sarahs Geschmack viel zu tief, da Samara recht groß war. Wenn sie den Kopf nach oben streckte, würde sie sich erschrecken und könnte sie sich vermutlich den Kopf stoßen. Sarah blickte hin und her, abwägend, welche Lösung nun die weniger Schlimmere wäre, denn beide Lösungen gefielen ihr nicht. Sarah überlegte; irgendwie müsste ihr etwas einfallen, wie sie die offene Box verriegeln könnte, denn ihr war alles lieber, als dass ich allein, ohne Samara, in diese komische enge Box vor dem Stall kommen sollte. Mir war diese Lösung auf alle Fälle auch lieber, denn so hervorragend wie ich gleich in diesen Stall ohne Boxentür hineinlief, war die Antwort klar, dass auch ich mit dieser Lösung einverstanden wäre, wie auch immer die Boxentür ersetzt werden würde.

Sarah holte einen Besen und versuchte, diesen als Absperrung so zu platzieren, dass er die Boxentür ersetzen sollte.

„Valerie, ich kann heute garantiert nicht gut schlafen. Was ist, wenn die zwei heute Nacht entscheiden, dass es ihnen hier gar nicht gefällt? Dieser Besen ist doch keine Lösung, einmal mit dem Bein an den Besen gekommen und Milan kommt aus der Box. Wer weiß, was ihm dann einfällt?!"

Sarah schaute verzweifelt in meine Box.

Ich blickte wieder verliebt zu Samara und knabberte schon an dem Heu, das für uns vorbereitet wurde.

„Na gut, wenn wir noch ein Seil befestigen, wird es gehen. Du wirst ja wohl nicht ohne Samara heute Nacht auf die Idee kommen, die Box zu verlassen, oder?" Immer noch unsicher blickte Sarah mir zu, wie ich an dem Heu knabberte.

Nachdem ein weiteres Seil unterhalb des Besenstiels befestigt wurde, entschieden sich Valerie und Sarah, uns dann also zu vertrauen und sich in ihr Schlafgemach, in Valeries Zuhause zu verziehen, ohne uns.

Im Bett drehte sich Sarah in regelmäßigen Abständen gleichmäßig nach links, nach rechts, starrte mit offenen Augen an die Decke, hörte die Meerschweinchen rascheln, die bei ihr im Zimmer standen, rückte ihre Bettdecke immer wieder neu zurecht, schob ihr Kissen immer wieder unter ihren Kopf, der vor lauter Bedenken schon so schwer wurde, dass das beste Kissen nichts gebracht hätte, um die kreisenden Gedanken abzustellen: Was, wenn Samara sich den Kopf stoßen wird, Milan sich erschreckt, aus der Box will und panisch wird, weil er nicht weiß, wo er ist?

Was ist, wenn der Besen doch herunterfällt und Milan sich mit den Vorderhufen blöd im Seil verfängt?

Was ist, wenn beide Pferde vor lauter Aufregung nicht wirklich fressen und schon nach der ersten Nacht völlig aus dem Häuschen sind?

Warum bin ich nicht einfach dortgeblieben, wieso vertraue ich nicht meinem Bauchgefühl, das mir mehrmals sagte, das ist keine ideale Lösung, aber was wäre denn die bessere Lösung gewesen? – Sarah konnte nicht schlafen!

Gegen sechs Uhr am nächsten Morgen standen Valerie und Sarah vor unseren Boxen und es war sichtlich zu erkennen, wie erleichtert beide waren, dass wir völlig zufrieden und über den Besenstiel schauend, mit ein paar Strohresten in der Mähne, die beiden mit einem Schmatzen begrüßten.

„Milan, ich habe so gut wie überhaupt nicht schlafen können. Ich habe mir, abgesehen davon, dass man in fremden Betten ja sowieso die erste Nacht meistens nicht gut schläft, wirklich Sorgen gemacht. Das war keine gute Idee, trotz meines alarmierenden Bauchgefühls, dich hier allein zu lassen. Wir hatten jetzt Glück und es ist nichts passiert, vermutlich auch, weil du die ganze Nacht verliebt zu Samara geblickt hast, aber das nächste Mal breite ich lieber meinen Schlafsack vor euren

Boxen aus, als dass ich nochmal mit einem unguten Bauchgefühl den Stall, indem du untergebracht bist, verlasse."

Ich blickte zu Samara, Samara blickte zu mir, diese unnötigen Sorgen von Sarah konnte keiner von uns verstehen. Abenteuer schweißen doch schließlich zusammen und ehrlich gesagt genossen wir es, einen Abend ganz ohne die Menschen zu verbringen; ein Blick in Samaras dunkle, funkelnde Augen reichte, dass ich mich wohl fühlte.

Tipp 14: (Ersatzschuhe, um Blasen an den Füßen zu vermeiden)
Lange Strecken auf hartem Boden zu wandern, ist extrem unangenehm für die Füße. Zu empfehlen, um nicht gleich am ersten Tag Blasen zu bekommen, leichte Ersatzschuhe (Turnschuhe) an den Sattel zu hängen, damit man auf der Hälfte des Weges mal die Schuhe wechseln kann.

Bittere Kälte

Ob Samara und ich müde waren, obwohl wir gestern dreißig Kilometer hinter uns gebracht hatten? - Nein.
Sarah vermutete schon, dass die Blasen an ihren Füßen von gestern irgendwann schon so aufplatzen würden, dass es nicht mehr bei jedem Schritt schmerzen würde. Aber dass Samara und ich in irgendeiner Art müde waren? - definitiv nein. Dass wir völlig energiegeladen waren, merkte man eindeutig an unseren wachen Augen und unseren aufmerksamen Blicken.
Wir verabschiedeten uns von dem Hof in Ramsen und wanderten Richtung Rhein.

Ich weiß jetzt übrigens, woran man erkennen konnte, dass wir in einem angeblich anderen Land waren. Die Menschen ritten hier nicht auf Pferden, sondern auf Kühen.

Eine ganze Herde großer Kühe kam uns entgegengelaufen, auf denen Menschen saßen und uns freundlich zuwinkten.

Sarah meinte, ein weiteres Anzeichen, dass wir nicht in Deutschland waren, seien die netten Begrüßungen, obwohl man sich gar nicht kannte – in Deutschland sehr außergewöhnlich, aber hier in der Schweiz scheinbar selbstverständlich.

Wir wanderten am Rhein entlang, bis wir an einer grünen Wiese ankamen, an der schon Valeries Vater mit Frühstück für Valerie und Sarah wartete, worüber sie sich unglaublich freuten, denn was gab es Besseres als frisch gebackene Croissants am Rhein verspeisen zu dürfen, während auch wir Pferde genüsslich die Schweizer Grashalme testen durften.

Nach 20 km Wanderung erreichten wir unsere nächste Unterkunft. Die Strecke war eindeutig angenehmer als gestern, denn wir bestritten viele weiche Waldwege und schlenderten durch viele Schweizer Dörfer.

Sarahs Blasen an den Füßen waren inzwischen schon alle offen, sie meinte, es helfe tatsächlich, wenn man die Blasen aufmache; dann sei der Druck nicht mehr so fürchterlich spürbar, aber abgesehen davon merkte sie mit jedem weiteren Schritt, dass ihr die Müdigkeit von letzter Nacht noch in den Knochen steckte, umso besser, dass wir dann schon gegen Mittag an unserem Zielort Hemishofen ankamen.

Hemishofen hat auch den Titel: ʽDie Perle am Rhein´, erzählte mir Sarah.

- Was ein Ort mit einer Perle zu tun haben soll? Ich dachte eigentlich, dass man Perlen zur Zierde auch manchmal an Halftern findet, aber es schien mir unmöglich, ein Halfter zu tragen, auf dem ein ganzer Ort angenäht war?

Während Sarah und Valerie sich mit der Dame unserer Unterkunft unterhielten und schon mal Überlegungen anstellten, wo sie ihr Nachtlager aufschlagen würden, durften Samara und ich uns auf einer Weide aufhalten, neben der ein paar Rinder zu sehen waren, die ganz neugierig zu uns rüber schauten.

Die Weide war fantastisch, es schien, als hätten wir heute wohl noch nicht genügend Bewegung gehabt, wir flitzten über die Weide und konnten unsere überschüssige Energie nicht zügeln.

Es war ein wunderschöner sonniger Tag, blauer Himmel, aus dem Gras sprossen schon Blüten und auch die Bäume wurden immer grüner.

Sarah und Valerie legten ihre Luftmatratzen, die ihr Lieferservice ihnen schon an den gewünschten Platz brachte, in die Wiese und streckten ihre Glieder erstmal in alle Richtungen.

Ja, Sarah war es gewöhnt, mit mir weite Strecken zu laufen; ein paar Meter setzte sie sich auch immer wieder auf mich, um mich zu reiten, aber der Schlafmangel und die Blasen an den Füßen, ihr verzerrtes Gesicht, als sie sich ihre Schuhe auszog, ließ nur vermuten, dass sie Schmerzen hatte.

„Milan, weißt du, an wen ich gestern denken musste, als wir den ganzen Tag auf dieser Betonstraße gelaufen sind und ich in meinem Kopf immer wieder die Gedanken hatte, dass ich nicht mehr laufen will? – An Petra.

Während meines Studiums habe ich mich auf eine Assistenzstelle beworben, bei der man einer Rollstuhlfahrerin in ihrem Alltag helfen sollte. Die Rollstuhlfahrerin hieß Petra und meine Aufgabe war es, ihr den ganzen Tag bei Dingen zu helfen, die sie allein nicht schaffte.

Wenn mich Petra hier sitzen gesehen hätte, wie ich mich darüber beschwere, dass mir meine Füße wehtun, wegen ein paar Blasen, hätte sie mich angelacht und vermutlich gesagt: „Soll ich dich ein paar Meter mit meinem Rollstuhl mitnehmen?"

Ja, die Probleme, die ich in meinem Alltag habe, sind so unfassbar lächerlich; das habe ich so oft gedacht, als ich wieder nach Hause radelte, wenn ich meinen Arbeitstag bei ihr beendet hatte.

Meine Sorgen in dieser Zeit waren: Habe ich meine Hausarbeiten zum richtigen Termin abgegeben? Habe ich die Miete fristgerecht überwiesen und habe ich meine Zeitpläne so optimiert, dass ich Arbeiten und Studieren unter einen Hut bekommen kann?

Petra konnte nur schwer allein essen, weil sie ihre Arme nur eingeschränkt bewegen konnte. Sie brauchte Hilfe auf der Toilette, konnte sich nicht ohne Hilfe anziehen, duschen, waschen... also alles, was für uns gesunde Menschen völlig selbstverständlich ist, konnte sie nicht und weißt du, was das Faszinierende war, weshalb ich sie bis heute auch als eines meiner größten Vorbilder sehe?, - dass sie immer gute Laune hatte.

Weißt du, wie unangenehm mir anfänglich solche Situationen waren, sie zu waschen oder ihr auf der Toilette zu helfen? Ich war schließlich keine gelernte Pflegerin, ich konnte immer nur das versuchen umzusetzen, was sie mir als Anweisung gab. Wie viele Fehler ich auch machte, weil ich beispielsweise das Abführen zuvor noch nie gemacht hatte, sie hat nie mit mir geschimpft oder mich verurteilt. Wir haben so viel gelacht zusammen und ich dachte mir so oft, als ich sie in ihrem Rollstuhl beobachtete, ich könnte keinen Tag das Leben führen, wie sie es führt, weil für mich alles verloren wäre, was mich glücklich macht, wenn ich von heute auf morgen nicht mehr laufen könnte. Dennoch empfand ich tiefste Bewunderung für sie, wie man so von Grund auf positiv sein konnte in jeder Situation, die wir zusammen erlebten.

Diese Abhängigkeit, in der sie steckte, von diesem Rollstuhl und auch gewissermaßen die Abhängigkeit von mir, sie war immer angewiesen auf Hilfe, was ihr aber gar nichts ausmachte. Ich war jedes Mal fasziniert von dieser Frau.

Also – weitere Beschwerden über Blasen an den Füßen? - Nein. – Dankbarkeit aus tiefstem Herzen, dass ich meine Füße spüren darf, auch wenn sie schmerzen, dass mein Körper mir all das ermöglicht, was mich glücklich macht, dass ich sehen kann, hören, laufen, springen, rennen, mich bewegen und dass ich niemanden dazu brauche, um meine Wünsche umsetzen zu können, außer mich selbst und meine Gesundheit und natürlich dich, lieber Milan!"

Sarah lief barfuß über die Wiese und bestaunte genau wie Samara und ich die Rinder, die so ein zotteliges Fell hatten, wie man es selten sieht.

Sarah und Valerie schauten in den blauen Himmel, nutzten die Zeit, um sich etwas zu entspannen, bis sie dann später noch mit Valeries Freundin, die uns die Unterkunft ermöglichte, im Haus ein paar Gesellschaftsspiele spielen gingen.
Es wurde langsam immer dunkler und dass Sarah und Valerie heute früher schlafen wollten, stand von Anfang an fest. Beide schlüpften in ihre Schlafsäcke, die Mütze tief ins Gesicht gezogen.
Samara und ich schauten aus etwas Entfernung dabei zu, wie sie sich mitten auf unserer Weide ihr Schlafgemach einrichteten.

„Das kann nicht wahr sein, Valerie kannst du schlafen?" fragte Sarah nach ein paar Minuten der Stille. Valerie schien schon zu schlafen, es kam keine Antwort.
Sarah hatte doch solche Müdigkeitsschübe während der ganzen Wanderung, auch beim Spielen konnte sie sich kaum beherrschen, noch gerade am Tisch zu sitzen - und jetzt konnte sie nicht schlafen?
Sarah blickte zu Samara und mir, während über uns der Vollmond immer heller schien.

„Milan, der Moment war so wunderschön. So nah standet ihr, fast greifbar von meiner Luftmatratze entfernt. Ich sah euch zufrieden im Mondlicht grasen, die Silhouette eurer beiden kräftigen Körper, über uns der Mond, die Sterne, die sanft blinkten, einfach nur märchenhaft, wäre da nicht die bittere Kälte über uns hereingebrochen."

Sarah zupfte ihre Mütze weiter über die Ohren, zog ihren Schal ins Gesicht, bereute aber im gleichen Moment, dass sie die Position ihres Schals geändert hatte, da nun ein Luftzug am Hals spürbar war, welcher die klirrende Kälte nun noch mehr spürbar machte.

Der Mond schien Sarah ins Gesicht. Dieses Licht war so hell, dass es einen ebenfalls davon abhielt, einschlafen zu können.

Diese Kälte – Sarah lag wieder in ihrem Bundeswehrschlafsack, der ausgelegt ist für minus 20 Grad. „Wieviel Grad haben wir denn? Dass ich so unglaublich friere, kann nur daran liegen, dass ich bei Schlafmangel immer besonders schnell friere. Wie soll ich nur diese Nacht überstehen?", Sarah drehte und wendete sich, es half nichts, sie musste aufstehen, aus dem Schlafsack raus, weil sie vor lauter Kälte auch noch pinkeln musste. „Ganz toll, die ganze Wärme in meinem Schlafsack wird hinausströmen, weil ich ausgerechnet jetzt pinkeln muss. Vermutlich habe ich morgen noch eine Blasenentzündung."

Ich hörte Sarah von weitem vor sich her brummeln, fragte mich aber, was ihr eigentliches Problem war. Soviel ich weiß, hat sie keiner zu dieser Tour gezwungen und einen Rollstuhl brauchte sie auch nicht; sie wollte unbedingt draußen schlafen, weil sie dachte, sie könnte besser schlafen, wenn sie mich rund um die Uhr beobachten könnte.

Jetzt konnte sich mich beobachten, im Mondschein, im hellen Mondschein, der einen schon fast blendete.

Endlich konnte Sarah doch noch einschlafen, kurz bevor die Sonne aufging, ein paar Stunden hat sie es geschafft, ihren Schlaf zu finden, bis sie davon wach wurde, dass ihr ein paar Grashalme ins Gesicht fielen.

Drei Mal dürft ihr raten, wer diese Grashalme auf sie runterfallen ließ… ich dachte, sie würde vielleicht mit uns frühstücken wollen.

Tipp 15: (Gesichtsmütze)
Um draußen gut schlafen zu können, unbedingt eine Gesichtsmütze anziehen, jede freie Körperstelle, die nicht bedeckt ist, kann entweder von Mücken befallen werden oder von klirrender Kälte.

Der Hof mit Herz

Relativ früh am Morgen liefen wir weiter. Sarah meinte, dass wir dieses Mal nicht so weit wandern müssten bis zu unserem nächsten Ziel, dennoch sollten wir uns beeilen, weil die Stallbesitzerin des neuen Zielhofes uns nur bis 11 Uhr in Empfang nehmen konnte. Die wollten wir natürlich nicht verpassen, denn eine kurze Einweisung zu bekommen, wo wir denn eigentlich untergebracht würden, war Valerie und Sarah schon wichtig.

Wir wanderten an der Straße entlang, Sarah blickte immer wieder auf ihr Handy, das ihr scheinbar irgendetwas mitteilte, was ihr nicht gefiel. Permanent ein Blick auf das Handy, auf die Uhr, auf die Route – „Milan, wir schaffen es nicht pünktlich, ich sehe teilweise die Strecke gar nicht, weil der Empfang hier so schlecht ist."

Sarah war total gestresst, sie hasste es unzuverlässig zu sein, und noch mehr stresste es sie, dass die Nachricht an den Zielhof nicht durchging, dass wir uns verspäten würden.

„Schon am Telefon war die Dame so nett und hörte sich so unkompliziert an, ausgerechnet sie muss doch nun von uns denken, dass wir total unzuverlässig waren, oder vielleicht war sie sich gar nicht mehr sicher, ob wir überhaupt bei ihr übernachten wollten", Sarah plagten weitere Gedanken; obwohl wir schon relativ schnell unterwegs waren, der Zielort kam und kam einfach nicht näher.

Der ganze Stress brachte nichts, wir liefen weiter an der Straße entlang, an kleinen abgelegenen Bauernhöfen vorbei, und ganz selten fuhr ein Auto an uns vorbei.

Plötzlich fuhr ein Auto auf uns zu und hielt auf unserer Höhe an. Sarah vermutete, bestimmt wollte jemand nach dem Weg fragen, bei uns wären sie aber definitiv an der falschen Adresse, denn Sarah war sich schließlich selbst nicht mehr sicher, ob wir überhaupt in die richtige Richtung liefen. Das blöde Handy zeigte einfach nicht richtig an, wohin wir weiterlaufen mussten, um endlich anzukommen.

„Seid ihr die Wanderreiter, die sich bei uns angemeldet haben"?
Sarah schaute verdutzt in das Auto, in dem zwei blonde Frauen saßen und uns anstrahlten. „Ich habe vermutet, das könnt doch nur ihr sein, zwei Pferde, die man hier nicht kennt, zwei Reiterinnen, die so aussehen, als wüssten sie nicht wirklich, wo sie sind, ihr lauft in die total falsche Richtung, ich habe leider nicht mehr viel Zeit, aber wenn ihr wollt, spring doch schnell ins Auto und ich zeige dir den Weg zu unserem Hof, fahr dich wieder zurück und dann wisst ihr wenigstens wo ihr hin müsst", sagte die Frau zu Sarah weiter, nachdem Sarah bejahte, dass es wir es waren, die heute bei ihnen übernachten wollten. Fast zeitgleich gab die nette Frau dem jüngeren Mädchen, das auf dem Beifahrersitz saß, zu verstehen, dass sie mich doch, während sie Sarah schnell den Hof zeigen würde, kurz halten könnte, dann müsse sich Valerie nicht um beide Pferde kümmern, wenn Sarah also schnell mit der Frau auf den Hof fahren würde.
Es ging alles so schnell, der Motor des Autos war noch an, die Worte der Frau schwebten nur ungeordnet über unseren Köpfen, das Mädchen, dass vor wenigen Sekunden noch auf dem Beifahrersitz saß, war schon aufgesprungen und bereit mich zu halten, und Sarah war schon mental dabei sich vorzubereiten, sich den Weg einzuprägen, den die zwei nun abfahren würden.

„Das darf nicht wahr sein, wir fahren echt alles zurück, was wir gelaufen sind", dachte Sarah und war verwirrt, gleichzeitig aber auch glücklich, dass sich scheinbar so um uns gesorgt wurde, dass man sich sogar mit dem Auto auf die Suche nach uns gemacht hatte.

Mehrmals bedankte sich Sarah für die unglaubliche Hilfsbereitschaft und dafür, dass wir eine weitere Übernachtungsmöglichkeit hatten.

Ein paar Fahrminuten später landeten Sarah und die Besitzerin des Hofes auf dem Herzhof – ein sehr passender Name für den Hof, denn allein diese Hilfsbereitschaft der Menschen, die sich auf diesem Hof aufhielten, bewies schon sehr viel Herz.

„Findest du den Weg mit den Pferden hierher, wenn ich dich gleich wieder zurückfahre?" fragte Sabrina, die Hofbesitzerin.

„Ja, natürlich", sagte Sarah, „ich bin nur etwas verwundert, denn wenn wir gewusst hätten, dass dein Hof Luftlinie nur 20 Meter von der Unterkunft entfernt liegt, wo wir gestern übernachteten, dann hätten wir uns den ganzen Stress sparen können."

Beide lachten und Sabrina drückte das Gaspedal, um Sarah wieder zu mir zu fahren. Sarah war in wenigen Minuten wieder bei uns; Valerie und Samara, ich und das fremde Mädchen sind ihnen in der Zwischenzeit sogar schon in die richtige Richtung entgegengelaufen.

Sarah stieg aus dem Auto aus, das fremde Mädchen, das mich ein Stück führte, stieg wieder ein und fast so schnell wie das Auto angefahren kam, war es auch wieder weg.

Sarah sagte nur: „Valerie, du glaubst es nicht, unsere heutige Station liegt nur ein paar Meter von unserer gestrigen entfernt. Wie konnte ich mich denn so irren? Ich versteh' es nicht."

Wir vier wanderten also die ganze Strecke, die wir heue Morgen liefen, wieder zurück.

Wir kamen an und Sarah konnte es immer noch nicht ganz glauben, es konnte nur daran gelegen haben, dass es eine falsche Adresse war, die sie ins Handy eingab, oder lag es wirklich nur daran, dass der Handyempfang so schlecht war?

Sabrina war wie gesagt nicht mehr da, dennoch waren wir alle berührt von der Tat, dass sie sich auf die Suche nach uns gemacht hatte.
Der Stall war unglaublich liebevoll hergerichtet. Selbstgemalte Pferdebilder von Kindern hingen neben den Halftern der Pferde, alles war sehr sauber und die ganze Anlage schien, dass man sich hier wirklich auf Anhieb wohlfühlen konnte.
Therapeutisches Reiten wurde hier auch angeboten; die Pferde standen alle völlig entspannt im Offenstall und eine Frau, die scheinbar zu diesem Hof gehörte, grüßte uns auch sehr höflich und wusste scheinbar schon, dass wir heute hier übernachten würden.
Man könnte meinen, Sarah kennt aus ihren bisherigen Erfahrungen nur seltsame Stallmenschen, dass sie auch dieses Verhalten verwunderte, eigentlich sollte es doch ganz normal sein, dass man sich unter Menschen nett grüßt, aber ist es nicht.

Sarah erzählte mir schon einige seltsame Geschichten, die ich kaum glauben konnte. „Milan, ich habe schon mehrmals erlebt, dass neue Einsteller zu uns auf den Hof kamen, die haben sich nicht mal vorgestellt, die sind schweigend an mir vorbeigelaufen. Ich brauche keine freundschaftliche Stallgemeinschaft, aber irgendwie gehört es für mich schon zu einem guten Benehmen, dass man sich wenigstens grüßt, oder? Aber egal, umso schöner, wenn man auch andere Erfahrungen machen darf, in dem Fall gibt es also tatsächlich noch Ställe, in denen man sogar gegrüßt wird, obwohl mal gar kein Einsteller ist."

Was Sarah mir erzählte: Stallgemeinschaft, Benehmen, Grüßen, aber irgendwie habe ich, glaube ich, wieder nur die Hälfte verstanden. Ich versuchte, ihr schon lange zu sagen: Lauf einfach wie ich mit angelegten Ohren durch den Stall. Mir gehen dann nämlich alle Pferde sofort aus dem Weg, aber scheinbar schien das keine menschliche Lösung zu sein für das stallgemeinschaftliche Benehmen.

Samara und ich hatten eine riesige Weide, auf der wir erstmal frühstücken durften, und Sarah und Valerie beschlossen, heute im Reiterstübchen zu schlafen; noch eine Nacht nicht schlafen zu können, das könnte Sarah nicht aushalten.

Der Lieferservice des Gepäcks würde erst heute Abend kommen, ein kleines Mittagsschläfchen auf der Luftmatratze für Sarah und Valerie war deshalb leider nicht möglich, deshalb entschieden sie sich nach einer längeren Pause, dass wir einfach die Gegend hier noch etwas erkunden würden.

Schließlich wussten wir jetzt, wo unser heutiger Übernachtungshof war; den ganzen Tag nur rumzusitzen, dafür war es leider noch zu kalt, und wenn wir schon hier waren, ganz in der Nähe würde man einen wunderschönen Blick auf den Rhein haben, den wir uns nicht entgehen lassen wollten.

Wir wanderten los und der Weg auf die Aussichtsplattform, wo man einen atemberaubenden Blick auf den Rhein haben würde, war gut ausgeschrieben.

Das Wetter war schön, ein leichter Wind begleitete uns schon den ganzen Tag und die Sonne kam immer wieder zum Vorschein; dennoch fror Sarah ununterbrochen, der Schlafmangel ließ den Wind irgendwie eisiger erscheinen als er eigentlich war.

Der Blick auf den Rhein war wundervoll. Auf der gegenüberliegenden Seite des Rheins war die Schweiz zu sehen. Es war relativ viel Wasser im Rhein, sodass man selbst von unserer erhöhten Position die starke Strömung deutlich sehen konnte.

Samara und ich durften grasen, während Valerie und Sarah ein paar Spaziergängern Auskunft gaben, woher wir kamen. Scheinbar schienen wir wirklich so auszusehen, als würden wir eine größere Wanderung vor uns haben oder zumindest nicht so, als würden wir hierhergehören, denn immer wieder wurden wir gefragt, wohin unsere Reise denn gehen würde.

„Unsere Reise geht über Umwege an den Bodensee." Sarah biss in ihren Apfel, den sie dabeihatte und schaute in die Ferne, in der auch die Burg Hohenklingen zu sehen war, die einem irgendwie in Gedanken in eine andere Zeit versetzte, sagte Sarah später.

„Wie das Wandern mit Pferd doch alles entschleunigt. So oft fahren wir mit dem Auto von A nach B, in kürzester Zeit erreichen wir die schönsten Orte, doch mit dem Pferd unterwegs zu sein, ist etwas Anderes, etwas Besonderes, als wären wir tatsächlich ein paar Jahrhunderte zurück in der Zeit." Sarah blickte zu Valerie und auch sie genoss den Ausblick auf die Burg.

Tipp 16: (Routenplanung)

Wanderkarten und Routen am besten vor der Tour auf ein Smartphone herunterladen, damit man sie auch offline nutzen kann. In abgelegenen Gebieten, wie zum Beispiel in Wäldern, weiß man oft nicht, wie lange der Handy-Empfang zuverlässig bleibt. Außerdem schont man den Akku, wenn man die Karten offline verwendet.

Am Feiertag auf der Promenade

„Was, wieviel Uhr haben wir?", Sarah schaute verwirrt im Raum umher, der wie ein gewöhnliches, aber gemütliches Reiterstübchen aussah.

Die zwei Luftmatratzen, die am Abend zusammen mit den Schlafsäcken geliefert wurden, lagen ganz dicht nebeneinander. Neben den Luftmatratzen stand ein Tisch mit Stühlen und einer Eckbank, an der Wand hingen einige schöne Pferdebilder und es gab sogar eine kleine Küche.

Sarah hatte unglaublich gut geschlafen, Valerie auch, denn wer konnte ahnen, dass es auf diesem Herzhof sogar noch einen Heizer im Reiterstübchen gab.

Den ganzen Tag zuvor hatte Sarah immer wieder gefroren und der Schlafmangel der letzten Tage verstärkte dieses Frieren nur noch mehr. Der Heizer lief die ganze Nacht. Der Schlafmangel wog Sarah gestern sozusagen sacht in die Welt der Träume, in der keine Bedenken existierten, dass irgendwelche Pferde sich in Besenkonstruktionen erhängen würden oder es Monde gibt, die einen durch das helle Erstrahlen wachhielten.

„Ich habe so unglaublich gut geschlafen, ich glaube das war die beste Nacht meines Lebens, ich kann mich sogar jetzt aus meinem Schlafsack wagen, ohne dass ich friere; zudem die Pizza noch gestern Abend, der volle Bauch, die warme Stube, herrlich, am liebsten würde ich noch eine Nacht hierbleiben. Und du?" Sarah schaute zu Valerie, die ebenfalls sehr ausgeschlafen und erholt aussah.

Wenn die ganze Planung nicht davon abhängig gewesen wäre, dass wir weitermussten, wäre Sarah gerne noch geblieben, denn wer möchte von einem Herzhof schon weg?

Ich fühlte mich ebenfalls sehr wohl hier, die Weide war schön groß und von weitem sahen Samara und ich auch die Pferde auf der Koppel, die hier wohnten.

Nachdem Valerie und Sarah wieder ihr Gepäck für den Lieferservice abholbereit gerichtet hatten, holten sie uns von der Weide und bereiteten uns für die nächste Etappe vor. Die Etappe für den heutigen Tag würde nochmal einige Kilometer betragen, denn wir wollten vom Schienerberg nach Allensbach. Das Navi berechnete, dass es ungefähr 30 Kilometer sein müssten.

Der Frühling war schon deutlich zu riechen und an einzelnen Bäumen zu sehen. Manche Bäume hatten schon richtig prächtige Blüten an ihren Zweigen, manche trugen noch ihre Knospen. Das frische Grün der Gräser leuchtete auf einigen Wiesen schon grell und mit jeder weiteren Stunde in den Mittag rein, wurde die Sonne spürbar wärmer.

Der Weg vom Schienerberg runter über das Schilfgebiet Richtung Radolfzell war wunderschön. Es ging einen großen Teil an einem Naturschutzgebiet vorbei, das große Bäume am Wegesrand zu bieten hatte und eine berührende Ruhe, da weder Autos noch Fahrradfahrer zu dieser Zeit auf dieser Straße fuhren. Wenn das Schilf an manchen Stellen nicht so dicht stand wie an anderen Stellen, hatte man einen tollen Blick auf den Bodensee und das Münster von Radolfzell.
Es war ein Feiertag heute, was uns aber erst bewusst wurde, als wir tatsächlich durch Radolfzell durchwanderten.
Sarah meinte, man würde auf so einer Wanderung alles vergessen, sowohl welches Datum wir hatten als auch jegliches Zeitgefühl; woran das lag, konnte sie sich auch nicht so recht erklären.
Sarah und Valerie unterhielten sich immer mal wieder, ob man Radolfzell nicht irgendwie umgehen könnte, aber da die Strecke für heute eh schon so weit war, wären das nur unnötige Umwege gewesen, hätten wir eine andere Route gewählt. Der Entschluss stand, wir würden durch Radolfzell an der Promenade entlang.

Nachdem wir das schöne ruhige Naturschutzgebiet verließen, ging es einige Kilometer an einer Straße auf dem Fahrradweg für uns weiter. Sarah merkte schon, nach jedem weiteren Kilometer wurde ich unruhiger, denn die Autos auf dieser Allee fuhren wirklich schnell an uns vorbei, und nachdem nun inzwischen auch immer wieder ein Fahrradfahrer an uns vorbeiflitze, strengte mich das sichtbar an.
Meine Ohren bewegten sich schnell in alle beliebigen Richtungen, mein Kopf war nicht wie sonst entspannt, leicht nach unten hängend,

sondern er war aufrecht und meine Anspannung verriet, dass ich bereit war für die Flucht.

Sarah versuchte, mich zu beruhigen, aber auch ich merkte ihr an, dass sie sich wünschte, dass wir nun endlich von dieser Straße wegkommen würden.

Für Sarahs Blasen an den Füßen war die Betonstraße einfach pures Gift, aber da sie auch noch spürte, dass mich die ganze Situation sichtlich stresste, wollte sie einfach so schnell wie möglich weiter; wir hatten aber keine Wahl und mussten weiter an dieser Straße entlang!

Wir schafften es, die Promenade war erreicht, die befahrene Straße lag inzwischen hinter uns. Kurzes Durchatmen, denn die Bäume, die in Reih und Glied neben dem Bodensee standen, ließen einen fast vermuten, dass wir an irgendeinem Urlaubsort angekommen waren, wenn da nicht der Feiertag gewesen wäre.

- Feiertag? Ein Tag, an dem man wohl feiert? Es würde irgendwie Sinn machen, diese Bedeutung hinter diesem Wort zu vermuten, doch wie die Menschen feierten, verstand ich nicht. Kinder hatten Rollen unter ihren Schuhen und kreischten, während sie auf dem unebenen Boden versuchten, sich auf diesen Rollen zu halten. Massen an Radfahrern tummelten sich hintereinander, der eine schneller als der andere. Kinderwägen wurden von Großfamilien vor sich hingeschoben, neben denen noch bellende Hunde ihr Unwesen trieben. Feierte man so an Feiertagen?

Samara und Valerie liefen voraus, Sarah und ich hinterher.

Ähnlich wie damals in dem Freizeitpark, schauten uns auch dieses Mal die Menschen unterschiedlich an. Viele Kinder freuten sich, uns Pferde zu sehen, einigen Eltern sah man ins Gesicht geschrieben, dass sie es unverantwortlich fanden, dass wir durch die Kindermengen mit Pferden durchwanderten, wieder andere blickten uns neugierig hinterher, andere waren vertieft in Gedanken und würdigten uns keines Blickes.

Sarah war angespannt, ich auch. Erst diese vielen Kilometer an der Straße und jetzt noch dieses Getümmel von Menschen, die scheinbar irgendetwas feierten.

„Wenn wir nicht schon so viele Kilometer hinter uns hätten, wäre ich am liebsten wieder umgedreht zum Herzhof", sagte Sarah zu mir. „Hätten Sabrina und das Mädchen uns nicht einfach abholen können? Gestern fanden sie uns doch auch auf der Straße."

Wir schafften die Promenade, auch hier hatten wir nicht wirklich eine Wahl. Endlich waren wir ganz nah am Bodensee, wieder auf einem Weg, der etwas Ruhe bot. Für uns Pferde gab es erstmal ein bisschen Gras und für Valerie und Sarah ein paar Müsliriegel.

Wir alle hatten einiges zu verarbeiten und waren sichtlich angestrengt. Sarah sagte zu Valerie: „Findest du es nicht auch krass, wie viel der mentale Stress doch ausmacht, wie kaputt und angestrengt man sich fühlt? Die Waldwege und Wiesen strahlen so viel Kraft und Ruhe aus, und läuft man nur mal ein paar Kilometer an einer Straße entlang oder durch Menschenmassen, hat man das Gefühl, dass einem die Energie, die einem vor ein paar Minuten noch die Wälder spendeten, geraubt wird, in kürzester Zeit."

Nach einigen Kilometern Wald, die unsere Kräfte wieder etwas mobilisierten, kamen wir an unserem nächsten Zielstall an, in Allensbach.

Die Weide lag an einem Waldstück, Samara und ich hatten auch dieses Mal genügend Platz und erstmal sehr viel Durst, als wir ankamen.

Es ist tatsächlich so, ich brauche eine gewisse innere Ruhe, damit ich trinken kann, auch wenn Sarah immer mal wieder Wasser vom Bodensee anbot. Dieser Stress der Promenade hielt noch eine Weile an, sodass ich während des Wanderns nicht trinken wollte, was ich jetzt aber nachholte.

Sarah und Valerie legten die Satteldecken auf unsere Weide, holten sich vom Edeka, der gegenüber unserer Weide sichtbar in dem nahegelegenen Industriegebiet zu erkennen war, ein paar Erdbeeren und ruhten sich bei uns auf der Weide aus.

„Das Schönste an diesem Tag", holte Sarah aus, „wie schon an den Tagen zuvor, auch wenn die Blasen an den Füßen immer noch schmerzten und es teilweise sehr anstrengende Strecken gab, sind genau diese Momente: Wir haben so viel geschafft zusammen, bedenkt man, wie viele Hindernisse wir eigentlich gemeistert haben. Wenn man dann sieht, dass die Pferde genüsslich auf einer großen Weide stehen und wir alle gesund und sicher am nächsten Zielstall angekommen sind, ist das ein unbeschreiblich schönes Gefühl.

In viele Situationen, in die man einfach reingerät, kann man nicht viel nachdenken, da muss man durch, wir hätten weder umdrehen können auf der Promenade, noch hätten wir die Straße ohne riesigen Umweg umgehen können. Diese Dinge gehören dazu, machen einen stärker, sind eine super Übung, um auch so etwas in Zukunft noch gelassener meistern zu können und machen einen am Ende des Tages einfach sehr stolz."

Sarah zog ihre Schuhe aus, stülpte sich ihre stinkenden Socken, an denen die Blutkrusten ihrer Blasen hingen, über ihre Füße, warf die Socken zu den Sätteln, positionierte sich bequem auf der Satteldecke und aß Erdbeeren, während sie mich im Blick hatte.

Ich hingegen lief genüsslich immer wieder zur Tränke, um meinen Wasserhaushalt wieder ins Gleichweicht zu bringen, während Samara schon im Gras lag und sich eine Runde wälzte.

> **Tipp 17: (Kilometeranzahl)**
> Nach unseren bisherigen Erfahrungen würden wir empfehlen, lieber weniger Kilometer einzuplanen und dafür mehr Puffer zu haben, um Strecken während der Tour noch ändern zu können. Außerdem kann es immer sein, dass Strecken gesperrt sind, man sich doch verreitet oder man Wege mit Pferden nicht begehen kann. Da kommen schnell weitere Kilometer dazu und wenn man eh schon viele Kilometer geplant hat, dann werden es schnell zu viele. Für uns ist die ideale Kilometeranzahl am Tag, wenn man mehrere Tage unterwegs ist, zwischen 15 und 20 km.

Marienschlucht

„Die Menschen hier in Deutschland sind es gewohnt, jeden Tag zu duschen, fließendes Wasser zu haben, eine Möglichkeit zu haben, sich die Zähne zu putzen, einen Spiegel im Bad hängen zu haben, den Kühlschrank aufzumachen, sich eine Leckerei herauszuholen, einen Saft ins Glas leeren zu können, diesen gemütlich auf dem Sofa zu trinken oder einfach in ein Bett zu fallen, in einem Raum, der wohl temperiert ist.

Wenn man dieses aber mal alles nicht hat, wenn es nicht selbstverständlich ist, in einem wohl temperierten Raum zu schlafen, dass man sich eben nicht jeden Tag duschen kann und das Essen immer so aufgeteilt werden muss, dass es einigermaßen den ganzen Tag reicht, dann schätzt man erstmal wieder, was man eigentlich alles hat, was im Alltag irgendwie selbstverständlich ist. Oder ist irgendjemand von uns Menschen hier jeden Tag bewusst dankbar dafür, ein gemütliches Bett zu Hause zu haben?

Die für uns selbstverständlichen Dinge, die einem jeden Tag, ganz ohne zu überlegen, zur Verfügung stehen, wie man diese Dinge erst mal vermissen kann, wenn man sie eine kurze Zeit einfach mal nicht hat, merkte ich genau dann wieder ganz besonders, als ich nach Beginn unserer Tour zum ersten Mal unter der Dusche stand.

Als wir euch Pferde gestern in der sicheren Umzäunung mit einem guten Gewissen zurückließen, wurden wir von unserem Lieferservice zu mir nach Hause gefahren. Stahringen ist nicht weit weg von Allensbach, also bot sich das an, diese Nacht mal nicht auf einer Luftmatratze zu schlafen, sondern mal wieder in einem richtigen Bett – in meinem Bett.

Dieses Anstellen der Dusche, wie jeder einzelne Tropfen über meinen Körper perlte, nachdem die stinkigen Klamotten vom Leib gerissen waren; ich höre es immer noch, konzentriere ich mich auf diesen Moment. Dieses Rauschen des Wassers und das Gefühl, wie der Schweiß und der Staub, der ganze Dreck der letzten Tage mit den heruntertropfenden Wasserperlen Richtung Abfluss gespült wurde, kaum beschreibbar.

Das Abtrocknen, sich sauber zu fühlen, gut riechend in das eigene Bett zu fallen, mit noch einem Blick in den Kühlschrank, ob man sich vielleicht noch ein paar Cornflakes richten sollte, bevor man mit frisch geputzten Zähnen, die man sich über einem Waschbacken putzen konnte, einfach schlafen gehen zu können – ein Traum, ein absoluter Traum."

Ich hörte, was Sarah mir erzählte, als sie die Satteldecke und ebenso den Sattel behutsam auf meinen Rücken legte.

Meine Dusche ist das Wälzen im Gras oder im Sand. Sobald ich mich wohl fühle, mache ich das sofort, wenn Sarah mir den Sattel entfernt hat. Einmal gewälzt und geschüttelt und ich fühle mich vermutlich genauso, wie Sarah es mir gerade versuchte zu beschreiben.

„Heute machen wir einen entspannten Tag. Keine ewigen Strecken an der Straße, keine Promenade, einfach nur schöne Waldwege Richtung Bodensee, Richtung Marienschlucht und ganz zu eurer Beruhigung: Wir bleiben heute Nacht nochmal hier, denn die eigentliche Station, die ich angefragt hatte, ob wir eine Nacht kommen dürften, hat sich einfach immer noch nicht gemeldet und für die Besitzerin des Hofes hier sei es überhaupt kein Problem, wenn wir noch eine Nacht bleiben würden", erzählte Sarah weiter.

Samara und ich vertrauten darauf, dass es schon passen würde, was Sarah und Valerie planten. Bisher waren wir während der ganzen Tage kein einziges Mal nervös, weder dort, wo wir untergebracht waren, noch unterwegs auf den Strecken. Wir waren jeden Morgen fit und munter sowie gespannt, wo es als nächstes hingehen würde. Wir haben gefressen, ausreichend Wasser getrunken, uns hin und wieder sogar hingelegt, gewälzt – alles Anzeichen dafür, dass es uns gut ging und wir uns ebenso wohl fühlten.

Die Strecke heute betrug etwa 20 Kilometer und Sarah hatte nicht zu viel versprochen. Die Waldwege waren sehr idyllisch, oftmals hatte man eine weite Sicht auf viele Felder, die in verschiedenen Grüntönen die Landschaft verzierten.

Ein paar Wege, eine längere Zeit bergab und schon kamen wir in der Marienschlucht an, an einer Stelle, die es ermöglichte, in den Bodensee zu laufen.

Ich vermute, wenn Sarah diese Strecke nicht vom Wandern gekannt hätte, hätten wir diese Stelle nie gefunden, denn seit es mal einen Hangrutsch in der Nähe dieser Schlucht gab, ist die Stelle, an der wir uns gerade aufhielten, eigentlich gesperrt, aber das garantierte uns, dass auch wirklich nichts los sein würde.

Der ganze Uferrand des Bodensees, aber auch die Steine im See, waren verziert mit kleinen schwarzen, kantigen Muscheln, die sich alle sehr fest an den großen, aber auch kleineren Steinen festhielten. Die umgefallenen Bäume, deren Äste ins Wasser ragten, und der Wald, der das Ufer ebenso umschloss, machte diesen Ort einfach magisch.

Jedes Mal, wenn Sarah hier ist, und an das andere Seeufer, Richtung Überlingen blickt, muss sie an Frisco, ihr erstes Pferd, denken.

„Milan, der Ort ist und bleibt eine Schatztruhe der Erinnerungen, nicht nur weil Frisco hier zum ersten Mal ins Wasser ist, sondern weil ich auch so viele Erinnerungen an liebe Menschen habe, mit denen ich hier war, und wir oft einfach nur am Ufer saßen und über die Welt philosophiert haben."

Ich konzentrierte mich auf den unebenen Boden im Wasser und streckte immer mal wieder meinen Nüstern ins Wasser, auch Samara, die vor mir lief, hatte sichtlich Freude an dem Wasser, welches links und rechts an uns hoch spitzte.

Diese Ruhe, die von diesem Ort ausging, wirkte auf uns alle ein, denn keiner hatte das Bedürfnis, irgendetwas Anderes machen zu wollen, außer die Aussicht und die Stille zu genießen, den Bewegungen des Wassers zu folgen und die Perfektion der nebeneinanderstehenden Bäume zu bewundern.

Tipp 18: (Flexibilität)

Wenn geplante Unterkünfte spontan absagen oder keine Rückmeldung kommt, dann sollte man dem Leben vertrauen, dass das genau so sein soll. Oft verkrampft man sich und möchte, dass es so wird, wie man es sich in seinen Vorstellungen ausgemalt hat. Diese Erwartungen blockieren einen aber meist nur und lassen es nicht zu, dass durch Zufall, etwas ganz Wunderbares entstehen kann, wenn man nur offen dafür bleibt.

Es soll nicht sein

„Dann soll es nicht sein" sagte Sarah, nachdem der eigentlich geplante Hof für unsere nächste Übernachtung plötzlich absagte. Sie telefonierte noch mit einigen anderen Höfen und Ställen in der Nähe, deren Nummer sie aus dem Internet gefunden hatte, aber diese wollten uns so kurzfristig nicht aufnehmen.

Ich sah Sarah an, dass sie überlegte, plötzlich sagte sie Folgendes: „Weißt du Milan, wir Menschen haben immer so viele Erwartungen. Wir malen uns aus, wie wir es uns wünschen würden, wie der jeweilige Tag oder der Ausflug, der Urlaub oder der nächste Geburtstag aussehen soll. Manche planen im Detail von morgens bis abends alles perfektionistisch und akribisch, damit sich die Wahrscheinlichkeit erhöht, dass der Tag auch genauso wird, wie man sich ihn wünscht. Aber, sind wirklich die Tage, an die man so hohe Erwartungen hat, die schönen Tage oder sind es nicht viel mehr die Erlebnisse, die einfach plötzlich da sind, Situationen, die einfach in das Leben purzeln, ohne dass man damit je gerechnet hätte?

Viele Menschen sagen, der Tag der Hochzeit soll der schönste Tag des Lebens werden. Manche planen ihre Hochzeit ein Jahr im Voraus, überlegen sich wochenlang, welche Farbe die Tischdecke haben soll oder welchen Brautschleier sie um ihre Haare binden wollen.
Was ist aber, wenn ich genau an diesem Tag Bauchschmerzen habe, Kopfschmerzen, Rückenweh, das Kleid plötzlich doch voll unbequem wird, weil ich es zuvor nicht anprobiert und stundenlang probegetragen habe und eigentlich viel lieber in Jogginghosen Chips essen würde, das aber nicht kann, weil die Gäste, die erwartungsvoll auf das Brautpaar blicken, die Erwartung haben, dass nach dem Essen der Hochzeitstanz stattfindet? Wie unfrei ist man eigentlich, wenn alles bis ins kleinste Detail geplant ist?

Ich glaube, die coolste Hochzeit wäre die, ein Tag vorher ein paar liebe Menschen anzuschreiben, diese zu fragen, ob sie Lust hätten vorbeizukommen, ein paar Würste auf den Gill zu werfen, mit irgendeinem Kleid, das einem gerade gefällt am Feuer zu sitzen, völlig egal, ob man danach stinkt oder dreckig wird und einfach dankbar ist, wenn ein paar liebe Menschen sich für diesen Moment Zeit genommen haben, und sich überraschen lassen, was der Tag noch so mit sich bringt – ohne Monate davor irgendetwas zu planen.

Ähnlich ging es mir während unserer Tage auf der Wanderung. Natürlich, es ist sicherer, wenn man genau weiß, dieser oder jener Stall wird uns aufnehmen und uns erwarten, aber man ist auch zugleich unter Druck, unter zeitlichem Druck, hat eine gewisse Verpflichtung zu erfüllen, weil man schließlich zuverlässig sein möchte. Man kennt die Leute teilweise nicht, bei denen man unterkommt, da möchte man einen guten Eindruck hinterlassen und natürlich auch einen gewissen Dank ausdrücken, dass es überhaupt ermöglicht wird, dass man bei den entsprechenden Ställen unterkommen darf. Einfach absagen, weil man doch lieber eine Nacht länger in einem anderen Stall bleiben möchte, ist wohl eher unhöflich, und alle anderen Verabredungen müsste man dann verschieben – also wieder ein Gefühl, unfrei zu sein und der Druck, gewisse Erwartungen erfüllen zu müssen.

Und jetzt? Jetzt haben wir keine weitere Übernachtungsmöglichkeit, obwohl wir diese eigentlich geplant hatten. Sind wir jetzt enttäuscht, weil sich unsere Erwartungen nicht erfüllt haben? Sind wir jetzt durch das ganze Planen wirklich sicherer unterwegs oder müssen wir nicht trotzdem immer flexibel und spontan bleiben?

Ja, natürlich müssen wir trotz Planung immer flexibel und spontan bleiben, denn wir können doch planen, was wir wollen, wenn irgendjemand sich auf der Wanderung verletzt, wenn wir uns überschätzt haben und völlig müde sind, weil wir die Strecke falsch eingeschätzt haben, wenn das Wetter plötzlich umschlägt und wir völlig durchnässt werden durch unvorhergesehene Regenschauer, dann muss so oder so umgeplant werden, deshalb ist es vielleicht sinnvoll, dass man vielleicht immer nur etappenweise plant, gar nicht jeden Tag im Detail, von Anfang an?

Oder was ist, wenn man wirklich gar nichts plant und einfach davon ausgeht und darauf vertraut, dass man schon einen Stall finden wird, der uns eine Nacht aufnehmen wird?

Ich habe nun diese Erfahrung gemacht, dass selbst Planung nicht wirklich eine Sicherheit bietet. Das nächste Mal möchte ich es wagen, überhaupt nichts mehr zu planen. Wir starten einfach völlig frei und schauen dann, wo wir im Moment, wenn wir erschöpft sind, unterkommen können. Was hältst du denn von der Idee? Mehr als ein -Nein - von den spontan angefragten Höfen kann doch nicht kommen und wenn alle Stricke reißen, dann haben wir doch das große Glück, dass uns Papa jederzeit mit dem Hänger abholen kann, dann brechen wir halt die Tour ab.

Zudem, ohne Planung hat man ja dann noch weniger Erwartungen, dann ist jeder Tag eine Überraschung durch und durch!"

Lass dich überraschen

Sarah schaute mich an, nachdem sie ihrem Vater schon eine Nachricht schickte, ob es möglich wäre, uns mit dem Hänger abzuholen und sagte: „Weißt du, wann ich das zum ersten Mal genauso gemacht habe, einfach zu machen, ohne irgendetwas zu planen?

Als Frisco eingeschläfert wurde und ich genau zu dieser Zeit auch noch fürchterlichen Liebeskummer hatte, beschloss ich, ich nehme jetzt den nächsten Flieger, der irgendwohin ins Warme fliegt und nehme nichts mit außer meinen Wanderrucksack, ein paar Klamotten, meinen Schlafsack und ein Zelt.

Meine Begleitung kannte ich auch nicht, diese war so verrückt und wollte sich ebenfalls meiner Tour so spontan anschließen, dass für mich feststand, egal, was kommt, ich mach das jetzt.

Wir sind zwei Tage später auf die Kanaren geflogen.

Neben mir im Flugzeug saß ein Mann, der mich fragte, wohin wir denn reisen würden, welche Unterkunft wir hatten. Nachdem ich antwortete, wir haben keine Unterkunft, meinte er, er könnte uns, nachdem das Flugzeug gelandet war, an einen Strand fahren, er würde da in der Nähe wohnen, dieses Strandstück würde sich gut zum Zelten eignen.

Meine anfänglichen Alarmglocken gingen an, dieser Mann wolle uns bestimmt entführen und ausrauben, dennoch zügelte ich meine negativen Gedanken und sprach mich mit meiner Begleitung ab und wir nahmen das Angebot an.

Dieser Mann fuhr uns an diesen besagten Strand, den man aber bei der Dunkelheit gar nicht erkennen konnte; man konnte nur durch das Rauschen der Wellen erahnen, dass wir am nächsten Morgen sicher eine tolle Sicht haben würden.

Wir waren zu müde, um das Zelt bei Nacht aufzubauen, breiteten unsere Schlafsäcke aus und legten uns in den Sand.

Am nächsten Morgen weckte mich das laute Schreien einer Möwe. Ich schaute mich um und sah, dass wir unsere Schlafstätte hinter einer Sanddüne aufgebaut hatten.

Ich kroch leise aus dem Schlafsack und lief mit Socken über die Düne.

Ich stand auf der Düne und sah das Meer vor mir, ausgebreitet in voller Pracht und die Möwen kreisten über mir.

Milan, ich war so überwältigt von diesem Moment, dass ich nichts Anderes tun konnte, außer zu weinen. Meine Gefühle überrollten mich, ohne dass ich irgendeine Kontrolle darüber gehabt hätte, dieses Überrollen stoppen zu können.

Die Schönheit dieses Anblicks werde ich nie vergessen und das Gefühl, nichts zu haben, was einem in irgendeiner Weise vertraut war, habe ich bis zu diesem Zeitpunkt noch nie so gespürt wie in diesem Augenblick.

Ich wusste weder, wo wir sind, noch wie der Strand hieß, wie es weiter gehen würde, wie ich mich mit meiner Begleitung verstehen würde, ob diese überhaupt noch im Schlafsack lag, wenn ich mich gleich umdrehen würde und zu meinem Schlafsack laufen würde, ich wusste nichts und ich glaube, nie wieder habe ich so eine Freiheit gespürt.

Meine Begleitung war noch da, wir beschlossen einfach, über die Dünen zu laufen und in die Richtung weiterzulaufen, die uns ansprach. Den ganzen Tag waren wir unterwegs, sind durch irgendwelche Steppen gelaufen, wo man hin und wieder mal einer abgemagerten Ziege begegnet ist, bis wir zwischen zwei Hügeln ankamen, die uns eine kleine windgeschützte Fläche bot; dort wollten wir unser Zelt aufbauen.

Am nächsten Morgen hing der Nebel zwischen den Hügeln und ich hatte den Drang, joggen zu wollen.

Ich sagte Bescheid, dass ich ein bisschen Zeit für mich wolle und joggte die Hügel hinauf. Mit jedem Schritt weiter hoch, löste sich der Nebel, der fast an meinen Fußsohlen klebte, weiter auf.

Ganz oben angekommen, hatte ich einen Blick auf das Meer, während ich weiter unten den festgesteckten Nebel sehen konnte, der ebenfalls unser Zelt verschluckte.

Zwei Wochen ging unser Trip und diese zwei Wochen werde ich nie mehr vergessen, weil ich so viel erlebt habe, was mich emotional so stark berührt hat.

Jeder Tag war eine Überraschung durch und durch.

Die Bereitschaft, einfach zu machen – man kann doch nichts verlieren – die hat man nicht, wenn man einen Urlaub bucht, in dem schon alles fest geplant ist.

Wir haben Menschen kennengelernt, durch Zufall, die uns auf einer Bank ansprachen, und wir sind ihnen einfach gefolgt, weil uns ihre Geschichten angesprochen und fasziniert haben.

Ja, ich hatte teilweise unglaublich Durst und Hunger, weil wir manchmal so tief in irgendwelchen Wäldern steckten oder auf weiten Weiden, dass wir gar nicht wussten, wie wir zum nächsten Einkaufsladen kommen würden, aber das war auch wieder ein Gefühl, das man mal erlebt haben muss.

So richtig an seine Grenzen kommen, wo jeder Schritt ein Erfolgserlebnis ist, weil man so erschöpft ist, dass man sich am liebsten auf den Boden fallen lassen würde.

Dennoch wurden wir so oft belohnt. Die Naturschönheiten gaben einem so viel Kraft und motivierten mich, wie es kein Coach, den man irgendwo hätte buchen können, es jemals geschafft hätte.

Auf Gran Canaria sind wir zu einem Küstenstrand gewandert, an dem tatsächlich Pferde frei herumliefen. Diese Küste konnte man nur mit dem Schiff oder zu Fuß erreichen. Es gab einen kleinen Felsvorsprung, der genau die Größe hatte, dass unser Zelt dort hinpassen würde. Müsste man aber nachts aufs Klo, müsste man aufpassen, dass man die Klippen nicht herunterfällt.

Wir bauten unser Zelt genau dort auf und auch das war ein Moment, als die Sonne über dem Meer so langsam unterging, den ich nie vergessen werde.

Im kitschigsten Film habe ich so etwas, was wir erlebt haben, noch nicht gesehen.

Das ganze Meer war in einem orangenen Licht, der Himmel war lila, unter uns die zerschlagenen Wellen, die sich an den Felsen festhalten wollten, es aber nicht schafften.

Ein leichter Wind zog über uns hinweg und das Einzige, was wir noch zu essen hatten, war ein Tunfisch in der Dose.

Ich habe noch nie zuvor so genüsslich Tunfisch aus der Dose gegessen wie in diesem Augenblick, mit dem Wissen, dass das das einzige Essen war, was wir noch hatten und ich keine Ahnung hatte, wann wir wieder an Essen kommen würden, denn diese Wanderung dauerte einen ganzen Tag, um überhaupt an diese Küste zu gelangen.

Ja, es kam auch vor, dass ich hin und wieder meine Begleitperson gerne die Felsen heruntergeschubst hätte, denn 24h eine Person ertragen zu müssen, die man eigentlich gar nicht kennt, ist eine Herausforderung. Dennoch muss ich zugeben, war ich zu diesem Zeitpunkt vermutlich die größere Herausforderung, denn so viele Heulattacken, wie ich in den zwei Wochen hatte, weil ich plötzlich wieder an Frisco denken musste, der nicht zu Hause auf mich wartete, mussten auch ausgehalten werden.

Viel Zeit, um weiter genervt voneinander zu sein, hatten wir aber nicht, denn durch unsere fantastische Landeskunde sind wir mit dem Schiff nach Las Palmas gefahren, obwohl unser Rückflug von La Palma startete.

In meinen Gedanken habe ich uns schon auf einem Speed Boot gesehen, dass wir trotz allen Bemühungen unseren Rückflug verpassen und nicht rechtzeitig wieder zum Arbeiten in Deutschland sind, aber durch Wohlwollen einiger Menschen und durch starken Optimismus, haben wir es tatsächlich noch rechtzeitig geschafft, wieder pünktlich am gewünschten Flughafen zu sein."

- Also, ich hoffe wirklich sehr, dass Sarah nicht irgendwann auf die Idee kommen würde, dass wir unsere Touren auf diese Kanaren ausweiten würden. Interesse, irgendwelche abgemagerten Pferde in irgendwelchen Küstenregionen kennenzulernen, besteht meinerseits nämlich wirklich nicht.

Der Abholservice

Sarahs Vater bestätigte, dass er uns gegen Mittag am Mindelsee abholen könne, um uns Pferde wieder in unser vertrautes Zuhause zu fahren. Zum Abschluss unserer Tour wanderten wir noch eine gemütliche Runde um den Mindelsee und auf einer schönen saftigen Wiese durften wir ausgiebig grasen.

Sarahs Mutter kam uns noch mit dem Fahrrad besuchen, sodass auch Valerie und Sarah ein festliches Abschlussfrühstück genießen konnten. Es gab ein selbstgemachtes Früchtemüsli mit Heidelbeeren und Ananas, köstlich saftig und, nach vielen Tagen nur Nüsse und Müsliriegel als Wegzehrung, ein Geschmackserlebnis, das auch in Erinnerung bleibt, meinte Sarah.

Der Mindelsee ist übrigens auch sehr zu empfehlen, sowohl fürs das Wanderreiten als auch zum Wandern ohne Pferd. Es ist ein in einem Naturschutzgebiet angelegter See, der umgeben ist von großen, alten Bäumen und wunderschöner Natur.

Eine Allee aus Birken führt in ein schilfbewachsenes Gebiet, das teilweise an den Wegrändern sehr sumpfig ist, von wo man aber auch einen Weitblick hat auf saftige Wiesen und weitere Birken, die in Reih und Glied die Landschaft mit ihren Stämmen verzieren.

Sarahs Vater rief an und teilte uns mit, dass er in wenigen Minuten bei uns sein würde.

Sarah sagte zu Valerie, die, wie sie, immer noch an ihrem fruchtigen Müsli saß:

„Ich habe nun so viel von Planung gesprochen, je mehr man plant, desto größer die Erwartungen und die Enttäuschungen sind somit vorprogrammiert, die Menschen haben teilweise doch oft auch viel zu hohe Erwartungen an ihre Pferde, meinst du nicht auch?

Wenn ich immer wieder beobachte, wie schnell Menschen frustriert sind, wenn sie mit ihrem Pferd arbeiten, weil sie zu hohe Erwartungen an ihre Pferde haben, dann muss man sich doch nicht wundern, dass die Pferde ebenso frustriert sind und keine Freude an der Arbeit mit dem Menschen haben, oder?

Das beste Beispiel ist, wenn das Pferd in den Hänger steigen soll.

Wenige Menschen haben die Möglichkeit, öfter mit ihrem Pferd zu üben, dass das Pferd in den Hänger einsteigen soll. Es gibt mehrere Gründe, entweder hat man keinen Hänger, oder man hat nicht genügend Zeit, denkt, es wird schon klappen. Wenn es dann aber sein muss, klappt es in den wenigsten Fällen. Natürlich spüren die Pferde auch in solchen Situationen die Erwartungshaltung des Menschen.

Wann fährt man denn schon Hänger mit seinem Pferd?

Was wäre, wenn die Menschen mit ihren Pferden einfach das Verladen mehr üben würden, ohne Erwartungen zu haben, dass es schnell gehen muss.

Wann verladen denn die meisten Menschen ihre Pferde? Verladen wird, wenn es zum Tierarzt geht oder in die Klinik, da geht es den Pferden meistens eh schon nicht besonders gut, dann hat man einen Termin beim Tierarzt, also wieder Zeitdruck, und dann soll das Pferd aber in diesem Moment, am besten sofort, in den Hänger steigen – Stress, für alle Beteiligten.

Mich wundert es nicht, dass man immer wieder sieht, wie es Probleme beim Verladen gibt, denn natürlich speichert das Pferd auch dieses Erleben ab. Hänger bedeutet Stress, Druck und Erwartungen erfüllen müssen!

Wie sagt man so schön: Erwarte nichts und du wirst positiv überrascht werden. Erwarte viel und du wirst enttäuscht werden – und ich bin mir sicher, kein Pferd auf der Welt will den Menschen enttäuschen, das machen die Menschen selbst durch ihre zu hohen Erwartungen, die sie an sich selbst haben und auf das Pferd überstülpen, und dies wiederrum führt nur zu Frust und Unzufriedenheit."

- Ich hatte kein Problem mehr mit dem Hänger, denn ich wusste inzwischen, wenn ich in dieses wacklige Teil steigen würde, ist die Wahrscheinlichkeit sehr hoch, dass es wieder nach Hause geht.

Aber ja, ich stimme Sarah zu, dass die Pferde, die nie solche Touren mit dem Hänger machen und etwas Positives damit verbinden können, sicher nicht gerne in den Hänger steigen. Denn welches Pferd mag es schon in einer wackligen Plastikbox zu stehen, auszusteigen und in den meisten Fällen, dem Tierarzt vorgestellt zu werden?

Total stolz, in den sechs Tagen über 120 Kilometer gemeistert zu haben, stiegen Samara und ich ohne weitere Probleme in den Hänger ein, der uns wieder nach Hause fahren sollte, wie ich es auch schon vermutete.

Tipp 19: (Abholmöglichkeit)
Egal, welche Planung schief geht, es sollte immer eine Möglichkeit geben, dass man mit dem Hänger wieder zurückfahren kann, entweder dass man abgeholt werden kann oder dass man es organsiert, zu einem Hänger gefahren zu werden, um diesen dann selbst holen zu können, während die Pferde natürlich sicher untergebracht sind.

Tipp 20: (Planung im Voraus)
Viele Dinge können unvorhergesehen passieren, eine detaillierte Planung für mehrere Tage kostet sehr viel Zeit. Besser ist es, wenn man in Etappen plant, sodass, wenn etwas Unvorhersehbares passiert, flexibler gehandelt werden kann, ohne dass zu viele weitere Planungen geändert/verschoben werden müssen.

Der Wille versetzt Berge

„Milan, weißt du, dass sich ein Satz schon mein ganzes Leben lang, immer wieder durch mein Leben zieht, der sich aber nie bewahrheitet hat? Er lautet: - Du kannst es nicht.

Nach der vierten Klasse hieß es, ich solle nicht aufs Gymnasium, es wäre besser, wenn ich erstmal auf die Realschule gehe.

Als ich über Umwege dann trotzdem das Abitur gemacht habe, hieß es, ich solle lieber nicht studieren.

Als ich kurz vor meinem Uni-Abschluss war, hieß es, ich solle lieber keine Lehrerin werden, da mir im Praxissemester auch schon gesagt wurde, Lehrer wäre nicht der richtige Beruf für mich.

Als ich dann im Referendariat war, wurde mir sogar angedroht meine Probezeit zu verlängern, weil mir auch da wieder nicht zugetraut wurde, dass ich eine gute Lehrerin werden würde.

Als ich Frisco, deinen Vorgänger, bekam, war ich 13 Jahre alt und er 10 Monate. Als meine Eltern entschieden, dass wir ihn nehmen, hieß es von meiner damaligen Reitlehrerin, ich sei zu jung, um ein Pferd auszubilden.

Als Frisco leider viel zu schnell in den Pferdehimmel gehen musste und ich dann dich kaufen wollte, hieß es, ich würde einen wilden Criollo allein nicht ausgebildet bekommen.

Und?

Ich bin Lehrerin geworden und liebe meinen Beruf.

Ich habe Frisco ausgebildet bekommen, er hat uns mit der Kutsche im Wald rumgezogen und wir hatten so viel Spaß zusammen und haben auch so unglaublich viel erlebt.

Und du… bist du nun ausgebildet? Ich vermute mal, dass diejenigen, die immer ihren Senf zu meinem Werdegang abgeben mussten, schwer zugeben würden, dass sie Unrecht hatten in all dem, was sie prophezeit hatten.

Aber weißt du was, ist es nicht viel wichtiger, dass mich mein Tun jedes Mal aufs Neue bestätigt hat, dass es völlig Wurst ist, was andere denken und meinen, dass man seine Ziele und Wünsche nie aus dem Auge verlieren sollte, nur weil irgendwelche Menschen was anderes denken?!

Ich glaube, mein größtes Vorbild, weshalb ich immer und immer wieder trotzdem das gemacht habe, was ich mir wünschte, ist mein Vater.

Mein Vater ist auch immer seinen Weg gegangen. Man hat ihm auch sehr oft Dinge nicht zugetraut, Ratschläge gegeben, was er scheinbar anders machen soll, aber er ist immer seinen eigenen Weg gegangen.

Er war weit und breit der erste Mann im ganzen Bodenseekreis, der mit einem Westernsattel in einen Stall eingeritten kam, in dem es nur Schweine gab, bis über die Jahre dieser Schweinestall tatsächlich ein Pferdestall wurde. Alle haben ihn belächelt, dass diese Cowboy-Reitweise hier in der Gegend keine Anhänger finden würde; inzwischen sind Kurse von Westernreitlehrer permanent ausgebucht.

Papa kaufte sich ein Boot und ist damit über den Rhein gefahren. Manche radeln in die Schule, mein Vater fuhr mit dem Boot in die Schule, obwohl seine Eltern ihn dafür verflucht haben, er stopfte tote Vögel in Opas Keller aus und hatte immer Pferde. Auch wenn meine Mutter, die wenig mit Pferden zu tun hatte, unter dem ganzen Pferdewahnsinn manchmal zu leiden hatte, sie immer die stinkenden Satteldecken ertragen musste und sie vermutlich – würde man die Stunden zusammenzählen, die sie im Auto verbrachte, um mich als Kind und Teenager in den Reitstall zu fahren – Jahre ihres Lebens kosteten, behielt Papa seine zwei Pferde.

Papa hat immer eine Lösung gefunden, egal was alle anderen von seinen Ideen hielten, und es scheint in meinen Genen zu liegen, dass mir im tiefsten Inneren eigentlich auch schon immer egal war, was alle anderen von meinem Weg dachten. Ich habe mir schon viel zu oft bewiesen, dass mein Wille Berge versetzen kann, auch wenn diese Menschen, die einem immer und immer einredeten, dass man etwas nicht könne, einen anstrengen und schwach machen. Schwach heißt aber nicht, dass ich jemals aufgegeben habe, das zu leben, was ich für richtig empfinde.

Und eines der nächsten Dinge, die ich mit dir tun werde, liebster Milan, was ich mir auch schon so lange in den Kopf gesetzt habe, ist: Wir werden allein an den Bodensee laufen, nur wir beide, keine Kompromisse, keine Planung, welcher Stall uns aufnehmen wird, keine anderen Pferde, keine anderen Menschen, nur wir beide, auch wenn im Stall schon wieder getratscht wird, dass das nicht funktionieren könne.

- Moment mal, ich musste kurz nachdenken.
Ein Satz zieht sich durch Sarahs Leben? Ist die Sprache der Menschen doch so kraftvoll, dass sich Sätze durch das Leben ziehen können? Können Sätze dann auch klettern oder gehen sie joggen, wie es andere Menschen doch auch machen? Können Sätze durch das Leben eines Menschen joggen? Was ist das denn für ein Satz, trägt der Turnschuhe, während er durch das Leben joggt, und wenn er nicht mehr kann, muss man ihn ziehen?
Und Menschen geben ihren Senf ab, während der Wille, Berge versetzen kann?
Diese Hieroglyphen, ich konnte mir beim besten Willen nicht vorstellen, was Sarah mir eigentlich sagen wollte, außer, dass wir scheinbar zusammen an den Bodensee laufen würden, ohne andere Pferde; das hörte sich doch gut an, wieso soll das nicht funktionieren?
Ich könnte Sarah ja vorschlagen, dass wir diesen komischen Satz - es geht nicht oder du kannst es nicht - auf unserer nächsten Tour einfach nicht mitziehen.
Wenn der Satz will, kann er mitjoggen, aber warten würden wir auf ihn nicht. Vielleicht war das eine Idee?

Der Mirabellenbaum

Sarah hatte Sommerferien und die ersten zwei Wochen waren schon so verregnet, dass schon langsam Frust in ihr aufstieg, weil sie endlich loswollte.
Am ersten trockenen Tag nach zwei Wochen starteten wir zusammen. Sarah hatte die Idee, wir würden auf die Ruine Homburg laufen, dort auf dem Ruinengelände übernachten und am nächsten Tag an den Bodensee nach Bodman wandern.

„Milan, irgendwie müssen wir über den Hohen Krähen, dann an der Aach entlang, dann über ein paar Dörfer und dann müssten wir schon irgendwie ankommen. Wasserstellen wird es genügend geben, Gras wächst auch an jedem Eck, du bist also versorgt und mir muss ein Vesper reichen und eine Flasche Wasser, jedes Gramm zu viel nervt auf Dauer, also je weniger Gepäck, desto besser, und mein Lieferservice wird uns dann den Rest bringen, wenn wir angekommen sind."

- Irgendwie würden wir sicher ankommen? Das hörte sich nicht sehr vertrauenswürdig an, mir blieb nichts Anderes übrig als Sarah hinterher zu laufen und gespannt zu bleiben, was wir erleben würden.

Die erste Pause machten wir kurz vor dem Hohen Krähen, einem Berg vulkanischen Ursprungs nördlich von Singen.
Der anstrengende Teil lag erst noch vor uns, das wusste Sarah. Deshalb dachte sie, dass die Laune gut bleiben würde, wären unsere Bäuche erstmal gefüllt.
Der Weg von dem Berg herunter war wirklich sehr schmal und man musste sich konzentrieren, dass man nicht ständig über irgendwelche hohen Wurzeln oder herunterhängende Baum-Lianen stolperte. Unten angekommen kam der anstrengendste Teil der ganzen Strecke, auf Teer am Bahngleis entlang, bei brütender Hitze.
Nicht nur, dass der Teer die Hitze noch unerträglicher machte, auch Sarahs Anspannung spürte ich, da sie vermeiden wollte, dass der Zug jeden Moment an uns vorbei rauschte. Sie wollte dieses Stück der Strecke einfach schnell hinter sich bringen und signalisierte mir permanent durch ihr Schnalzen, dass ich doch schneller laufen sollte, obwohl ich schon recht schnell hinter ihr herlief.
Unter der ohrenbetäubenden Autobahnbrücke durch, neben uns das Zug-Gleis, der Schweiß perlte nur so an uns herunter und der Stress stand uns förmlich ins Gesicht geschrieben.

„Wie bitte, die Brücke soll für Reiter gesperrt sein?" Sarah schaute irritiert auf die andere Seite dieser Brücke.

„An dieses Verbotsschild halten wir uns jetzt sicher nicht, wir müssen über die Brücke, sonst weiß ich nicht, wie wir Richtung Aach kommen, schließlich wollen wir doch nicht auf die Autobahn kommen. Wer denkt sich denn so ein Verbotsschild aus, oder was meinst du, Milan?"

Ich schaute Sarah an und vermutete, dass das eine dieser Fragen war, auf die die Menschen nicht wirklich eine Antwort wollten, abgesehen davon hätte ich auch nicht gewusst, was ich hätte antworten sollen, außer dass ich ohne Zögern hinterherlief, auch wenn die Brücke für meinen Geschmack etwas zu schmal war.

Wir kamen endlich an die Aach und Ruhe kehrte ein. Der Verkehrslärm war kaum noch zu hören und vor uns lag ein großes Naturschutzgebiet mit wunderschönen Bäumen und Felden.

Sarah lief zu einem besonderen Baum, streckte sich ganz weit nach oben und zupfte an ein paar Ästen. Sie nahm hin und wieder kleine cremefarbige Kugeln in den Mund, die sie von dort abzupfte, lutschte an ihnen, spuckte etwas wieder aus und hielt es mir hin - das, was sie dann auf ihre Hand spuckte, sollte ich fressen?

„Probier mal, Milan, das sind Mirabellen, ich habe dir den Kern entfernt, die sind so lecker."

Ich schnupperte an dem Matsch in ihrer Hand, den sie mir anbot, und probierte diesen Mirabellenmatsch.

- Mmhh, war das lecker, ich begriff sofort, dass diese Leckerei auf den Bäumen wuchs und reckte meinen Hals weit nach oben, fast wie eine Giraffe, meinte Sarah, und wollte probieren, selbst an diese Kugeln zu kommen.

Sarah verstand, dass mir die Mirabellen wohl genauso schmeckten wie ihr und sie zupfte noch eine ganze Weile diese Leckereien für uns, bis sie an keine mehr herankam, weil diese zu weit oben am Baum hingen.

Nach dieser Strecke auf Teer, in der Hitze am Gleis entlang, waren diese süßen Mirabellen wohl eines der größten Geschenke, die uns die Natur in diesem Moment anbieten konnte.

Wir liefen weiter. Sarah dachte, wir könnten eine Abkürzung wagen und nach ein paar Metern merkten wir jedoch, dass wir auf einer seltsamen moosigen Weide gelandet waren, die wir schnell wieder verließen, bis wir entschieden, dass wir nochmal eine Pause brauchen würden, nämlich genau auf der Bank, die vor uns lag, gelegen an der Aach, unter einem großen Baum im Schatten.

Sarah setzte sich, den Rucksack legte sie neben sich und es ging nicht mal eine Minute, bis sie merkte, dass meine Augen regelrecht zufielen. Ich fing an, ganz ruhig zu atmen und selbst das Rascheln in Sarahs Rucksack brachte mich nicht dazu, aufzuschrecken oder meinen Kopf interessiert in die Richtung zu drehen, aus der es raschelte.

Ich war müde, ich musste verarbeiten, was wir gerade erlebten, und dass wir diese Pause einlegten, war wohl eines der besten Ideen, die Sarah hatte. Oft verbinde ich Pausen mit Fressen, aber hier habe ich Sarah ganz deutlich signalisiert, dass ich nicht fressen, sondern einfach pausieren und meine Augen schließen wollte.

Über eine Stunde saß Sarah auf der Bank und blickte auf die Aach, während ich neben ihr stand und mich keinen Millimeter rührte. Meine Augenlieder fielen immer wieder nach unten, mein rechtes Hinterbein war nach innen gewinkelt und ihr Menschen würdet es, glaub', ich einen Powernap nennen, denn nach diesem Päuschen war ich sichtlich wieder fit und aufmerksam für das nächste Stück unseres Weges.

Nachtwächter

Nach unserer kleinen Verarbeitungspause ging es weiter. Wir mussten wieder durch ein kleines Dorf, an dessen Ende sogar ein Pferdestall war, der uns Wasser für mich anbot. Der Eimer erschien mir nicht vertrauenswürdig, ich blieb lieber durstig und hoffte, dass Sarah schon eine Idee haben würde, wie ich an etwas zu trinken kommen würde, ohne aus einem gruseligen Eimer trinken zu müssen.

„Milan, dann hast du keinen Durst, wenn du das nette Angebot hier ablehnst, ich weiß nicht, wann der nächste Brunnen kommt."

Wir zogen weiter Richtung Steißlingen. Sarah schaute immer wieder verwundert auf ihre App, weil wir gefühlt überhaupt nicht vorankamen, obwohl wir schon seit Stunden unterwegs waren.

Nachdem in Steißligen einige Menschen in ihren Gärten aufzufinden waren, beschloss Sarah, den ein oder anderen nach dem Weg zu fragen, und ob die App denn auch wirklich recht habe, dass wir wieder so lange an der Straße entlang müssten oder ob es noch eine andere Möglichkeit gäbe.

„Keine Ahnung, ja wird schon passen; probieren Sie es halt mal geradeaus."

Das waren die Antworten, die man uns gab, als Sarah höflich um Hilfe bat. Manche schauten uns an, als wären wir ausgebrochene riesige Insekten, die zu groß waren, um sie zertreten zu können, andere schauten auf den Boden, um den Gruß nicht erwidern zu müssen und die anderen… Sarah schüttelte den Kopf und meinte: „Weißt du was, ich bin froh, dass wir heute Abend keine Überraschung haben werden, bei welchen Menschen wir unterkommen würden, wenn selbst in den Dörfern schon solche Aliens unterwegs waren, die scheinbar keine Sympathie für uns übrig hatten…"

Ein gelber Bus raste an uns vorbei, der Fahrtwind hing noch in meiner Mähne und da beschloss Sarah, dass wir jetzt einfach diese schnellbefahrende Straße verlassen werden. „Irgendwie werden wir schon einen anderen Weg finden, auch wenn wir dann eben länger bis ans Ziel brauchen würden …", sagte Sarah entschlossen, „helfen will uns hier anscheinend auch niemand, dann helfen wir uns eben selbst."

Wir waren schon sieben Stunden unterwegs und sowohl Sarah als auch ich sehnten uns danach, nun endlich anzukommen.
Nochmal eine längere Pause und das letzte Stück meisterten wir auch noch, obwohl unsere Kräfte so langsam nachließen und jede Steigung anstrengender wurde. Die Sonne stand inzwischen schon sehr tief, dennoch versüßte uns das goldene Abendlicht die letzten Meter.

Der Aufstieg zu dem Ruinengelände lag vor uns, als Sarah jedoch sah, wie versperrt der Weg war durch abgebrochene Bäume, die wohl der letzte Sturm verursacht haben musste, entglitt ihr kurz das Gesicht, denn dieser Aufstieg war der einzige Aufstieg, den es zu der Ruine gab. „Milan, nein, das darf nicht wahr sein, genau hier müssen wir entlang, ich habe doch extra das Ruinengelände ausgesucht, weil du da oben frisches Gras haben wirst und ich eine gute Möglichkeit habe, den Steckzaun aufzustellen! Soll der ganze Weg umsonst gewesen sein?"

Sarah warf den Strick über meinen Hals und ließ mich einfach unangebunden stehen, lief zu den Baumstämmen und rüttelte kräftig an ihnen, als wolle sie diese Stämme zur Seite drücken, damit ich vorbeikommen könnte. „Milan, ich komm' alleine über die Stämme, du musst jetzt genau das tun, was ich dir sage. Du musst an mir vorbeilaufen, ich kann den einen Stamm kurz anheben, damit du vorbei kannst, aber lange schaffe ich es nicht. Du musst über den anderen abgebrochenen Stamm drüber springen, das müsste gehen, aber nur wenn du dich jetzt beeilst, weil ich den Baumstamm nicht lange gedrückt halten kann."

Sarah signalisierte mit einer Kopfbewegung, dass ich an ihr vorbeilaufen sollte und ich sah ihr an, dass ihr Gesicht schon vor lauter Gewichte stemmen rot anlief. Ich lief zögerlich zu ihr, roch kurz an dem Stamm, aber da Sarah so energisch befahl, dass ich mich jetzt mal beeilen sollte, erschrak ich fast vor ihrem strengen Ton und sprang über den restlichen Stamm.

„Klasse, Milan, du bist der Beste, ich kann mich einfach auf dich verlassen", stolz blickte sie auf das Hindernis zurück, das wir grandios überwunden hatten, und lobte mich, indem sie ein Stück Karotte aus ihrer Hosentasche zog.

Über ein paar Wurzeln geklettert, kamen wir durch einen Torbogen hindurch auf dem Ruinengelände an. Die Ruinenmauern waren sehr groß, eine Treppe führte auf einen Aussichtsturm, aber auch ohne auf diesen zu steigen, hatte man Aussicht auf den Bodensee und das Dörfchen Stahringen, in dem Sarah wohnte.

Inmitten des Geländes standen zwei große Bäume und das Beste an allem war: Das ganze Gelände war mit einem Stahlzaun gesichert, sodass Sarah eigentlich nur ein Seil spannen musste, und die perfekte Umzäunung war für mich gerichtet.

Es gab genügend Gras auf dem Gelände und Wasser, Sarahs Schlafsack und Isomatte würden später gebracht werden. Was wollten wir mehr?

Sarah befreite mich von dem Sattel und dem Rest, der an mir befestigt war, und das Erste, was ich tat, war, mich zu wälzen. Sarah freute sich, denn sie deutete das Wälzen als ein Zeichen, dass ich mich hier wohlfühlen würde und auch sie setzte sich erstmal auf die Bank und blickte in die Ferne.

Den Steckzaun hatte sie noch nicht gerichtet, ich durfte also, völlig befreit von meiner verschwitzten Satteldecke und dem Sattel, Ruinenhalme fressen und mich frei bewegen.

Wenn irgendwelche Wanderer vorbeikamen, fragte Sarah, ob es ein Problem sei, dass ein Pferd hier frei herumlaufen würde, wenn ja, würde sie mich an den Strick nehmen.

Ein Mann schob sein Fahrrad durch den Torbogen, keine Ahnung, wie er sein Rad über diese Stemme brachte, über die ich noch vor ein paar Minuten drüber springen musste.

„Milan, was sind das alles für Aliens, meinst du einer der Ruinenbesucher hätte mal gegrüßt oder nachgefragt, woher wir kommen, oder hätte Interesse an uns gezeigt? Die haben doch gesehen, dass der Sattel auf der Wiese lag, dass wir vermutlich auch ziemlich geschafft aussahen, weil wir den ganzen Tag auf den Beinen waren, und auf meine Frage kamen auch nur wieder halbe Sätze aus deren Mündern, wobei man sich nicht sicher sein konnte, ob es nun störte, dass ein Pferd frei herumlief oder nicht. Was ist nur los mit den Menschen?

Hätte ich auf einem Ruinengelände ein Pferd grasen gesehen mit einer Reiterin, wäre das Erste, was ich gemacht hätte, nachzufragen, wohin das Abenteuer geht, woher diese kommen, und ich hätte mich gefreut, ein bisschen plaudern zu können. - Nein, diese Menschen schauten uns nur groß an und dann wieder zu Boden, als wäre es eine Schande, mit einem Fremden ins Gespräch zu kommen.

Okay, vielleicht haben wir auch so gestunken, dass das der Grund war, und man deshalb nichts mit uns zu tun haben wollte. Aber was soll's?

Ich hoffe, dass unser Lieferservice nun gleich kommt und mir mein Abendessen bringt und dir dein Wasser aus deiner Lieblingsschüssel."

- Ratet mal, wieviel Liter ich, ohne abzusetzen, getrunken habe?
Unser Lieferservice, der einem Herkules ähnelte, hatte tatsächlich fünf Kanister dabei mit jeweils fünf Litern pro Kanister, und ich habe zwei Kanister in einem Zug getrunken. Zehn Liter Wasser, ohne abzusetzen, das hätte selbst Sarah nicht gedacht; sie dachte, ich schaffe höchstens einen Kanister.
Sarah durfte ein Reismenü eines chinesischen Restaurants verspeisen, angebratenes Gemüse in einer leckeren Kokosnusssauce. Noch heute hat sie den Duft in der Nase, denn nach so einem Tag hat ein warmes Essen plötzlich eine ganz andere Bedeutung.

Sarahs Schlafstätte war gerichtet, ihre Luftmatratze aufgeblasen, das Seil des Steckzauns war an einem Baum und an dem eh schon vorhandenen Stahlzaun befestigt, sodass ich nicht mehr das ganze Ruinengelände zur Verfügung hatte, aber immer noch sehr viel Platz für die Nacht hatte.
Es war inzwischen dunkel und die Sterne über uns leuchteten mit jeder Stunde kräftiger. Es trat eine Stille ein, die fast unheimlich war. Weder hörte man ein leises Rascheln durch den Wind noch Menschen oder sonst irgendwas in unserer Nähe. In weiter Ferne hätte man meinen können, dass man ein bisschen Verkehrslärm von der Straße Richtung Stockach hören konnte, doch wenn man sich nicht auf dieses Geräusch konzentrierte, hörte man einfach nichts, außer unserem jeweiligen Atem, den wir sehr wohl wahrnahmen, da ich meine Rolle als Nachtwächter ernstnahm. Während Sarah auf dem Boden lag, stand ich beschützend neben ihrer Luftmatratze und schaute in die Ferne.

Tipp 22: (Wasserdurst)
Pferde können je nach Beanspruchung zwischen 10 und 60 Liter am Tag trinken. Wenn ihr merkt, dass euer Pferd Probleme hat, aus fremden Gegenständen zu trinken, dann übt auch das immer wieder. Für ein paar Euro gibt es auch Klappeimer, die sich leicht in der Satteltasche verstauen lassen, dann kann man auch mal aus Bächen Wasser holen, an die das Pferd vielleicht schlecht rankommt.

Der Schatten

Sarah stand auf, sie musste pinkeln.
Sarah legte sich wieder in ihren Schlafsack.
Sarah stand erneut auf, irgendwie verlor die Luftmatratze Luft, sie fing mitten in der Nacht an, ihre Luftmatratze wieder mit Luft zu füllen, das Quietschen der Luftpumpe passte nicht zu der Stille der Nacht.
Sarah legte sich wieder hin.

„Milan, ich glaube es steht in der Bibel, ich weiß es nicht mehr genau, es soll genauso viele Sterne wie Sandkörner geben, kannst du dir das vorstellen?
Sternschnuppen, da ist schon wieder eine, unzählige Sternschnuppen, was soll ich mir nur wünschen?"
Sarah überlegte, redete vor sich hin, hatte in ihrem Kopf zu viele Gedanken, die Luftmatratze verlor schon wieder Luft, sie kam nicht wirklich zur Ruhe.
Sarah stand wieder auf, sie musste wieder pinkeln.

Sarah wollte das Loch in ihrer Luftmatratze finden, sie stand wieder auf und schon wieder das unangenehme Geräusch der quietschenden Luftpumpe.

„Milan, es tut mir leid, ich kann nicht schlafen, ich kann nicht mit so wenig Luft in der Matratze schlafen, mein Rücken wird sich rächen und meine Hüfte auch, ich muss nochmal aufstehen, ich probiere, sie nochmal aufzupumpen."

Ich stand wie angewurzelt da und schaute mir das Theater an.

„Milan, siehst du das komische Licht an den Ruinenmauern? Woher kommt das Licht? Vorher war doch die Mauer nicht so seltsam beleuchtet, aber es ist kein Taschenlampenlicht, das wäre viel unruhiger, ist das der Mond, der so hell scheint, das kann doch auch nicht sein, oder? Milan, findest du auch, dass es seltsam ruhig ist? Milan, warum frisst du nicht?"

Sarah setzte sich aufrecht hin, ihr Schlafsack raschelte und sie schaute in eine ganz bestimmte Ecke. Plötzlich wurde auch ich etwas unruhig und ich schaute in die genau gleiche Ecke wie sie.
Das ganze Hin und Her, Aufstehen, Hinlegen, mir-komische-Fragen-Stellen, das machte mir nichts, aber plötzlich spürte ich, dass Sarah wirklich panisch wurde. Ich stellte meine Ohren nach vorne, meine Atmung wurde schneller und Sarah sprach laut vor sich hin, aber so, dass ich heraushörte, dass meine Anspannung für diesen Moment berechtigt erschien.
Meine Anspannung ließ Sarah noch mehr anspannen und Sarahs Anspannung ließ mich weiterhin anspannen.

„Milan, du bist doch immer so ruhig und entspannt, warum bist du denn jetzt plötzlich auch so angespannt? Milan, was ist das da in der Ecke? Ist das ein Pony? Aber das würde sich doch bewegen. Außerdem:

wie könnte denn ein Pony hier herkommen? Du schaust in das gleiche Eck, in der plötzlich dieser seltsame Schatten ist, der vorher nicht da war, sitzt da jemand in der Hocke und beobachtet uns?
Hallo?"

- Selbst wenn es ein Pony gewesen wäre, hatte Sarah wirklich erwartet, dass das Pony dann „Hallo" zurückantworten würde? Und wer soll denn jetzt mitten in der Nacht hier sitzen und uns beobachten? Das macht überhaupt keinen Sinn! Zudem hätte ich das gehört, wenn sich jemand angeschlichen hätte!

Sarah stand auf und sagte immer wieder: „Hallo, ist da jemand?"

Die komischen Lichter, die man immer noch auf den Ruinenmauern sehen konnte, mussten von der Straße kommen. „Wieso waren die mir nicht früher aufgefallen?", redete Sarah vor sich hin.

„Milan, ich muss jetzt schauen, was das ist", sagte die entschlossen und kletterte über die Umzäunung. Ich war immer noch angespannt und beobachtete genau, was Sarah machte.
Als sie nun ganz nah vor dem seltsamen Schatten stand, sagte sie plötzlich: „Mannnnnn, das ist ein Baumstamm!"
Sie atmete aus und von uns beiden fiel sichtbar die Anspannung ab.

„Entschuldige Milan, dass ich mich so hereingesteigert habe, ich habe meine Panik völlig auf dich übertragen, obwohl ich dir eigentlich Sicherheit geben möchte, denn welches Pferd ist denn so mutig, dass es allein, ohne andere Pferde auf einem Ruinengelände übernachtet, da ist es doch das Mindeste, dass ich dich nicht noch in Unruhe versetze."

Mit Socken, die schon langsam nass wurden, weil der Tau nachts irgendwie doch nicht zu unterschätzen ist, und ihren Schlafsachen stand Sarah vor mir und streichelte mich.

Anstatt dass sie nun endlich die wundervolle ruhige Nacht einfach genoss und zur Ruhe kam, versuchte sie noch ein letztes Mal ihre Luftmatratze erneut aufzublasen und tatsächlich, nach diesem Schatten-Schreck konnte Sarah dann wirklich einschlafen und auch ich konnte endlich zur Ruhe kommen.

„Die Sterne über uns, das Gras unter uns, der Schatten immer noch vor uns – schlaf schön, Milan, mein kleines Wanderrössle, ich freue mich auf morgen, ein paar Stündchen haben wir noch, bevor die Sonne schon wieder aufgeht" und Sarah kuschelte sich ganz tief in ihren Schlafsack.

Pure Entspannung

Mit einem lauten Schnauben weckte ich Sarah auf. Meine weißen Nüstern hielt ich oberhalb ihres Kopfes, ich wusste genau, dass ihr Kopf genau unter dem Schal versteckt war.
Sarah streckte ihren Kopf mit ihren zerzausten Haaren aus dem Schlafsack, schaute zu mir und musste lachen, denn, so erzählte sie mir später, sie kenne meinen Blick inzwischen, wenn ich weiterwolle, schon genau.
„Milan, ich habe vielleicht zwei Stunden geschlafen, die Sonne ist noch nicht mal aufgegangen und du willst jetzt schon los. Warte mal: ernsthaft, du hast fast keinen Grashalm mehr übriggelassen? Die ganze umzäunte Fläche ist leer gefressen, komm ich lass dich wieder auf das ganze Ruinengelände, es ist eh noch keiner da und ich bleib noch ein Stündchen liegen. Deal?"
Sarah stand auf, entfernte die nächtliche Umzäunung, hing das Seil nur an den Torbogen der Ruine, weil es dort eigentlich die einzige Möglichkeit gewesen wäre, das Gelände wirklich zu verlassen, füllte nochmal mein Wasser nach und legte sich wieder in ihren Schlafsack.
Total zufrieden, freute ich mich, dass ich noch weiteres Gras fressen konnte.

„Milan, die Gemeinde Stahringen, oder wer auch immer für diese Homburg hier verantwortlich ist, der stellt dich bestimmt als Rasenmäher ein; du kommst ja wirklich an jeden Halm."

Nachdem die Sonne immer höher am Himmel stand, beschloss auch Sarah, so langsam aufzustehen. Meine Pferdeäpfel wollte sie noch einsammeln, dafür hat sie immer zwei Tüten dabei, die sie sich über die Hände stülpt und dann wie Handschuhe einsatzbereit sind, um so natürlich alles sauber zu hinterlassen. Ihren Schlafsack und die restlichen Utensilien räumte sie in eine große Tüte, die sie hinter einem Baum versteckte, um sie dann später mit dem Auto abzuholen, damit wir während unserer Wanderung wieder ohne Gepäck unterwegs sein konnten.

„Sieh mal, wie sich die Sonne im See spiegelt, den wir von hier oben sehen können, als würde ein riesiger Fischschwarm ganz dicht an der Wasseroberfläche schwimmen, der das Glitzern der Sonnenstrahlen nur noch mehr zum Vorschein bringt."

Wir liefen los, von der Homburg bergab Richtung Stahringen, ein Stück an der Straße entlang, über die Straße, die Richtung Stockach führte, bis hin zu den dicht stehenden Obstplantagen. Am Waldrand von hier oben hatte man ebenfalls einen schönen Blick auf den Bodensee und wir konnten unser Ziel schon fast sehen, denn Sarahs Wunsch war es, dass wir durch Bodman laufen und uns einen schönen Tag am Seeufer verbringen würden.

Die Strecke durch Bodman war uns schon bekannt, Sarah und ihr Vater machten nach Bodman immer mal wieder eine Tagestour mit uns, zusammen mit Josie, der Criollostute von Sarahs Vater, da es ganz in der Nähe einen geeigneten Parkplatz für den Hänger gab und das Seeufer Richtung Marienschlucht einfach so wunderschön ist.
Angekommen am Seeufer stöhnte Sarah, dass sie mit so vielen Booten, Kanufahrern und spielenden Kindern am Seeufer nicht gerechnet hätte.

„Wir müssen einfach noch weiter, wir wandern jetzt so lange am Ufer entlang, bis der Wald anfängt, da dürfte es hoffentlich ruhiger werden." Sarah war entschlossen, dass wir ein schönes Plätzchen finden würden.

Am Waldrand angekommen und wieder ein Stück durch den dichten Wald ans Ufer gelaufen, - wieder unzählige Boote, die dort in Ufernähe ankerten, also mussten wir noch weiter in den Wald hinein, um zu hoffen, dass wir noch ein freies Uferplätzchen finden würden.

„Milan, wir traben jetzt mal ein paar Kilometer, es geht alles geradewegs auf weichem Waldboden, im Notfall traben wir jetzt bis kurz vor die Marienschlucht. Es kann nicht sein, dass wir jetzt kein idyllisches, menschenleeres Ufer finden."

Gesagt, getan, mir gefiel es, so locker durch den Wald zu traben, ich schnaubte und trabte in meinem Tempo einfach vor mich hin, bis Sarah das Kommando gab, dass ich anhalten solle.

„Hier, ein großer Baumstamm ragt ins Wasser, da kann ich mich drauflegen und das ganze Sattelzeugs ablegen, und für dich gibt's ein bisschen sandiges Ufer. Hier machen wir jetzt Pause und genießen den wundervollen Tag am See."

Sarah sattelte mich ab, ihre Schuhe hatte sie davor schon ausgezogen, denn das Ufer war sehr mit Wasser bedeckt, aber es war immerhin menschenleer und wir hatten hier unsere Ruhe.

Hinter uns der dichte Wald, vor uns der Blick auf den See.

Sarah setzte sich auf den großen Baumstamm, der ins Wasser ragte; mich stellte sie neben sich, meine Vorderhufe standen leicht im Wasser auf sandigem Boden.

„Ich bin so müde, ich versuche mich mal etwas hinzulegen", sagte sie und entfernte mir die Zügel von meinem Side-Pull, sodass ich einfach frei neben ihr und dem großen Baumstamm stand.

Ich blickte auf das Wasser, weiße große Vögel schwammen in weiter Ferne im Wasser, die ihr Menschen Schwäne nennt, das Wasser bewegte sich gleichmäßig Richtung Ufer. Meine Hufe waren inzwischen schon mehr von Sand bedeckt als noch vor ein paar Minuten und ich merkte, wie auch ich müde wurde. Meine Augen fielen immer weiter zu und mein Kopf senkte sich leicht nach unten.

„Ich saß auf dem großen Baumstamm, der Teile seiner Äste ins Wasser ragen ließ, aber auch einige Teile der Äste aus dem Wasser herausschauen ließ. Schaute ich nach vorne, sah ich das türkisfarbene Wasser, in dem sich die Mittagssonne spiegelte, und es schien, als würde uns die Sonne durch ihr Glänzen im Wasser anlächeln.
Schaute ich zur Seite, sah ich dich, wie du geerdet einen sicheren Stand gefunden hattest zwischen vereinzelten kleinen Muscheln und Sand, der deine Vorderhufe immer weiter eingrub, und wie deine Augen sich immer wieder schlossen, weil auch du die unglaubliche Ruhe aber zugleich die Kraft des Wassers wahrgenommen hast, die einen in einen Zustand versetzten, dass man nichts weiter tun wollte, als weiter auf die Weite des Sees zu blicken."

Sarah sagte mir später, dass dieser Moment so viel Beruhigendes für sie hatte, dass es schwer in Worte zu fassen sei. „Natürlich, die Nacht, in der wir beide nicht gut geschlafen hatten, ließ den Wunsch nach einem Schläfchen entstehen. Aber nicht nur das Gefühl, alle Glieder einfach hängen lassen zu können auf diesem Baumstamm, von dem so viel Kraft ausging, obwohl er umgefallen am Uferrand lag, entspannte mich, auch diese Stimmung, nur das leise Rauschen der Wellen zu hören, das leise Knacken des Waldes und das Atmen eines Pferdes neben einem – pure Entspannung."

Nachdem wir uns ausgiebig am See entspannt hatten, beschloss Sarah, dass wir uns auf Heimweg machen würden. Natürlich würden wir nicht den gleichen Weg wieder zurückwandern, dafür waren wir beide viel zu müde, und bis zu diesem Zeitpunkt hatten wir seit dem Loswandern von unserem Hof gestern schon 53,8 km hinter uns gebracht. Sarah hatte die Idee, dass wir zu einem schönen

Aussichtspunkt laufen würden, der nur ein paar Höhenmeter von unserem jetzigen Standort entfernt liegen würde, und dass wir von dort aus dann mit dem Hänger nach Hause fahren könnten.

Leider konnte Sarah weder ihr Auto noch den Hänger an den gewünschten Standort zaubern, aber sie hatte so grandiose Freunde, die uns immer wieder auf unseren Touren ermöglichten, den größten Luxus leben zu dürfen, den man sich in so einer Situation wohl nur wünschen konnte.

Ein Anruf und alles war organisiert! Wir wanderten zu dem vereinbarten Treffpunkt, ich stieg in den Hänger und es konnte wieder nach Hause gehen zu meiner Freundin Josie, die schon sehnsüchtig auf mich wartete.

In zwei Tagen vom Hegau bis zum Bodensee.

Sehr müde, aber erfüllt und voller Stolz und Dankbarkeit fiel Sarah zu Hause in ihr Bett und ich ins Stroh.

Das Pippi Langstrumpf Abenteuer

Wir starteten mit dem Hänger nach Langerain, Sarah parkte auf einem super gelegenen, großen Waldparkplatz, der es ermöglichte, dass der Hänger über Nacht niemanden störte und wir diesen einfach dort stehen lassen konnten. Als ich aus dem Hänger stieg, durfte ich erstmal in Ruhe grasen, während Sarah irgendwelche Rucksäcke und Taschen richtete, und der Duft von frischem Gras motivierte mich nur noch mehr, jeden einzelnen Halm so schnell wie möglich abfressen zu wollen.

Sarah sah so voll beladen aus, dass ich mir schon fast dachte, dass wir so schnell nicht wieder an den Hänger zurückkehren würden.

„Milan, der Rucksack ist überhaupt nicht schwer, er sieht nur so sperrig aus, weil ich da dein ganzes Heu für heute Nacht drin habe. Dir schnalle ich nun meinen Schlafsack und meine Hängematte an den Sattel und dann wandern wir die sechs Kilometer an den See runter.

Dort unten laden wir unser Gepäck ab und legen es irgendwo versteckt in den Wald und dann können wir noch eine schöne Tour ins Dingelsdorfer Ried machen, ganz ohne die sperrigen Gepäckstücke. Heute Abend kommen wir dann an die Seestelle zurück und richten uns unser Schlafgemach ein, gute Idee?"

- Schlafgemach? Im Rucksack hatte Sarah Heu, das beruhigte mich, dass ich mich dann nicht weiter mit ihrem Plan über das Schlafgemach?, den Schlafgemach?, die Schlafgemach? – keine Ahnung, welcher Gemach mit uns schlafen würde – beschäftigen wollte. Ich freute mich, dass ich nach der Hängerfahrt erstmal so lange grasen durfte. Das ist inzwischen zu unserem Ritual geworden, mit vollem Grashalmbauch wandert es sich schließlich immer am besten.

Wir wanderten über einen Golfplatz, über den wir scheinbar nur wandern durften, weil ein Umleitungsschild diesen Weg kennzeichnete, und der Rest des Weges führte durch einen Wald. Die Seestelle, an der wir erstmal alle Gepäckstücke abluden, kannte ich schon; das war die Stelle, an der Sarah früher immer mit Frisco ins Wasser gegangen ist.
Sarah meinte, die Stelle würde sich deshalb so gut zum Übernachten eignen, weil die Wanderwege momentan zu dieser Stelle eigentlich gesperrt seien, wegen Hangrutschgefahr, - mit der Stute Samara war ich auf unserer Bodenseetour hier auch schon.

Den Rucksack mit meinem Heu befüllt und Sarahs Schlafsachen versteckte sie hinter einem Gebüsch. Ohne Gepäck, nur mit ein paar Heidelbeeren als Wegzehrung für Sarah, sind wir dann ein Stück des Weges wieder nach oben gelaufen, um von dort dann noch eine schöne Tagestour in der Gegend zu machen.
Den Blick auf den Bodensee hatten wir eine ganze Weile, als wir uns in Richtung eines wunderschönen Weihers aufmachten, der mitten in einem Waldstück gelegen war.

Der Weiher hatte Schilf an seinen Ufern und einen von Menschen angelegte steinigen Untergrund, damit man gut um diesen Weiher herumlaufen konnte. Dieser machte ein Geräusch, das irgendwie sehr angenehm war. Bei jedem Schritt knirschten die Steine unter uns, während in regelmäßigen Abständen immer mal wieder eine Ente quakte, die zufrieden in dem Weiher schwamm.

Am Abend, als wir wieder an unserer Seestelle ankamen, mischte sich die Stille des Waldes mit dem Knirschen unserer Schritte auf dem Steinboden. Die Steine am Seeufer waren im Gegensatz zum Weiherufer nicht von Menschen dort hingelegt worden, sondern von Natur aus ein Mix aus Steinen, Sand und kleinen Muscheln.

Während ich ein paar Baumblätter abzupfte, spannte Sarah ein paar Seile um vier Bäume. Ihre Hängematte spannte sie ebenfalls zwischen zwei Bäumen auf und unser Nachtlager war in innerhalb weniger Minuten fertig.
„Milan, die vier Bäume stehen so genial, du hast eine richtig schöne Umzäunung hier, neben uns ist ein idyllischer Weiher und vor uns liegt der wunderschöne Bodensee. Wir sind umgeben von Wasser und Bäumen, und ich bin mir sicher, wenn es dunkel wird, glitzern die Lichter der anderen Seeuferseite im Wasser."

Es fing an zu dämmern und Sarah stapelte ein paar Hölzer übereinander und machte ein kleines Feuer an. Das Knistern des Feuers entspannte mich sofort und auch Sarah holte sich noch meine Satteldecke, um bequemer auf dem Steinboden sitzen zu können.
Sarah und ich blickten in die Flammen des Feuers und um uns herum war nur Stille. Kein Vogel war zu hören, kein Knirschen unserer Bewegungen auf dem sandigen, steinigen Boden, nur das Feuer knisterte und die Farben des Himmels verwandelten sich von einem hellen Lila zu einem immer dunkleren Blau.

„Milan, stups mich mal an! Ist das real, was wir hier erleben? Du stehst schon seit zwei Stunden hier am Feuer, die Sterne funkeln inzwischen immer heller und das Einzige, was wir hören, ist das Knistern des Feuers."

Meine Augen fielen immer wieder zu, mein Kopf sank immer weiter nach unten, war nun der Zeitpunkt des Schlafgemachs gekommen?

Plötzlich stand Sarah auf: „Milan, schau mal, was schwimmt denn da, ist das eine Ente? Ich kann es nicht richtig erkennen, das sieht aber ziemlich groß aus."
Ich hob meinen Kopf nach oben und auch ich sah, trotz der Dunkelheit, dass das keine Ente war. Ein Schwan konnte es auch nicht gewesen sein, denn das, was man im Wasser erkennen konnte, war nur die Bewegung des Wassers, was erahnen ließ, dass etwas Großes ans Ufer geschwommen kam.
„Milan, ist das eine Riesenschlange? Schau mal, die schwimmt ans Ufer. Ehrlich gesagt wäre es mir lieber, wenn dieses Teil, was immer es sein mag, im Wasser bleibt und nicht zu uns ans Ufer kommt."

Ich erschreckte mich plötzlich so vor dem Geräusch des Tieres, das aus dem Wasser kam, das sich anhörte, als würde ein Ungeheuer aus dem Wasser steigen, sodass ich einen zwei-Meter-Sprung nach links machte und meine ganze Müdigkeit, die ich noch vor ein paar Sekunden verspürte, wie weggeblasen war.
Sarah kam zu mir und redete ruhig auf mich ein, obwohl ich auch ihre Anspannung merkte. Wir beobachteten zusammen, was da aus dem Wasser gestiegen kam, und als Sarah erleichtert sagte, das müsse bestimmt ein Biber sein, atmeten wir beide tief durch, auch wenn ich nur durchatmete, weil Sarah es tat, denn inwieweit ein Biber eine Gefahr sein sollte oder nicht, konnte ich nicht abschätzen.

„Milan, ich wusste auch nicht, dass Biber im Bodensee schwimmen, aber weißt du was, vielleicht lebt der einfach in diesem Weiher, wo wir unser Nachtlager ausgebreitet haben. Also ich weiß nicht, was das sonst für ein Tier gewesen sein soll, das so groß ist und in Richtung des Waldes läuft, wo wir heute Abend schlafen wollen."

- Na, ob ich heute Nacht schlafen kann, wenn dieser Biber plötzlich im Wald rumspaziert und vermutlich noch mein Heu klauen will? Da bin ich mir noch nicht so sicher. Sarah meinte, Biber seien doch süß, was ich bezweifle, denn so wie ich Sarah kenne, hat sie bestimmt noch keinen Biber probiert, um darüber urteilen zu können, ob dieser süß sei.

Nachdem das Feuer langsam ausging, liefen wir zusammen nach oben in den Wald, ich durfte meine Heuhalme zupfen und Sarah legte sich in ihre Hängematte.
„Milan, wenn ich nach oben schaue, sehe ich trotz der Äste noch ein kleines Stückchen des Sternenhimmels, ich friere überhaupt nicht, mein Schlafsack ist so schön warm, und sicher fühle ich mich hier auch. Der Biber wird wohl nicht ausgerechnet heute Nacht den Ast annagen wollen, an dem meine Hängematte befestigt ist, oder?"

Ich fraß genüsslich mein Heu und blickte in die Ferne, zu den Lichtern, die auf der anderen Seeseite zu sehen waren. Sarah schlief schnell ein. Ich hörte kein Flüstern mehr von ihr, aber auch kein Geraschel ihres Schlafsacks.
Im Weiher hörte ich den Biber, der immer mal wieder ein leises Knurren von sich gab, das mich an einen Hund erinnerte, was mich aber nicht ängstigte, denn bellende - in unserem Fall knurrende - Hunde beißen nicht, oder wie sagt ihr Menschen das? Wenn knurrende Hunde nicht beißen, dann beißen knurrende Biber bestimmt auch nicht!

Sarah wurde wach, nachdem die ersten Vögel anfingen zu zwitschern. Ich streckte meine Nase in ihren Schlafsack und war mir sicher, wenn ich sie nun anatmen würde, würde sie schneller aufstehen und mich ans Ufer führen, an dem ich garantiert noch einige Grashalme finden würde.

„Ja, ich stehe ja schon auf, du hast recht, wenn ich mich jetzt aus meinem Schlafsack traue, wird es zwar erstmal kalt und ungemütlich sein, aber die aufgehende Sonne dürfen wir nicht verpassen. Hast du heute Nacht auch gehört, dass die Biber Geräusche von sich gegeben haben? Es hörte sich so an, als wären es mehrere gewesen, die immer mal wieder auf und abgetaucht sind. Hast du das auch gehört?"

Ich schnüffelte weiter in Sarahs Schlafsack, damit sie sich nun endlich aus ihrer Hängematte bewegte.

Ich wusste es, ich fand Grashalme am Ufer, die zwar etwas sandig waren, aber gut schmeckten.

Sarah war begeistert von der aufgehenden Sonne, die den ganzen Himmel in einem sanften Orange erschienen ließ, während sie sich im See spiegelte. Sowohl die Abend- als auch die Morgenstimmung in der freien Natur versprühten einen Zauber, der schwer zu beschreiben ist, hat man ihn nicht selbst erlebt.

Sarah lief über den steinig sandigen Untergrund des Ufers und summte etwas Seltsames von einem langen Strumpf vor sich hin, während ich immer noch das Ufer nach Grashalmen absuchte.

„Hey - Pippi Langstrumpf - Die macht, was ihr gefällt.
Ich hab´ eine Hängematte, einen kunterbunten Schlafsack, ein wundervolles Pferd, das gerade am Ufer frisst.
Ich habe alles, alles, was ich brauch, in diesem jetzigen Moment, der ist wohl vom Leben gelenkt."

WANDERREITEN IM SCHWARZWALD

„Das Besondere im Schwarzwald, finde ich, sind die moosigen Waldteppiche, die überall zu sehen sind und die nahestehenden Tannen, die zwar alles dunkel machen, aber einem das Gefühl geben, von lauter Feen, die hier wohnen, beobachtet zu werden."

Der Philosophenweg

Ich kannte den Schwarzwald schon ein bisschen, denn die Wochen im Sommer, die Josie und ich auf einer Weide im Schwarzwald verbringen durften, sind noch in meinen Erinnerungen fest verankert.

Während Sarah damals einen neuen Stall im Hegau suchte, durften Josie und ich die leckeren saftigen Kräuterhalme fressen.

Natürlich konnte Sarah es nicht lassen und erkundete in dieser Zeit auch einiges im Schwarzwald mit mir. Wir waren am Alpsee, sind auf den Lehenkopf, zum Windbergwasserfall, über den Philosophenweg spaziert, am Klosterweiher vorbei und haben das Wildgehege St. Blasien besucht.

Ich war zu dieser Zeit noch sehr jung, Sarah lief also alles zu Fuß mit mir.

Immer wieder erzählte mir Sarah, dass die meisten Menschen mit ihren Pferden nicht viel machen, bis sie das richtige Alter hätten, um sie reiten zu können. Viele stellen ihr Fohlen auf einer Weide ab und dort darf das Pferdchen einfach heranwachsen und sich zu einem Jungpferd entwickeln, bis die Menschen irgendwann entscheiden, dass man doch so langsam das Einreiten beginnen könne.

Wenn Sarah mich an ihren Gedanken teilhaben ließ, stellte sie mir immer viele Fragen, und wenn ich heute auf unsere Zeit zurückblicke, hatte sie recht mit ihren Fragen, die sie sich meist selbst beantwortete, und mit ihren Äußerungen über den Umgang mit jungen Pferden.

Natürlich ist es schön als Pferd, den ganzen Tag nur auf der Weide stehen zu dürfen, aber hätten Sarah und ich nicht schon in meinem frühesten Fohlenalter so viel Zeit miteinander verbracht, hätten wir uns doch nie so gut kennengelernt und niemals solch eine innige Bindung aufbauen können, die sich jetzt doch immer und immer wieder bemerkbar macht, egal wo wir sind; diese Bindung macht all das, was wir machen, überhaupt erst möglich.

Vor ein paar Jahren, als ich ca. zwei Jahre alt war, wurden Sarah immer wieder kritische Fragen gestellt wie: „Ist das nicht zu früh, du wanderst mit einem so jungen Pferd schon durch die Gegend?"
Jetzt sagen die Leute, vor allem die, die damals sehr deutlich zu verstehen gaben, dass es ihrer Meinung nach zu früh wäre, mit einem Jungpferd schon so viel wandern zu gehen: Wie hast du es nur geschafft, dass dir Milan so vertraut und so entspannt ist, egal was ihr macht." Vermutlich haben sie ihre seltsamen Äußerungen von damals gegenüber uns schon verdrängt oder vergessen.
Natürlich sehen wir eine solche Äußerung heute als Kompliment, aber ebenfalls vermute ich, dass die Menschen den Zusammenhang ihrer damaligen wertenden Äußerung und ihrer heutigen Aussage nicht verstehen.
Um eine Beziehung zueinander aufzubauen, braucht man doch kein gewisses Alter; je früher man sich mit einem Wesen beschäftigt, von dem man sich erhofft, ein Vertrauensverhältnis aufzubauen, desto besser.
Stellt euch mal vor, wir Pferde würden zu euch Menschen sagen: Was wollt ihr denn mit einem Baby? Beschäftigt euch doch erst mit diesem Wesen, wenn es laufen kann.

Wieso sollte es denn bei Tieren etwas Anderes sein? Wenn der Mensch sich ein Vertrauensverhältnis zu einem Tier wünscht, dann sollte dieser Mensch sich doch nicht erst mit diesem Tier beschäftigen, wenn es das ideale Alter hat, um es einzureiten, oder?

Es sagt keiner, dass man so viel wandern muss wie Sarah und ich, aber um sich besser kennenzulernen, würde es schon reichen, wenn man einfach Zeit miteinander verbringt, auf der Weide, auf dem Hof, auf dem Sandplatz, es gibt so viele Möglichkeiten und dennoch sieht man immer wieder die gleichen Modelle: Ein Pferd wird gekauft, es wird irgendwo untergebracht, dann wird es eingeritten oder man lässt es einreiten, und wenn man Glück hat, funktioniert das Reiten gut. Es kommt natürlich auch wieder darauf an, was der Mensch mit seinem Pferd vorhat: Will er Turniere reiten, will er sportlichen Erfolg, will er ein Pferd als Statussymbol oder als Gegenstand, auf dem hin und wieder mal die Kinder sitzen dürfen oder will der Mensch sein Pferd als Freund, so wie Sarah mich von Anfang an als Freund wollte.

Sarah spazierte mit mir auf dem Philosophenweg, der wirklich empfehlenswert ist, denn von ihm aus hat man eine wunderbare Sicht auf den Dom von St. Blasien, und sagte:

„Egal, wo wir wandern, in welche Situation wir kommen, durch unsere vielen Erlebnisse, die wir schon zusammen durchgemacht haben, sind wir so gut aufeinander eingespielt, dass wir uns gegenseitig einfach kennen und wissen, was der andere gerade braucht und das führt wiederum dazu, dass all das überhaupt möglich ist, was wir erleben dürfen!

Außerdem – wer die Botschaft unseres ersten Buches noch im Kopf hat: Jeder Tag mit einem Freund an deiner Seite ist ein Geschenk – verhalten wir uns gegenüber der Zeit nicht überheblich und gehen davon aus, dass wir irgendwann schon die Zeit finden werden, die Dinge zu tun, die uns wichtig sind. Keiner von uns weiß, wie lange wir einander haben, deshalb haben wir keine Zeit zu warten, bis irgendwelche äußeren Umstände so passen, dass wir uns bequemen, die Dinge umzusetzen.

Wir setzten die Dinge um, die uns wichtig sind, und mir ist es wichtig, Erinnerungen zu sammeln, denn wenn ich mal alt bin, vermute ich, bringen mir die vielen Geldpapierscheine auf meinem Konto nicht sonderlich viel, aber wenn mein Erinnerungskonto voll ist mit vielen unzähligen Abenteuern und Erinnerungen, werden diese in meinem Herzen für ewig, unsterblich bleiben, oder was meinst du?"

- Naja, das mit den Erinnerungen, die scheinbar unsterblich bleiben, da hat Sarah vermutlich einen kleinen Denkfehler gemacht. Wenn Sarah stirbt, verwest ihr Herz, somit wohl auch ihre Erinnerungen, die sich im Herz befinden oder, oder wohin sollen die Erinnerungen sonst gehen?

Aber ich vermute, weil wir uns schließlich auch noch die Mühe machen, all unser Erlebtes aufzuschreiben, in der Hoffnung, dass Papier länger als Sarahs Herz hält, dass wir unsere Erinnerungen auf diese Weise unsterblich machen. Obwohl ich nicht ganz kapiere, was daran überhaupt gut sein soll, unsterblich zu sein, denn ich dachte eigentlich, dass sich die Frage der Sterblichkeit gar nicht stellt, dass nach dem Tod der Pferdehimmel auf mich wartet, der Karottenteppich und die Äpfel und die unzähligen Grashalme.

Die Natur weiß es besser

„Milan, meine Kindheitserinnerungen an den Schwarzwald sind folgende: Jedes Jahr durfte ich mit Papa auf dem Dreitagesritt teilnehmen, auf dem unzählige Reiter teilnahmen, die von Grunholz, im Landkreis Waldshut, in Richtung einer Weide ritten, auf der sie mit ihren Pferden übernachteten. Ich erinnere mich noch genau, als ich die Mutter von Papas Stute Sabrina reiten durfte, die immer so langsam war, dass wir beinahe die anderen Herdenmitglieder verloren, bis Susi, so hieß das Pony, die anderen Pferde aber nicht mehr sehen konnte, nach vorne flitzte und ich mich kaum auf ihrem Rücken halten konnte.

Als Kind war es das größte Abenteuer für mich, auch nachts im Zelt zu schlafen und die Pferde neben mir grasen zu hören, am Lagerfeuer zu sitzen und eine Wurst zu essen, das Wasser, das wir brauchten, aus einem Bach zu holen – alles war einfach aufregend und machte unglaublich Spaß.

Einmal haben wir sogar Beeren gesammelt und diese auf offenem Feuer gekocht. Manchmal denke ich mir, ich wurde in die falsche Zeit geboren.

Natürlich stellt man sich die anderen Zeiten immer so romantisch vor, wie die Indianer beispielsweise mit ihren Wildpferden durch die Steppe galoppiert sind, ganz früher, wie sie noch mit Kutschen tagelang unterwegs waren oder wie man zu Zeiten der Wikinger in kleinen Holzhütten lebte, nahe irgendwelcher Gewässer, fischen und jagen ging, sowie Zeit mit der Familie und den Kindern verbrachte.

Und in unserer Zeit? Man darf nicht mal mehr Indianer sagen, geschweige denn sich als Cowboy an Fastnacht verkleiden, ohne dass man eine Grundsatzdiskussion entfacht.

Ja, wir müssen nicht mehr ums Überleben kämpfen und die damals hätten vermutlich alles getan für die medizinische Versorgung, die wir heute haben, aber dennoch geht, meiner Meinung nach, der Bezug zur Natur immer mehr verloren.

Die Natur macht alles perfekt und der Mensch hat so oft den Drang, sich in vieles einmischen zu müssen.

Die Natur schenkt dem Pferd Winterfell; der Mensch meint, das Pferdefell abrasieren zu müssen und eine Decke, die im Winter teilweise nass auf dem Pferderücken liegt, die vermutlich die ganze Muskulatur verspannt, wenn man sie nicht rechtzeitig runter nimmt, sei besser.

Die Natur schenkt dem Pferd vier Beine, die dafür gemacht sind, sich zu bewegen; der Mensch meint, es wäre besser, euch in Boxen zu sperren.

Die Natur schenkt Pferden eine Mähne, die auch zum Schutz vor Mücken, Bremsen und Fliegen dient; der Mensch schneidet den Schopf der Mähne sogar so weit, dass die Haare nicht mehr über die Augen hängen und somit der Schutz nicht mehr gegeben ist.

Hunde – der Mensch züchtet Hunde, die nicht richtig atmen können, weil sie aber mit ihren seltsam herangezüchteten Nasen süßer aussehen? Die Atemprobleme bei Möpsen sind ein bekanntes Problem und resultieren hauptsächlich aus der Zuchtpraxis, die auf extrem kurze Schnauzen und flache Gesichter abzielt. Kann man diesen Eingriff in die Natur nur irgendwie rechtfertigen? Ich wüsste gerne wie!

Ich will diese Beispiele anführen, um zu zeigen, dass wir nach meinem Empfinden in einem Zeitalter leben, in dem man in so vielen Bereichen immer weiter weg von der Natur kommt, obwohl es nach meinem Empfinden nichts Perfekteres gibt als die Natur.

Technik, Digitalisierung, Handys bestimmen unseren Alltag. Natürlich haben wir durch diese Dinge auch Vorteile, aber verbringe nur einen Tag in der Natur und widerspreche der Aussage, dass kein Roboter und keine Technik mit der Perfektion des natürlichen Entstehens mithalten kann."

Sarah erzählte und erzählte.

Dass Sarah so über die Technik schimpft, verwundert mich. Ich finde unseren Drahtesel, der uns hin und wieder begleitet, der auch ab und zu an die Steckdose gehängt werden muss, eigentlich ganz toll, denn der kann wenigstens mithalten, wenn ich über die Wiesen fetzten darf. Und dass Sarah gerne in einer anderen Zeit leben würde, liegt vermutlich daran, dass sie zu viel die Serie Outlander schaut. Allerdings gibt es diese Werte, die dort gelebt werden, schon lange nicht mehr, was doch aber gar nichts macht, denn dass wir Touren machen, in denen sie der Natur völlig ausgeliefert ist, kann ich ihr doch bieten.

Der weise Wallach zitierte öfter einen Dalai Lama, den er uns aber nie vorstellte. Dieser sagte Folgendes über die Menschen: - Der Mensch. Er opfert seine Gesundheit, um Geld zu verdienen. Wenn er es hat, opfert er es, um seine Gesundheit zurückzuerlangen. Und er ist so auf die Zukunft fixiert, dass er die Gegenwart nicht genießt. Das Ergebnis ist, dass er weder die Gegenwart noch die Zukunft lebt. Er lebt, als würde er nie sterben, und schließlich stirbt er, ohne jemals richtig gelebt zu haben. -

Ich weiß nicht genau, warum mir das noch eingefallen ist, als ich über Sarahs Sätze nachdachte. Vielleicht verführt die Technik auch den Menschen dazu, nie wirklich im Jetzt zu leben, und durch den Drang, immer mehr Fortschritt erreichen zu wollen, vergisst der Mensch, was wirklich wichtig ist und welche Kostbarkeiten die Natur eigentlich täglich bereithält.

Sumsi mit Po

Wie Sarah sich doch freute, in einem gemütlichen, warmen Zimmer unterzukommen und nicht in der bitter-kalten Natur schlafen zu müssen, nachdem wir die weiteste Strecke seit unserem Kennenlernen zusammen gemeistert hatten, erzähle ich jetzt.

Nachdem wir mit Susanne schon einige Touren bei uns im Hegau gemacht hatten, entschieden wir, dass wir zu ihr nach Döggingen in den Schwarzwald wandern wollten.
Die Route sollte über den Fürstenberg gehen, dort würde uns Susanne mit einer weiteren Freundin entgegenreiten und uns von dort den Weg zu sich nach Hause zeigen.
Ich stand in der Stallgasse, Sarah putzte mich und es regnete in Strömen. Immer mal wieder schaute Sarah nach draußen und ihr gingen so einige Gedanken durch den Kopf, die sie mir auch mitteilte.

„Milan, wenn wir schon völlig durchnässt starten, der Weg ist relativ weit, dann werde ich bestimmt frieren. Komm, wir sagen ab. Valerie, die uns ein Stück begleiten wollte, ist bestimmt nicht sauer, wenn wir ihr absagen und Susanne wird auch Verständnis haben, oder?"
Sarah blickte wieder nach draußen und kratzte meine Hufe aus.

Sarah schrieb Valerie und keine Minute später kam die Antwort: „Doch, wir starten, du hast dich doch jetzt so gefreut auf das Wochenende mit Susanne, bis wir losgehen, hat es aufgehört zu regnen."
Sarah sattelte mich entschlossen und versuchte, ihre Gedanken ebenfalls in den Optimismus zu lenken.
Ich war gerichtet, Sarah hatte ihren Rucksack auf dem Rücken und eine Regenjacke an. Wir traten aus dem Stall und es regnete nicht mehr, sodass wir das erste Stück zu Valeries Stall, wo wir sie abholten, schafften und trocken blieben.
Sarah freute sich, Valerie zu sehen und Valerie freute sich, Sarah zu sehen. Auch ich und Samara begrüßten uns mit einem kurzen Beschnuppern. Uns stand nichts im Wege, den Fürstenberg erreichen zu wollen.

„Weißt du, was Optimismus rückwärts heißt?", fragte Sarah Valerie. „Sumsi mit Po, du bist meine kleine Sumsi mit Po. Hättest du mir die Nachricht nicht geschrieben und mich nicht ermutig, doch einfach loszulaufen, wäre ich jetzt schon wieder daheim, vermutlich auf dem Sofa. Danke, dass du so optimistisch geblieben bist!"

Die erste Pause machten wir auf der Höhe von Stetten, danach überquerten wir ein Zug-Gleis, wanderten durch verlassene Dörfchen und Wälder; der Weg zum Fürstenberg ging länger als gedacht.
Valerie entschied umzukehren, denn sie und Samara mussten den Weg schließlich wieder zurück und wir hatten zu diesem Zeitpunkt schon

über 18 km hinter uns, sodass der Weg zu weit wäre, wenn sie uns bis an unser erstes Ziel weiter begleiten würden.

Sarah und ich zogen also allein weiter, mitten im Wald, aber Sarah hatte Vertrauen, dass die Handy-App ihr schon den richtigen Weg anzeigen würde, und so war es auch.

Nach wenigen Minuten, als wir schon am Fürstenberg auf die anderen warteten, sahen wir Susanne und Carola auf ihren zwei Pferden uns entgegenreiten.

„Super, Milan, siehst du, die erste Etappe haben wir doch grandios gemeistert! Ab jetzt können wir uns zurücklehnen, Susanne wird uns nun zu sich nach Hause führen."

Nach ein paar Kilometern Teer kehrten wir bei einer weiteren Freundin von Susanne ein, die mit einer leckeren Sahnetorte im Garten auf uns wartete.

Was für ein Luxus: Sarah durfte Tee trinken und Kuchen essen und ich durfte grasen.

Eddy, Susannes Pferd kannte ich schon etwas durch unsere Touren im Hegau, aber die Stute von Carola, Susannes Freundin, die konnte mich nicht ausstehen. Kam ich ihr zu nahe, legte sie so heftig die Ohren an und gab mir deutlich zu verstehen, dass wir wohl in diesem Leben keine Freunde mehr werden würden, sodass ich schon nach den ersten Metern merkte, dass ich mich von dieser Pferdedame fernhalten müsste.

An Straßen und Feldern entlang, auf Radwegen, durch Unterführungen und Waldstücke hindurch – ich kann mich gar nicht mehr an alles erinnern, weil wir tatsächlich 37,5 km hinter uns gebracht und 730 Höhenmeter bezwungen hatten, bis wir endlich in Döggingen ankamen.

„Boah, Milan, ich kann nicht mehr! Abgesehen davon, dass der eisige Wind, je mehr wir Richtung Zielort marschierten, immer eisiger wurde, sind wir noch nie so lange gelaufen. Als ich gerade auf der App angezeigt bekam, wie viele Kilometer das jetzt waren, war ich total überrascht. Diese Tour können wir wohl zu den Touren zählen, auf der wir die weiteste Strecke zurückgelegt haben."

Ich wälzte mich in den Holzschnipseln, die auf dem Platz lagen, auf dem ich abgestellt wurde, und begutachtete erstmal genau, wo ich war. Ich hatte Sicht auf die vier Boxen, in denen Susannes Pferde standen, die ebenfalls alle neugierig zu mir hinüberschauten, sah außerdem auf ein kleines Häuschen, das gegenüber einem großen Bauernhaus stand, und einige Tiere, die scheinbar hierher gehörten.
Sarah schaute sich ebenfalls genau um und war begeistert von der liebevollen Einrichtung des Hofes.
Überall waren bemalte Steine zu finden, es gab eine Essecke mit Holzbänken, liebevoll gestaltete Holzfiguren, und sogar die Toilette war an den Wänden mit einem Gemälde aus Feen und Bäumen verziert.

Nachdem das ganze Material verstaut war, zeigte mir Sarah einen der bemalten Steine, der ihr offenbar besonders gefiel und las vor, was auf diesem stand: „Sei wirklich – Trau dich, im Leben zu sein, wer du wirklich bist, zu sagen, was du wirklich denkst und zu tun, was du wirklich liebst."
„Weißt du, was ich mir da gerade für eine Frage stelle, Milan? Wer bleibt denn an deiner Seite, wenn man wirklich immer das sagen würde, was man wirklich denkt?"

Ich stand auf meinen Holzschnipseln und überlegte, wer denn eigentlich daran erinnert werden müsste, dass tun zu sollen, was er liebt. Sollte es nicht völlig selbstverständlich sein, dass man das tut, was man liebt?
Scheinbar nicht, also wenn ich für uns Pferde sprechen darf: Wir lieben es, zu fressen, und bei jeder Gelegenheit, die sich uns bietet, tun wir das auch, das ist ganz einfach.

Nachdem wir einige Zeit zur Erholung hatten, entschlossen Susanne und Sarah dann aber, dass ich über Nacht nicht auf dem Platz stehen bleiben sollte, sondern in einer Box untergebracht werden sollte.

Sarah konnte mich von ihrem Schlafplätzchen tatsächlich auch vom Fenster aus sehen. Sie war so dankbar, dass sie so ein gemütliches Plätzchen zum Schlafen hatte. Ein offener Kamin verzierte das kleine Zimmerchen und erzeugte so eine kuschlige Wärme. Dass sie nur fünf Meter von meiner Box entfernt lag, entspannte Sarah ebenfalls. Wir beide hatten es uns mehr als verdient, heute richtig gut zu schlafen, denn schließlich würde es morgen weitergehen, den Schwarzwald zu erkunden.

Tipp 23: (Die richtige menschliche Begleitung)
Nicht nur für das Pferd ist die richtige Begleitung wünschenswert, auch für einen selbst. Wenn man Personen um sich hat, die positiv und optimistisch sind, jedes Problem nicht als Grund zum Zweifeln sehen, sondern als Herausforderung, dann stärkt einen das als Mensch, als Pferd und als Team! Seid daher achtsam, wer euch auf euren Touren begleiten soll.

Der Einbrecher

Sarah wurde mitten in der Nacht wach. „Verdammt nochmal, was poltert denn da die ganze Zeit so? Milan, bist du das?", Sarah zog sich ihre Schuhe an, zog sich eine Jacke über und lief die paar Meter von ihrem Zimmerchen zu mir an die Box.

„Milan, was machst du denn hier drin? Das Stroh liegt schon alles auf einem Häufchen in einer Ecke. Hast du die ganze Nacht dein Bett hier von einer Ecke in die andere geschoben, was soll denn das? Du weckst doch alle!"

Ich stampfte energisch auf den Holzboden, der knarrte und knackte, wenn ich mich weiterbewegte und mein Huf erneut immer wieder auf den Boden stampfte. Sarah hatte nicht kapiert, dass das die erste Nacht war, in der sie mich einfach allein irgendwo abgestellt hatte, ohne dass ich mit einem vertrauten Pferd wie Samara kuscheln konnte oder dass Sarah irgendwo in ihrem Schlafsack eingekuschelt neben mir lag. Zudem stand ich in einer Box, ich war doch aber nur offene Wiesen und Weiden gewöhnt! Was fiel ihr ein, mich hier abzustellen? Meine Ohren waren aufgestellt und meine Nüstern ließen vermuten, dass ich am liebsten nach Hause galoppiert wäre, weil ich völlig angespannt auf diesem knarzigen Boden stand.

„Milan, das geht so nicht, daran musst du dich auch gewöhnen. Es ist zu kalt heute für mich, um draußen zu schlafen, beruhige dich doch."

- Ich soll mich beruhigen, ich soll mich daran gewöhnen, dass ich einfach in einer Box abgestellt werde, in der ich nicht mal das Pferd Eddy sehen konnte, selbst wenn ich meinen Kopf weit über die Holzabsperrung legte? Dann muss sie sich wohl auch an mein Gepolter gewöhnen.

Ich haute erneut meinen Vorderhuf gegen die Boxentüre.

Nachdem Sarah einige Minuten ruhig auf mich einredete und den Anschein machte, noch etwas bei mir zu bleiben, entschloss ich, dass ich doch noch die paar Heuhalme suchen würde, die sich im Stroh versteckten, das ich so wild hin und her schob.

Sarah ging wieder in ihr Zimmerchen und vermutete, dass ich begriffen hatte, dass das Gepolter und Schlagen an die Boxentüre wohl nichts bringen würde. Sie versuchte, wieder einzuschlafen.

„Klopf, Klopf" -, Sarah erschrak, es war mitten in der Nacht. Wer wollte denn jetzt etwas von ihr? Es war kein Klopfen, dass aus meiner Box kam, es war ein Klopfen an ihrer Türe.
„Sarah, ist alles in Ordnung? Eine Nachbarin meinte, dass hier ein Einbrecher auf dem Hof rumrennen würde, sie hätte ihn gerade gesehen, der würde auch fürchterlichen Lärm machen. Hast du etwas mitbekommen"? Hannes, Susannes Ehemann, stand etwas verschlafen vor Sarahs Türe.
„Nein, ich habe nichts mitbekommen, ich bin gerade vor einigen Minuten zu Milan rüber, weil er so fürchterlich laut gegen die Boxentüre getreten hat. Hat das die Nachbarin vielleicht gesehen?" Sarah war verwirrt, denn wer um alles in der Welt sitzt nachts am Fenster und beobachtet, wer hier auf dem Hof rumläuft? Sie überlegte, ob ich schon das ganze Dorf geweckt hatte.

Hannes ging beruhigt wieder ins Bett und auch Sarah legte sich wieder hin. Ich beschloss, dass ich die Dorfbewohner genug geärgert hatte mit meiner Unruhe und fing erst in den Morgenstunden wieder an, gegen die Boxentüre zu schlagen.

„Milan, du bist unglaublich! Du bist eben ein kleines Wildpferd und du machst dich schon deutlich bemerkbar, wenn dir etwas nicht passt, aber ich habe es schon verstanden. Vielleicht fragen wir Susanne, ob du diese Nacht eben auf dem Sandplatz stehen darfst, obwohl es eigentlich auch eine gute Übung ist, dich ein bisschen an eine Box zu gewöhnen."

Tipp 24: (Umgang mit Stress)

Je besser ihr euer Pferd kennt, desto besser könnt ihr abschätzen, wann euer Pferd wirklich gestresst ist und inwieweit ihr realisiert, dass ein gewisser Stress auch für euer Pferd auszuhalten ist.

Oft beruhigen sich Pferde auch wieder und können viel daraus lernen, wenn man sie gewissen Situationen aussetzt, die kurzfristig stressig sind. Wenn ihr aber merkt, dass euer Pferd sich gar nicht mehr entspannen kann und über längere Zeit gestresst ist, solltet ihr eine Alternativlösung finden oder abbrechen. Vorausgesetzt ihr wollt, dass es eurem Pferd Freude macht mit euch unterwegs zu sein, dann sollte die Rücksichtnahme auf das Wohlbefinden eures Pferdes eine Selbstverständlichkeit sein.

Kirnbergsee

Sarah, Hannes und Susanne saßen am nächsten Morgen am Frühstückstisch zusammen und mussten die Geschehnisse der vergangenen Nacht nochmal beschmunzeln, weil jeder von ihnen nicht so ganz nachvollziehen konnte, dass man mitten in der Nacht am Fenster saß, um fremde Höfe nicht aus dem Auge zu verlieren.

Hannes war Sarah auch total sympathisch, er trug Hosenträger mit vielen verschiedenen Tiermustern drauf, liebte das Jagen und seine Pferde, und man sah ihm an, dass er einfach ein lieber Mensch ist, der sich hin und wieder über die politischen Ereignisse ärgerte, aber im Grunde nur in Frieden auf seinem Hof leben wollte.

Seine Geschichten über die Kutschfahrten, die er erlebt hatte, fand Sarah interessant, denn die Erwartungen der Menschen, die so eine Kutschfahrt bei ihm buchten, ließen vermuten, dass sie auch in dieser Hinsicht wenig Mitgefühl mit den Pferden hatten und nur an ihre eigene Bespaßung dachten. Hannes erzählte, dass Brautpaare, die sie als Kutschgespann mieteten, teilweise stundenlang auf sich warten ließen in brütender Hitze. Während die Pferde nicht mal Wasser bekamen, machten die feiernden Gäste dann lieber Fotos mit ihrem teuren Mercedes als mit der Kutsche. Muss man nicht verstehen, warum die Menschen dann überhaupt eine Kutsche mit lebendigen Pferden mieten, wenn diese dann eh nicht so großartig zu sein scheint wie der leblose Mercedes!

Andere Menschen, neue Geschichten, neue Ansichten, andere Blickwinkel – Sarah freute sich, dass sie nun, nach einem ausgiebigen Frühstück, mit mir und Susanne, ihrem Hund Safi und Eddy losziehen konnte.

Unser heutiges Ziel sollte der Kirnbergsee sein.

Ohne Hufschutz auf den Schotterwegen im Schwarzwald, ist die Tour nicht zu empfehlen; wirklich viele Strecken hatten keine weichen Wiesenteppiche in der Mitte des Weges, wie wir es im Hegau gewöhnt waren. Sarah war froh, dass ich Duplos draufhatte.

Susanne zeigte uns schöne Waldwege, die sich wirklich kilometerlang hinzogen. Immer wieder tätigte sie einen Anruf bei lieben Menschen, die sie kannte und die uns an die ein oder andere Stelle etwas zu essen vorbeibrachten.

Sarah war beeindruckt, als sogar eine Frau mit einem ganzen Tablett aus der Wohnung gestürmt kam, auf dem sie Tee für Susanne und Sarah vorbereitet hatte und eine kleine Schüssel mit Keksen.

Eddy und ich verstanden uns auch gut und Safi war wohl einer der wenigen Hunde, die ich kennenlernte, der einfach aufs Wort folgte.

Apropos Hunde, die nicht folgen: Ich erinnere mich noch, als ich mit Sarah im Hegau unterwegs war und aus dem Nichts plötzlich ein Hund aus dem Wald angeschossen kam, der meinen Schweif so beeindruckend fand, dass er um mich herumgerannt ist und immer wieder versucht hat in meinen Schweif zu beißen.

Sarah hat sich damals so aufgeregt, denn weit und breit war kein Besitzer dieses Tieres zu finden, der diesen wildgewordenen Hund hätte zurückrufen können.

Hätte ich ausgeschlagen, wäre ich vermutlich noch schuld gewesen, wenn dem Hund etwas passiert wäre, aber dass es lebensgefährlich ist, wenn wildgewordene Hunde einen plötzlich angreifen und Pferde jagen wollen, ist manchen wohl nicht bewusst.

Deshalb war es umso schöner, mal ein Gegenbeispiel zu sehen: einen Hund, der folgt, der hört und der sich so verhält, dass man den Eindruck hat, dass alle Beteiligten Freude an dessen Anwesenheit haben.

Das Wetter war etwas trüb heute, aber der Blick von einer kleinen Erhöhung ließ uns den Kirnbergsee bestaunen.

„Das Besondere im Schwarzwald, finde ich, sind die moosigen Waldteppiche, die überall zu sehen sind und die nahestehenden Tannen, die zwar alles dunkel machen, aber einem das Gefühl geben, von lauter Feen, die hier wohnen, beobachtet zu werden.

Kannst du dich noch erinnern, als wir Richtung Wutach gelaufen sind? Da war eine Stelle im Wald, da mussten Feen wohnen, denn genau an dieser Stelle war alles still. Die Bäume standen nah beieinander und das Moos war an manchen Stellen eingedrückt, als hätten da vor wenigen Minuten tatsächlich Feen im Kreis gesessen, die sich darüber beratschlagten, welche Wichtel sie am späten Abend wohl treffen wollen würden."

Sarah streichelte mich, merkte aber auch, dass sie von der gestrigen Mammuttour nicht mehr ganz so laufbegeistert war, weshalb ich sie heute einige Kilometer auf meinem Rücken trug.

Wieder auf Susannes Hof angekommen, fing es plötzlich an zu schneien.

Vielleicht war das noch so ein Zeichen, dass wir im Schwarzwald waren: immer ein paar Grad kälter als woanders, dafür auch öfter Sonne als bei uns in Seenähe, wo der Nebel oft feststeckt.

Jetzt war ich tatsächlich froh, dass ich mich in der Box etwas ausruhen durfte, denn es fing so heftig an zu schneien, dass zwischen den eisigen Schneeflocken auch noch Hagelkugeln vom Himmel kamen.

Sarah wärmte sich nochmal an dem Kamin auf und beschloss aufgrund der weiter auf uns einstürzenden Kälte, die der Wetterbericht auch für die nächsten Tage ankündigte, wieder nach Hause zu fahren.

Ein Anruf bei Sarahs Vater genügte und wir wurden mit dem Hänger abgeholt.

Sarah merkte, dass es auch für mich reichte, denn es waren wieder viele neue Eindrücke in den letzten zwei Tagen. Auf der Tour heute merke sie auch deutlich, dass ich wegen der aufregenden Nacht nicht so nervenstark erschien, wie sie es sonst von mir kannte.

„Milan, ab zu Josie nach Hause, du hast doch einiges zu erzählen. Ich bin mir sicher, wir werden Susanne und ihren lieben Hofbewohner noch öfter besuchen, vielleicht suchen wir uns dann einfach mal ein freundlicheres Wetter aus, das nicht alles um uns erfrieren lässt."

Tipp 25: (Zinkcreme)
Als letzter Tipp von uns, was auf keiner Tour fehlen darf: Zinkcreme. Egal, welche Schürfwunde man hat, welche Blase aufgeplatzt ist oder wenn man irgendwo wunde Stellen hat, Zink lässt alles zügig verheilen, übrigens auch beim Pferd.

Entschlossenheit

„Milan, immer mal wieder höre ich diesen Satz, wenn ich erzähle, was wir so machen: `Das ist aber schon mutig von euch beiden, irgendwo allein zu übernachten´.

Kannst du dich noch an unsere erste Übernachtungstour erinnern? Die war auch im Schwarzwald, da war das Ziel der Lehenkopf. Dort gab es diese schöne Waldlichtung, die uns noch so einen wundervollen Sonnenaufgang am nächsten Tag bescherte. Eigentlich haben wir die nur gefunden, weil wir noch ein Stück weitergelaufen sind und unsere eigentlich geplante Route verlassen haben. Wir sind einfach los und ich hatte überhaupt keine Ahnung von irgendwelchen Wegen oder Strecken, ich habe mich total auf die Handynavigation verlassen.

Ich hatte auch keine Ahnung wie du reagieren würdest, einfach von deiner Herde weg zu sein, und dann war da auch noch die Herausforderung, eine geeignete Übernachtungsstelle zu finden, an der wir uns beide wohlfühlen würden.

Mitten in der Nacht kam ein Auto mit hellen Scheinwerfern auf uns zugefahren, von dem ich nur hoffte, dass es so schnell wie möglich wieder wegfahren würde und nicht mehr wiederkommen würde.

Was ich mich nun aber frage: Ist es wirklich mutig von uns, so etwas zu tun?

Ich würde sagen, ich bin entschlossen; aber mutig?

Ich setze mir in den Kopf, das würde ich gerne machen, und tatsächlich bin ich so ein Typ, wenn ich mich zu etwas entschlossen habe, wird es ausprobiert und egal, was schiefläuft, mit den Konsequenzen muss ich dann leben.

Bereut habe ich aber tatsächlich noch nie irgendwas. Wenn ich zuvor tief entschlossen war, etwas tun zu wollen, dann gab es nichts zu bereuen.

Und du, bist du ein mutiges Pferd?

Was ist ein mutiges Pferd?

Ich würde sagen, du bist ein starker Charakter, der genau weiß, was er will und was er nicht will, und allein deine Unabhängigkeit, dass du nicht an deiner Herde so hängst wie andere Pferde, die ohne ihren besten Freund kaum aus dem Stall kommen, macht dich stark.

Eine entschlossene Frau mit einem charakterstarken, unabhängigen Pferd ist, glaube ich, die Bezeichnung, die auf uns zutreffen würde.

Mutig sind wir in gewisser Hinsicht dennoch, aber um mutig zu sein, finde ich, müsste ich Ängste überwinden. Ich überwinde aber keine Ängste, wenn ich mich entschließe, etwas mit dir auszuprobieren.

Ängste können kurzfristig in der Situation aufkommen, wenn wir gewisse Hürden überwinden müssen, beispielsweise hatte ich tatsächlich kurz Angst, als das Auto mitten in der Nacht einfach auf uns zugefahren kam und keiner ausstieg. Mir wäre es lieber gewesen, wenn jemand kurz herausgerufen hätte: `Hey, ist alles in Ordnung bei euch, oder seid ihr eigentlich wahnsinnig, hier dürft ihr nicht bleiben.´

Aber stattdessen stand einfach ein riesiger Geländewagen vor uns, aus dem uns jemand beobachtete, und ich war von den Scheinwerfern so geblendet, dass ich nichts sehen konnte. Erst im Nachhinein konnte ich das ausländische Kennzeichen erkennen, was meine Angst nicht unbedingt besser machte im Hinblick auf die Ungewissheit, was diese Menschen von uns wollten, aber auch diese Angst ging schnell wieder vorbei.

Ich habe mal von einem Shaolin Mönch etwas gelesen, das ich dir vorlesen möchte: „Angst ist die Annahme, negative Gefühle seien Tatsachen, das heißt, du gehst davon aus, dass etwas in der Zukunft eintritt, was dich mit negativen Gefühlen erfüllt.

Alle Entwicklungen dieser Welt, sowohl positiv als auch negativ, finden diesen Ursprung in unseren Gedanken."

Im Moment der Angst, hilft einem das, wenn man sich an diese Aussage erinnert?

Vielleicht nicht sofort, aber wenn man sich immer wieder bewusst macht, dass so vieles der Kopf kreiert und man bemüht ist, immer und immer wieder seine Gedanken zu beobachten, dann denke ich tatsächlich, dass man plötzlich aufkommende Ängste oder negative Gedanken schneller kontrollieren kann.

Genauso vor dem Antritt unserer Touren. Ich könnte mir doch unzählige Gedanken darüber machen, was alles passieren könnte, Situationen ausmalen, die schwierig zu meistern sein könnten, so lange, bis ich wirklich so viele Bedenken und Ängste habe, dass ich die Tour gar nicht mehr machen möchte.

Wenn ich aber merke, dass mein Kopf so anfängt, dann möchte ich diejenige sein, die meine Gedanken kontrollieren kann, ich möchte mir überhaupt keine Gedanken machen, wie irgendetwas werden könnte. Der Moment wird uns zeigen, wofür wir uns dann entscheiden, und nur aufgrund von Bedenken und Ängsten, Dinge nicht zu tun, dann ist man nicht mehr der Herrscher seiner Gedanken!"

Ich hörte Sarah zu und überlegte tatsächlich, ob ich mich selbst als ein mutiges Pferd bezeichnen würde.

Ich erinnerte mich an einen Satz des weisen Wallachs, den ich damals nicht verstand: „Ein Pferd kann nur so mutig sein wie sein Mensch."

Warum dieser Satz nun Sinn für mich ergab? Sarah ist diejenige, die mich auf ihre Touren einfach mitnimmt, sie gibt mir doch mit jedem Abenteuer die Möglichkeit mich zu beweisen, was ich kann, was mir schwerfällt und wo ich an meine Grenzen komme. Ich lerne aus jeder Tour, ich werde mutiger und mein Selbstvertrauen darf wachsen. Es gibt aber genauso viele Menschen, die mit ihren Pferden all das nicht tun, weil sie vielleicht selbst kein Interesse haben, etwas zu erleben, ihre eigenen Ängste nicht überwinden wollen oder können, aber deren Pferde werden doch nie die Möglichkeit haben, zeigen zu können, was sie tatsächlich können und wie schnell sie bereit sind, Dinge auch lernen zu können.

Von daher denke ich, ich werde mit jeder weiteren Tour zu einem mutigeren Pferd, auch wenn ich bezweifle, dass man Situationen ausmalen sollte, denn in der Situation, in der man Angst hat, packe ich sicher nicht meine Buntstifte aus und beginne zu malen, aber vielleicht können auch nur Menschen Situationen ausmalen, wir Pferde fressen lieber Grashalme.

Der eingefrorene Moment

„Milan, wenn ich zurückdenke, egal wo wir gewandert sind, bei uns im Hegau, am Bodensee oder im Schwarzwald, alle Wege führten in ein Abenteuer und endeten schließlich bei uns selbst.
Was will ich?
Was kann ich?
Wo sind meine Grenzen?
Was hat mich berührt?
Was möchte ich nicht mehr?
Wer hat mich inspiriert?
Wen möchte ich nicht mehr weiter kennenlernen?
Welche Strecke möchte ich nochmal gehen?
Welche Strecke lasse ich hinter mir?
Welche Wünsche sind aufgekommen, die ich zuvor noch nicht hatte?
Welche Wünsche, die ich zuvor hatte, sind nicht mehr so wichtig?

Wenn sich Momente einfrieren lassen könnten, würdest du sie einfrieren?
Meinst du, wenn man irgendwelche Momente irgendwann später wieder auftauen könnte, dass sie die gleiche Intensivität hätten, wie zu diesem Zeitpunkt, indem man sie erlebt hat?
Ich glaube das tatsächlich nicht, denn das Leben ist Veränderung.

Das Einzige, was meiner Meinung nach immer bleibt, sind die Erinnerungen, und jedes Erleben, aus dem sich eine Erinnerung bildet, ist ein Geschenk."

Ich hörte Sarah aufmerksam zu und möchte Folgendes hinzufügen, auch wenn ich nicht weiß, ob es jetzt genau zu dem passt, was Sarah gerade gesagt hat, denn es hat weder etwas mit Einfrieren zu tun noch mit Grenzen, ich dachte eigentlich, dass wir inzwischen wieder in Deutschland sind und jegliche Grenzen überwunden haben.

Mir ist der Satz von dem weisen Wallach eingefallen, wie man eigentlich jedes Erleben oder jede Tour beurteilen kann, egal ob wandernd, stehend, rennend oder schlafend:

„Die Welt ist nicht, wie sie ist, sie ist wie du bist!"

DER GEMEINSAME WEG

"Es gibt keinen Weg zum Glück. Glücklichsein ist der Weg."
Buddha

Die Tour mit dem Drahtesel

Zwischen unseren Wanderungen, wenn selbst Sarah schon Muskelkater hat vom vielen Laufen, ist eine Tour mit dem Drahtesel immer die ideale Abwechslung, um auch mal wieder andere Muskeln zu beanspruchen.

Wer nicht so laufbegeistert ist, können wir jedem Radler nur empfehlen, dass ganz viele wunderschöne Strecken natürlich auch mit dem Rad möglich sind.

Viele Schotterwege sind gut zu befahren, wenn man ein etwas robusteres Fahrrad hat, sowohl im Hegau als auch im Schwarzwald und am Bodensee ja sowieso, da gibt es Kilometer lange Strecken für Radfahrer am Bodensee entlang.

Ich liebe es, wenn ich neben dem Rad rennen darf und völlig frei neben Sarah und dem Drahtesel meine ganze Energie herauslassen darf.

Schon als ich noch ganz jung war, hat Sarah sehr viel Zeit auf der Weide mit mir verbracht. Wir haben Verstecken gespielt und ich bin ihr hinterhergerannt, nachdem ich erkannt hatte, dass, wenn ich das tue, ich immer ein Stückchen Karotte in die Wiese gelegt bekomme. Mit jedem weiteren Tag weiteten wir diese Spielereien aus, indem wir zusammen in den Wald spaziert sind und auch da unsere Spielereien trieben. Slalom um die Tannen rennen, dann wieder auf einen weichen Weg kommend, ein bisschen neben Sarah herrennen, wenn sie ein paar Meter gejoggt ist, und Sarah konnte mir immer regelrecht ansehen, wie es mich motivierte, wenn ich frei sein durfte und meine Nase hin und wieder in einen gutriechenden Waldboden stecken durfte oder doch hin und wieder ein Büschel Gras verspeisen konnte.

Natürlich wählte Sarah nur Wälder aus, wo weit und breit keine befahrene Straße zu finden war und auch sonst selten jemand auf die Idee kam, auf diesen Strecken wandern zu wollen.

So hatten wir auch eine ganz besondere Strecke, die sich für das Fahrradfahren eignete.

An dem heutigen Tag merkte Sarah schon in den ersten Sekunden, dass ich sehr gut zuhörte, wenn sie etwas sagte, und dass ich durch meinen schnellen Schritt signalisierte, sehr motiviert zu sein.

Nicht immer bin ich motiviert. Wenn ich schon aus dem Stall laufe und immer wieder stehen bleibe und nach hinten blicke, ist es für Sarah meist ein Zeichen, dass ich eher nicht so Lust habe, eine längere Tour zu laufen, schon gar nicht neben dem Fahrrad herrennen zu wollen, aber heute, ich freute mich, war ich fit und motiviert.

Bis zu der besagten Waldstrecke ließ mich Sarah am Strick und als wir auf unserer Fahrradstrecke ankamen, signalisierte ich ihr schon durch meine Kopfbewegung, dass ich gerne schneller rennen würde.

Sie löste den Strick von meinem Halfter, schaltete den passenden Gang an ihrem Fahrrad ein und das Kommando zum Galoppieren freute mich so sehr, dass ich vor lauter Freude erst mal meine Hinterbeine in die Luft schlug.

„Milan, was ist denn heute los, hast du Frühlingsgefühle?", sagte Sarah mit freudiger Stimme, als sie merkte, wie sehr die ganze Freude durch jeden Muskel schoss, endlich rennen zu dürfen.

„Langsam, nicht zu wild werden, ich bin immer noch neben dir, vergiss das nicht", sagte Sarah und merkte aber zugleich, dass ich immer noch gut zuhörte und sie sich keine Sorgen machen musste, dass ich plötzlich allein nach Hause rennen würde, was ich sowieso nie tat.

Pferde rennen bei einer Gefahrensituation immer dahin, wo sie sich sicher fühlen, und bei wem fühlte ich mich sicherer als bei Sarah?

Wenn ich mich tatsächlich mal erschreckte, dann sprang ich vielleicht kurz auf die Seite oder ein bis zwei Meter nach vorne, aber dass ich allein, ohne Sarah, nach Hause rennen wollte, das ist mir noch nie in den Sinn gekommen.

Sarah holte ihr Handy raus und erzählte mir später, dass sie ein paar Frequenzen von mir und meinen Freudensprüngen gefilmt hatte während des Radfahrens, denn diese positive Energie, die ich mit meinen Freudensprüngen verbreitete, mache so gute Laune, dass sie es unbedingt ein paar Freunden und ihrer Familie zeigen wollte.

Meine Laune war so gut, dass Sarah beschloss, dass wir die gleiche Strecke nochmal laufen und radeln würden, eben alles wieder zurück. Wenn nicht heute, wann dann? „Wenn du so Lust hast zu rennen, dann lass deine Freude raus", sagte Sarah und sie radelte weiter.

Obwohl Sarah ein E-Bike hatte, war sie schon völlig außer Atem, denn einige Strecken waren recht matschig, und den Lenker stabil zu halten, wenn man immer mal wieder durch eine riesige Matschpfütze fuhr, war gar nicht so einfach in dem Tempo, dass wir beide an den Tag legten, meinte Sarah später. Sie gab das Kommando, langsamer zu machen, und ich hielt sofort an und kam zu ihr, wohlwissend, wenn ich zu ihr kam, genau wie damals bei unseren Spielereien auf der Weide, es würde ein Stückchen Karotte geben.

Mit frischer Luft in den Lungen und Sarah mit roten Bäckchen, radelte wir wieder in Richtung Stall.

Ein wunderbarer Ausflug, der uns beide sehr erfüllte.

Sarah sagt immer zu mir: „Wenn ich sehe, dass du glücklich bist, bin ich es auch", und ich zeige Sarah mein Glücklichsein und meine Dankbarkeit darüber, dass sie mich frei lässt, indem ich ihr zuhöre und ihren Kommandos folge. Über die Zeit, die wir miteinander verbracht haben, habe ich gelernt, wie wichtig es ist, dass ich ihren Kommandos folge, da dieses Einhalten gewisser Regeln uns beiden Sicherheit gewähren soll.

Unerwartete Aufmerksamkeit

Das Tor zu unserem Offenstall schepperte, nachdem Sarah es laut zuknallte und dann völlig aufgeregt auf mich zulief.

Ich kannte so ein Verhalten von Sarah nicht, ich wich ein paar Schritte zurück, mein Kopf war weit nach oben gestreckt und meine beiden Ohren waren nach vorne gerichtet, auch die anderen Pferde, die gerade genüsslich an den Heulhalmen knabberten, schauten mit erhobenen Köpfen und aufgestellten Ohren, was Sarah machte.

Sarah setzte sich ins Stroh und fing völlig unstrukturiert und für mich überhaupt nicht verständlich an zu erzählen: „Milan, knapp fünf Millionen, ich habe es erst gar nicht kapiert. Dann kamen so viele Nachrichten, und dann plötzlich die Verkaufszahlen unseres ersten Buches… kannst du dir vorstellen,… Außerdem, die Leute, die lieben dich, jeder feiert das -Milanroessle-, also so heißt du auf Instagram, dort habe ich das Video hochgeladen, auf dem du so freudig neben dem Rad herrennst, erinnerst du dich?... Milan, knapp fünf Millionen Mal wurde das Video abgespielt!"

Ich stand da wie erstarrt und habe überhaupt nichts verstanden. Welche Leute lieben mich, warum lieben sie mich, wer ist das Milanroessle, gibt es noch jemanden, der Milan heißt, warum verkauft dieser andere Milan unser Buch, wie kommt er dazu, und wie kann es sein, dass ich auf Instagram freudig rumspringe, was ist Instagram, ist Instagram der Name des Waldes, in dem wir immer Fahrradfahren? Unzählige Fragen schwirrten in meinem Kopf umher. Ich war völlig verwirrt.

Sarah verstand, dass ich nichts verstand und fing nochmal von vorne an: "Also Milan, ich habe im Internet einen Account bei Instagram, auf der App kann man Videos hochladen, Fotos und auch einige Kommentare schreiben, man kann nette Menschen kennenlernen, die die gleichen Interessen haben und man kann auch einiges lernen, wenn man das möchte. Klickt man zum Beispiel einen Trainer an, der einen interessiert, kann es sein, man bekommt durch tolle Videoimpulse ein paar neue Ideen, was man mal mit seinem Pferd ausprobieren könnte, oder es werden tolle neue Strecken vorgestellt, die man wandern könnte.

Zudem weißt du doch, ich fotografiere gerne, ich schreibe gerne, und immer, wenn ich Lust und Zeit habe, erzähle ich ein bisschen von unseren Wandertouren oder was wir eben momentan so üben. Sehr viele nette Menschen habe ich schon über Instagram kennengelernt, Susanne übrigens auch.

Lädt man ein Video hoch, entscheidet der Algorithmus, wie oft dieses Video abgespielt wird. Wem dieses Video gezeigt wird, entscheidet ebenfalls der Algorithmus und wenn viele Menschen das Video lange anschauen, es kommentieren oder weiterverschicken, dann erhöht sich die Wahrscheinlichkeit, dass das Video ganz oft abgespielt wird. Genau das ist nun mit unserem Video passiert, mit unserem Fahrradvideo, es wurde knapp fünf Millionen Mal abgespielt, unzähligen Menschen wurde das Video gezeigt.

Je mehr Menschen das Video gefällt, desto höher ist die Wahrscheinlichkeit, dass diese Menschen auf mein Profil im Internet aufmerksam werden, und gefällt diesen mein Profil, erhöht sich auch da wieder die Wahrscheinlichkeit, dass sie Interesse an unserem ersten Buch haben, das ich natürlich auch vorgestellt habe.

Weißt du, wir haben das Buch doch zusammen geschrieben, weil ich unsere Erlebnisse nie mehr vergessen möchte. Für mich ist jeder einzelne Tag mit dir ein großes Geschenk, je mehr Zeit vergeht, desto mehr verblassen auch manche Erinnerungen. Lese ich aber unsere Zeilen oder blicke in unsere Fotobücher, dann werden die Erinnerungen wieder farbiger und lebendiger, das war der Hauptgrund, weshalb ich alles aufschrieb. Dass aber jetzt so viele Menschen Interesse daran haben, wie sich unser bisheriger gemeinsamer Weg gemeinsam gestaltete, das berührt mich so sehr, dass ich kaum Worte dafür finde. Auch dass unserer schönen Heimat, dem Hegau jetzt Aufmerksamkeit geschenkt wird, freut mich sehr.

Ich schaute Sarah an, abwechselnd richtete sich mein Blick auf Sarah und dann wieder auf die anderen Pferde, die inzwischen wieder genüsslich Heuhalme fraßen.

Ich muss zugeben, dass ich es nun besser verstand, natürlich nicht die vielen Wörter, die ich noch nie hörte und unter denen ich mir auch überhaupt nichts vorstellen konnte, sondern ich verstand, dass Sarah vor Freude so aufgeregt war, dass sie ihre Emotionen kaum zügeln konnte, als würde man Emotionen ein „Side- Pull" anziehen können, um diese besser zügeln zu können. Ihr Menschen sagt das aber doch so, oder?

Ich verstand, dass Sarahs Video, auf dem ich freudig neben dem Fahrrad herrannte, viel Aufmerksamkeit geschenkt wurde und dass durch diese Aufmerksamkeit ein erhöhtes Interesse an unserem Buch bestand, aber was das nun wirklich bedeutete, das überstieg mein Vorstellungsvermögen noch immer.

„Milan, stell es dir so vor: Wenn all diese Menschen, die mir nun, aufgrund unseres Fahrradvideos, auf meinem Profil folgen und damit Interesse an unseren Abenteuertouren haben, dir jeder von denen jeweils eine Karotte geben würde, dann hättest du 32.000 Karotten auf einmal. Verstehst du jetzt? Das ist der absolute Wahnsinn!"

- Sarah hatte eine Karotte dabei, die habe ich schon gefressen. Aber wo sind diese 32.000 Karotten? 32 und drei Nuller? Ich hatte ein großes Fragezeichen in meinem Kopf.

Lesen lernen

„Ja, der Hegau ist eine wunderschöne Region und für mich ein echtes Wunder, mit unendlich vielen Schätzen, die es zu entdecken gibt... und so viele wissen nicht einmal davon. Mein Wunsch ist es, diese tolle Region den Menschen näher zu bringen und dem Hegau endlich die Bühne zu geben, die er verdient. Mein Geschenk an den Hegau ist dieses hochwertige Jahresmagazin, welches die Einheimischen stolz machen darf und allen Lesern ein Lächeln ins Gesicht zaubert. Es würde mich wahnsinnig freuen, Milan und dich mit eurer Geschichte und euren Wandertouren dabei zu haben", sagte Nil, die Inhaberin des Magazins, die neben mir und Sarah im Stall stand.

Wir machten zu dritt eine kleine Wanderung vom Hof aus über den Ballenberg, und mich entspannte es total, dass die zwei Frauen einfach ohne Punkt und Komma redeten und ich den beiden in aller Ruhe hinterher trotten durfte.

„Siehst du Milan, was ist das für eine großartige Chance, den Menschen unsere Erfahrung mitzugeben. Die vielen wundervollen Wege, die wir schon ausfindig gemacht haben, die Ruinen, die bezaubernden Wälder, all das dürfen wir nun in der neuen Ausgabe des Hegau-Magazins beschreiben und Nil gibt uns die Möglichkeit dazu; alles nur, weil Menschen auf mein Profil auf Instagram aufmerksam geworden sind."

- Ob ich den Hegau als meine Heimat bezeichnen würde? Ja, tatsächlich! Die ersten zwei Jahre meines Lebens wuchs ich an der Donau auf und die restliche Zeit lebte ich im Hegau. Jede spannende Abenteuertour mit Sarah, egal ob es das erste Mal war, als Sarah sich auf mich setzte oder die ersten Spaziergänge, bis hin zum ersten Gruppenritt, alles fand im Hegau statt.

Sarah nahm Nil als eine selbstbewusste, herzoffene und motivierte Frau wahr, die etwas ausstrahlte, das voller Leben war, so auch ihr erstes Magazin, das letztes Jahr erschien und das Sarah durchblätterte, als ich schon wieder zu meinen Freunden an die Heuraufe durfte.

„Milan, ich freue mich einfach riesig, und für mich ist es tatsächlich eine große Ehre in diesem Heft mit dir erscheinen zu dürfen. Nicht nur, weil die erste Ausgabe des Magazins mit so viel Leben und Liebe gefüllt ist, als ich es durchblätterte, sondern weil ich finde, dass Nil eine bewundernswerte, tolle Frau ist, die ihren Weg gegangen ist und dieses Magazin auf die Beine gestellt hat, auch wenn es anfänglich nicht leicht war, wie sie mir erzählte."

Ich kann weder lesen noch schreiben, aber was mich tatsächlich auch freut, ist, dass ich jetzt merke, was für Kreise dieses „Fahrrad-Video" zieht, dass Sarah und ich Menschen tatsächlich erreichen können, die vielleicht durch unser Tun angeregt werden, darüber nachzudenken, was mit einem Pferd möglich ist, wenn man nur versucht, es verstehen zu wollen.

Es gibt immer noch so viele Pferde, auch in meinem Stall, die viel zu wenig bewegt werden, die den ganzen Tag hauptsächlich im Stall stehen und so unausgeglichen sind, weil sie sich so wünschen würden, mal etwas zu erleben.

Ich kann nur hoffen, dass, wenn nur ein Pferdemensch über unsere Zeilen nachdenkt, was wichtig ist im Umgang mit Pferden, einem Pferd in gewissen Bereichen vielleicht ein schöneres Leben beschert werden kann.

Auch alle Pferde, die das Privileg haben, dass ihre Besitzer mit ihnen Wandertouren machen und die Beziehung zu ihrem Pferd so stärken wollen, profitieren vielleicht durch unsere Beschreibungen und Erzählungen, wie man das Pferd vorbereiten kann, damit auch dem Pferd das Wandern mit dem Menschen Freude bereiten kann.

Jedes Pferd hat es verdient, dass ihm Zeit und Geduld geschenkt wird, dass es zusammen mit dem Besitzer wachsen darf und dass sich eine Beziehung zwischen Mensch und Pferd aufbauen darf, durch

Verständnis, das dem Pferd entgegengebracht werden sollte, das aber nur entstehen kann, wenn man bereit ist, sein Pferd kennenlernen zu wollen.

Ich kann mich immer besser verständlich machen, das ist mir gerade selbst aufgefallen, als Sarah mich lobte und zu mir sagte: „Ich verstehe dich total, ich sehe das auch so!" Ob sie diesen Satz aber tatsächlich bezogen auf meine Gedanken meinte oder ob sie wahrnahm, dass ich heute total müde und träge war und überhaupt nicht aus dem Stall wollte, da bin ich mir allerdings nicht ganz sicher.

Am nächsten Tag war es so nass und kalt, dass Sarah und ich entschieden, einfach ein bisschen im Stroh rumzulümmeln. Schließlich muss man nicht jeden Tag volles Programm haben, oder?

„Das Pferd. Der Mensch. Ein Team", mit diesem Slogan präsentiert sich das EKOR-Magazin, das ihren Geschäftssitz in Hessen hat, welches Sarah ebenfalls angeschrieben hat, ob sie bereite wäre mit der Redaktion ein Interview zu führen, um ihnen ein paar Fragen zu beantworten, wie man als Einsteiger wohl am besten das Wanderreiten beginnen könne.

Sarah nippte an ihrem Tee, den sie dabeihatte, und die viele Aufmerksamkeit, die sie in den letzten Tagen bekam, konnte sie gar nicht richtig verarbeiten. Woran ich das merkte? Sarah war unglaublich verkopft, in Gedanken überall und schnell abgelenkt. Ich streckte ihr meine Nüstern entgegen und atmete tief aus.
Der Tee schnupperte übrigens undefinierbar. Wenn ich nur sanft meine Nüstern in die Richtung des Tees streckte, war mir die Wärme, die von dieser Tasse ausging, nicht geheuer. Tasse klingt übrigens ähnlich wie Rasse, aber vermutlich haben diese Wörter nichts miteinander zu tun oder gibt es auch Rasse-Tassen, die man züchten kann?

„Milan, ich muss dir von dem Interview mit der Zeitschrift EKOR erzählen. Ich musste tatsächlich länger überlegen, als mich die Redakteurin fragte, welche Tipps ich denn hätte für Menschen, die mit dem Wanderreiten beginnen wollen.

Kann man denn in einem kurzen prägnanten Satz ein paar Tipps formulieren, geht das? Irgendwie fiel mir das schwer, was hättest du denn geantwortet?"

Ich schaute Sarah an und atmete tief ein uns aus. Der undefinierbare Geruch des Tees lag immer noch in der Luft.

Wenn ich den Artikel des Magazins tatsächlich schreiben müsste und genau diese Frage beantworten müsste, hätte ich tatsächlich einen prägnanten Satz für diejenigen, die mit ihren Pferden Touren machen wollen: Lernt euer Pferd zunächst zu lesen. Nur durch das Tun lernt ihr eure Pferde besser kennen.

Die Voraussetzung, ein Team werden zu wollen, ist der Wille den anderen kennenlernen zu wollen.

Wir sind individuelle Wesen, nur der Mensch hat manchmal im Kopf, dass ein Pferd eben ein Pferd ist, und kennt man das eine Pferd, kennt man alle Pferde.

Nein, wir Pferde sind, jeder einzelne von uns, ebenso Individuen wie ihr Menschen auch. Wenn ihr euch ein Pferd kauft, davor vielleicht schon Erfahrungen mit anderen Pferden gemacht habt, ist das sicher vorteilhaft, aber es ist kein Garant dafür, dass ihr uns sofort kennt!

Man lernt uns kennen, wenn man sich Zeit nimmt, uns zu beobachten:

Welches sind unsere Vorlieben?

Wie verhalten wir uns in der Herde?

Wovor haben wir Angst?

Wie verhalten wir uns, wenn wir erschöpft sind?

Welche Erfahrungen haben wir gemacht, die uns zu diesem oder jenem Verhalten neigen lassen?

Was fressen wir gerne?

Wann haben wir Durst?

Wie verhalten wir uns, wenn wir gestresst sind?

Ich könnte noch unzählige Dinge auflisten, die man beobachten könnte, aber viel wichtiger ist die Frage zu beantworten, warum es so wichtig ist, dies alles über uns wissen zu müssen. Wenn ihr uns Pferde tatsächlich als einen Freund bei euren Touren dabei haben wollt, dann sollte es selbstverständlich sein, dass ihr auf unsere Bedürfnisse Rücksicht nehmt, genau wie ihr darauf bedacht seid, eure Bedürfnisse zu erfüllen.

Wenn ihr aber eure Pferde nicht lesen könnt, ihre Zeichen und ihre Sprache nicht versteht, dann werdet ihr nicht als Team unterwegs sein, sondern als ein Mensch, der eben gerne sein Pferd dabeihat, mit einem Pferd, dem keine andere Wahl bleibt, außer mit euch mitzuziehen.

Das Ziel aber sollte doch sein, dass ihr als ein Mensch unterwegs seid, der gerne mit seinem Pferd unterwegs ist und dessen Pferd ebenso gerne mit seinem Menschen unterwegs ist.

Wir sprechen nicht eure Sprache mit den komplexen und vieldeutigen Worten, aber wir sprechen eine Sprache, die man verstehen lernen kann, wenn man es möchte!

Jedes Pferd spricht eine Sprache, eine deutliche Sprache und wenn ihr diese lernt zu verstehen und dann noch gewillt seid dieses Verstehen umzusetzen, damit ihr durch das Verstehen unsere Bedürfnisse erfüllen könnt, dann sind Pferd und Mensch ein Team und ich garantiere euch, dass wir es lieben werden, mit euch unterwegs zu sein. Bewegung, Abenteuer und neue Eindrücke, mit einem Menschen, der gewillt ist, unsere Bedürfnisse zu erfüllen und allzeit bereit ist, für unser Wohlergehen sorgen zu wollen, was kann es Besseres geben?

Sarah kam inzwischen etwas zur Ruhe, weil sie mein regelmäßiges und sanftes Ein- und Ausatmen so beruhigte.

Auch ich weiß, welche Bedürfnisse Sarah hat und was sie braucht, denn heute las ich in ihrer Unruhe, dass sie Ruhe brauchte, Ruhe von den wirren und unzähligen Gedanken, die in ihrem Kopf hin und her schwirrten.

Über Nacht 3 Jahre gealtert

➢ *Ihre Pferdevideos begeistern Millionen*
➢ *Sarah Hagenauer erfolgreich in sozialen Medien*
➢ *Erlebnisse mit Wallach Milan aus Sicht des Pferdes*
➢ *Jetzt gibt es ein Buch über die besondere Verbindung*

(...) Für sie sind die Ruhe, der Umgang mit dem Pferd und die Natur der ideale Ausgleich zum Schulalltag. Wie gut das tut, habe sie auch bei ihren Schülern gemerkt. Einmal habe sie als Projekt einen Spaziergang mit ihrem Pferd angeboten, erzählt die 39- jährige. Ein Mädchen aus Syrien, das bisher im Unterricht nie gesprochen hatte, durfte ihr Pferd führen und sprach mit ihm auf Syrisch. Auf die Frage ihrer Lehrerin, ob ihr der Ausflug gefallen habe, rief sie begeistert: „Ich liebe Milan". Sarah Hagenauer ist überzeugt, dass der Umgang mit Tieren, Kindern und Jugendlichen in schwierigen Phasen helfen kann.

Sarah hatte ein großes Blatt Papier in der Hand und las mir vor.
„Milan, als wäre es nicht schon der absolute Wahnsinn, dass sowohl das Hegau-Magazin als auch das EKOR-Magazin an uns Interesse hat, hier ist auch noch der veröffentlichte Artikel aus dem Südkurier.
Kannst du dich auch noch so gut erinnern an die Projekttage, als das syrische Mädchen mit dir spazieren ging?
Ich weiß es noch, als wäre es gestern gewesen, von den fünf Schülerinnen, die wir am Bahnhof abgeholt haben, hast du dich für sie am meisten interessiert. Deine Nüstern wollten unbedingt an ihr riechen und als ich merkte, dass du solches Interesse an ihr hast, habe ich dem Mädchen den Strick in die Hand gedrückt und ihr zwei seid abseits von uns einfach euren Weg gegangen. Allein, ohne ihre Freundinnen ist das Mädchen gekommen, das fand ich damals schon sehr mutig, denn auch ich kannte das Mädchen nicht, weil die Schülerinnen und Schüler sich nach Interesse der angebotenen Projekte anmelden durften. Sie sprach kein einziges Wort mit mir oder den

anderen Schülerinnen, den ganzen Ausflug nicht, aber sie sprach mit dir. Bis heute weiß ich nicht, was sie mit dir gesprochen hat, aber ich weiß, dass du ihr einen unglaublich schönen Tag beschert hast."

- Ich erinnerte mich natürlich noch an diesen Tag. Ich spürte die Offenheit dieses Mädchens mir gegenüber. Sie war von allen Teilnehmerinnen die Einzige, die nicht mit Worten sprach, sondern mit ihrem Herzen und das hat mich neugierig gemacht. Sie streichelte mich so behutsam und achtsam.
Was ich mich aber zugleich fragte, woher wusste der Südkurierartikel von dieser Geschichte, ich konnte mich gar nicht erinnern, dass dieser bei der Wanderung dabei gewesen war.

„Milan, dieser Artikel hängt jetzt bei uns groß im Lehrerzimmer und ich weiß, dass diesen Artikel ganz viele Menschen lesen werden. Auf der einen Seite bin ich sehr stolz, und der Artikel ist ganz gut gelungen, auf der anderen Seite habe ich aber auch gemerkt, dass es seltsam ist, wenn Geschichten oder Erzählungen veröffentlicht werden, die ich vor Veröffentlichung gar nicht nochmal lesen durfte.
Ich bin gar nicht 39 Jahre alt, über Nacht bin ich also einfach mal drei Jahre gealtert? Außerdem hätte der Artikel ja auch ganz anderes formuliert sein können: Sarah Hagenauer, eigentlich möchte sie durch den Erfolg auf Instagram viel lieber Influencerin werden und überlegt, ihre Schullaufbahn an den Nagel zu hängen – stell dir mal vor, sowas hätte in dem Artikel gestanden?
Ein bisschen beängstigend, welche Macht doch die Medien haben, oder? Die können den Ruf einer Person zerstören, je nachdem, was sie über einen schreiben.
Zudem geht es schließlich um dich und meine Person, ist es dann nicht eine Frage des Respekts, den Artikel nochmal lesen zu dürfen und gefragt zu werden, ob es auch in Ordnung ist, den Artikel dann zu veröffentlichen. Außerdem wurde mir gar nicht mitgeteilt, wann der

Artikel veröffentlicht werden würde, auch seltsam, oder ist das im Journalismus normal?"

- Eine Schullaufbahn kann man an den Nagel hängen? Wie geht denn das? Läuft das syrische Mädchen tatsächlich in der Schule auf einer Laufbahn und diese will Sarah an den Nagel hängen, was hatte denn das mit Sarahs Alter zu tun?
Ich wusste gar nicht, wie alt Sarah eigentlich ist, wofür ist das Alter denn auch wichtig?
Dass Sarah sich über dieses Stück Papier so viele Gedanken machte? Wenn ihr der Artikel nicht gefällt, dann könnte sie das Papier doch einfach zusammenknüllen und in den nächsten Mülleimer werfen, weg ist er!

Die viereckigen Fresstonnen

Sarah kam zu mir in den Stall und ich merkte schon, dass etwas anders war, ihre Stallklamotten rochen nicht wie sonst. Ich vermutete fast, es waren gar keine Stallklamotten, denn ihre graue Jogginghose, die sie immer trug, wenn sie zu mir kam, roch schon so nach mir, dass es mir sofort auffiel, wenn sie eine andere Hose anhatte.
Sie legte mir das Halfter an und flüsterte mir zu:" Milan, wir machen es so wie immer, wir lassen uns nicht irritieren von den vielen Leuten, die gleich kommen!"

- Viele Leute würden kommen, ja, tatsächlich gab es hier noch andere Einsteller mit ihren Pferden, nur wieso betonte sie es extra, dass wir uns nicht irritieren lassen sollten, wobei denn? Sarah interessierte es eigentlich nie, wer im Stall war, wir machten unser Programm und ließen uns nur von wenigen Dingen ablenken oder beeinflussen.

Ich wurde angebunden und keine zwei Minuten später kamen zwei große dunkle Autos angefahren, aus denen insgesamt vier Menschen ausstiegen, ein großer älterer Herr mit einem weißen Bart, ein kleiner älterer Herr mit einer Brille, eine junge Frau und ein etwas jüngerer Mann, die alle auf uns zuliefen.

Sarah begrüßte sie alle, aber ich spürte, Sarah kannte diese Personen nicht, denn ich meinte eine gewisse Nervosität bei ihr wahrzunehmen.

- Was wollten diese Menschen?

Wieso fuhren die mit so großen Autos? So dick waren sie nun auch nicht, dass sie nicht alle vier in ein Auto gepasst hätten!?

Warum holte der eine ältere Mann plötzlich so ein dunkles Teil aus dem Auto, das aussah wie eine viereckige Fresstonne, nur mit einem undefinierbaren Zusatz vorne dran.

War das ein Tierarzt?

Für einen Tierarzt wirkte der Mann aber zu unsicher. Wie er schon auf mich zulief, verriet, dass er großen Respekt vor mir hatte. Er fragte Sarah sogar, ob er sich mir nähern dürfe. Wie schön wäre das nur, würden das auch Tierätzte fragen, bevor sie auf einen zustürmen, und ich dann gar nicht weiß, wie mir geschieht.

Ich durfte an der viereckigen Fresstonne, die der Mann in den Händen hielt, schnuppern, roch aber gleich, dass kein Futter in dem Gegenstand war, denn es roch irgendwie nach Plastik und Gummi.

Sarah sprach noch ein paar Wörter mit den Menschen und dann wurde ich auf den Platz geführt.

Ich sollte seitwärts gehen, rückwärts, sollte Sarah aufsteigen lassen, das Bein auf Kommando anheben, ihr hinterherlaufen und mich drehen, alles Übungen, die mir Spaß machten und die wir immer wieder mal in unseren Alltag einbauten.

Das Einzige, was mir auffiel: Die Übungen wurden viel schneller hintereinander abgefragt, als es sonst von mir verlangt wurde, manchmal verlangte Sarah auch eine Übung nochmal, weil dieser

Mann mit der viereckigen Fresstonne irgendwie oft im Weg stand und Sarah bat, ob wir die Übung nochmal machen könnten.

Ich war fokussiert auf Sarah und mit jeder weiteren Minute blendete ich diese Menschen, die uns anstarrten und die uns mit viereckigen Fresstonnen verfolgten, einfach aus.

Es war ziemlich warm an diesem Tag. Wie ich es immer machte, wenn es mir zu warm ist und ich keine Lust mehr hatte auf weitere Übungen, legte ich mich in den Sand.

Sarah war total begeistert und rief den unbekannten Menschen zu: „Wow, das hätte ich nun selbst nicht erwartet, eigentlich legt sich Milan in Anwesenheit Fremder nicht hin. Dass er sich jetzt hinlegt, bedeutet, dass er sich schon sehr sicher fühlen muss, aber wenn er jetzt noch liegen bleibt, dann haben wir doch eine tolle Szene!?"

- Szene? Das Wort habe ich noch nie gehört.

Sarah lief langsam auf mich zu und ich hatte tatsächlich Lust, liegen zu bleiben, denn da der Mann mit seiner Fresstonne immer noch nicht gehen wollte, könnte ich mich mit meinem Hinlegen doch mal bemerkbar machen, dass die Vorführung nach meiner Vorstellung jetzt vorbei ist.

Sarah setzte sich langsam zu mir und flüsterte mir zu: „Milan, du machst das so fantastisch, ich bin stolz auf dich, du bist so konzentriert und die ganzen Kameraleute, interessieren dich überhaupt nicht und vor der großen Kamera, die selbst jetzt um dich herumläuft, hast du auch keine Angst. Du bist der Beste."

- Die viereckige Fresstonne hieß also Kamera?

Machte dieser Kameramann, wie Sarah ihn nannte, also lauter Fotos während unserer Übungen? Aber wieso bewegte der Kameramann sich dann ständig? Wenn Sarah Fotos macht, stand sie immer ganz still und ich sollte mich meistens auch nicht hektisch bewegen.

Seltsam, nach wie vor konnte ich mir noch nicht so recht erklären, was das alles hier sollte.

Als ich dann schon wieder auf allen Vieren stand, holte Sarah einen Liegestuhl und setzte sich einfach zu mir. Meine Augen fielen schon regelrecht zu und die Stimmen, die ich hörte, wurden immer leiser; ich war kurz davor einzuschlafen.

Sarah und die Unbekannten saßen alle um mich herum und redeten irgendetwas. Den meisten Redeanteil hatte aber Sarah, was normalerweise überhaupt nicht so ist, vor allem wenn sie mit mir zusammen ist, plaudert sie eigentlich nicht so viel. Diese Unbekannten oder diese Kamera schienen sie irgendwie zu motivieren, viel erzählen zu wollen.

Nach einer kurzen Pause, in der ich ein paar Grashalme zupfen durfte, sollte ich dann noch ein Stück neben Sarahs Fahrrad herlaufen und mit Josie und Sarahs Vater noch ein paar Meter auf dem Hof rumlaufen und dann wäre meine Arbeit für heute scheinbar getan, meinte Sarah.

„Ja, die Szene ist im Kasten, habt ihr großartig gemacht, Milan ist wirklich ein tolles Pferd!", sagte der Kameramann zu Sarah und hob seine Hand, mit einem Daumen nach oben gestreckt, in die Höhe.

Das Fahrrad wurde an die Wand angelehnt, ich wurde in den Offenstall geführt und Sarah und die Unbekannten blieben noch ein bisschen stehen, unterhielten sich und schauten mir nach, wie ich langsam zu meinen Herdenmitgliedern lief.

„Wann die fünf Minuten im Fernsehen ausgestrahlt werden, kann ich Ihnen noch nicht sagen, aber ich werde Ihnen die kommenden Tage das Video schicken, das ich zusammengeschnitten habe. Der Tag mit Ihnen und mit Ihrem Pferd hat uns allen wirklich sehr viel Spaß gemacht. Die Ruhe, die von dem ganzen Hof ausgeht, war sehr erholsam." Der ältere Herr mit dem weißen Bart streckte Sarah seine Hand entgegen und Sarah bedankte sich für die Erfahrung, von einem ganzen Kamerateam begleitet worden zu sein. Allein das Interesse der Menschen, dass sogar ein ganzes Fernsehteam ins Hegau gefahren kommt, ehrte Sarah sehr.

Ein paar Tage später kam Sarah wieder zu mir, dieses Mal wieder ganz allein, ohne unbekannte Menschen, in ihren gewöhnlich grauen Jogginghosen und ihren abgelaufenen Turnschuhen.

„Milan, ich muss dir etwas erzählen. Weißt du, vor ein paar Tagen, als das Fernsehteam da war, da hast du mich so berührt, dass ich Tränen in den Augen hatte, als ich nach Hause gefahren bin. Ich hätte niemals damit gerechnet, dass du dein Können in so einer Situation, in der fremde Menschen uns zuschauen und ich selbst etwas nervös war, du dich so auf mich fokussieren würdest. Du hast wirklich alles abgerufen, was ich von dir verlangt habe und sogar das Fahrradfahren hat funktioniert, obwohl du schon Stunden vorher Übungen gezeigt hast, von denen ich weiß, dass du dich sehr konzentrieren musstest. Ich konnte dir nicht wie sonst eine lange Pause geben, weil das Kamerateam dabei war, aber dass du dich bis zur letzten Sekunde so bemüht hast, lässt mich immer noch voller Stolz auf den Tag zurückblicken, auch wenn ich mit dem zusammengeschnittenen Film eher nicht zufrieden bin.

Wenn ich den Film geschnitten hätte, hätte ich die Szenen gewählt, die dein Können in ein richtiges Licht gerückt hätten, die Szenen, die das Team zusammengeschnitten hat, mit der dümmlichen Musik im Hintergrund, lassen dein Können meiner Meinung nach eher nicht erkennen, auch wenn man wohl sieht, dass wir ein tolles Team sind.

Woher sollen die Kameraleute auch wissen, welche von den gezeigten Übungen die beste war, wenn schon von Anfang an klar war, dass sie sich mit Pferden überhaupt nicht auskennen?

Zudem wurden die grandiosen Kunststücke gar nicht ausgestrahlt. Stattdessen wird meine Hand gefilmt, die zuvor noch deinen Schweif massiert hat und deshalb völlig dreckig war. Was das Kamerateam sich wohl dabei gedacht hat?

Dass deine Lieblingsübung, die wäre, wo du das Bein anhebst, stimmt auch nicht und auch die Szene, als du mir zeigtest, dass dich eine Zecke plagte und ich sie sogar sofort gefunden habe, ist auch seltsam zusammengeschnitten worden, aber weißt du was, egal, die Hauptsache ist, dass ich weiß, wie grandios du an diesem Tag mitgemacht hast und wie lange du dich konzentriert hast.

Angefangen von dem einen Fahrrad-Video, das es uns ermöglichte in einigen Magazinen zu erscheinen, ermöglichte uns der Artikel in der Zeitung, auch noch im Fernsehen ausgestrahlt zu werden. Unfassbar und irgendwie alles kaum zu begreifen!
Dennoch merke ich, dass diese Aufmerksamkeit für mein Glück überhaupt nicht wichtig ist. Es sind jedoch interessante Erfahrungen, die ich machen darf im Hinblick darauf, was es heißt, so viel Aufmerksamkeit zu bekommen für etwas, das in meinem Alltag einfach selbstverständlich ist."

Lebensfreude

Sarah saß neben mir und ich graste. So ganz frisch sind die Halme noch nicht, weil es immer noch recht kalt ist und die richtig frischen Halme einfach viel mehr Sonne und Frühling brauchen, um endlich wachsen zu können, aber ich gab mich zufrieden mit denen, die eben wuchsen.

„Milan, ich muss dir heute schon wieder davon erzählen, was die Menschen im Internet alles so fragen und schreiben, weil dein Fahrrad-Video, das ich hochgeladen habe, einfach nicht aufhört, um die Welt zu gehen. Die unzähligen Nachrichten, die ich sekündlich zu unserem Video bekomme, berühren mich so sehr, weil ich es noch nie erlebt habe, dass, wenn im Internet etwas verbreitet wird, zu 99% positive Rückmeldungen kommen.

Ich habe mir tatsächlich Gedanken gemacht, was die Leute so an diesem Video begeistert, und ich denke, dass es die unglaubliche Freude ist, die du ausstrahlst!

Die meisten Menschen sind es nicht gewöhnt, ein Tier zu sehen, das so eine Lebensfreude versprüht wie du. Ich war schließlich auch total begeistert, als ich an dem Tag mit dir unterwegs war und gleich von Anfang an merkte, wie fröhlich du warst und rennen wolltest, aber ich kenne dich – die meisten Menschen kennen Lebensfreude vermutlich bei Hunden, aber nicht bei Pferden.

Der Hund wedelt mit dem Schwanz, springt einen vielleicht an, aber was machen denn eigentlich Pferde, wenn sie sich freuen?

Ja, sie springen rum, werfen ihre Hinterfüße in die Luft, schlagen mit dem Kopf hin und her und haben einen Ausdruck in den Augen, der erkennen lässt, dass Leben in ihnen wohnt.

Jetzt sag mir, Milan, wo sieht man solche Pferde? Pferde, die Leben in den Augen haben und denen man ansieht, dass sie glücklich sind?

Wir Menschen sind es schon so gewohnt, diese trüben und meist leeren Pferdeaugen zu sehen, dass wir bei dem Anblick gar nicht mehr aufschrecken oder traurig werden.

Jetzt aber haben die Menschen mal ein Pferd gesehen, das sich so freut, dass man selbst gute Laune bekommt, wenn man dich freudig rumspringen sieht.

Ich war erst vor ein paar Wochen auf einer Pferdemesse. Warum ich dahingegangen bin, frage ich mich im Nachhinein eigentlich immer noch, denn schon das letzte Mal, als ich auf der Americana, ebenfalls einer großen Pferdemesse, war, habe ich mir eigentlich vorgenommen, dass ich auf keine Pferdemesse mehr möchte.

Abgesehen davon, dass Menschen einem Dinge andrehen wollen, die kein Pferd und auch kein Reiter braucht und ein wahnsinniger Konsumrausch auf diesen Messen herrscht, erkennen die wenigsten, dass Pferde, die in Messehallen gehalten werden, weder glücklich sind noch, dass man das wirklich unterstützen sollte.

Ich sage nicht, dass die Pferde vielleicht außerhalb der Messe ein glücklicheres Leben haben. Ich wünsche es mir, aber während der Messetage als Pferd in Boxen untergebracht zu sein, an denen hunderte Menschen in der Stunde vorbeilaufen, das ist furchtbar, denn die Menschen verstehen die Sprache der Tiere nicht oder ihnen ist es egal. Denn wenn es ihnen nicht egal wäre, würde sie die Boxen der Pferde nicht in diesem Getümmel aufstellen.

An den Boxen, an denen ich vorbeigelaufen bin, haben sich die unangebundenen Pferde alle so hingestellt, dass sie ihre Hinterteile den Menschen zugewandt haben, damit der Kopf so weit weg wie möglich und so geschützt wie möglich in der Boxenecke war, in der eben keine Menschen vorbeiliefen und zu ihnen reinstarrten.

Ist dieses Zeichen nicht Zeichen genug, dass die Pferde ihre Ruhe wollen? Selbst ich als Mensch bin schon völlig angestrengt, wenn ich mich nur eine Stunde auf diesem Messegelände aufhalten soll. Diese Pferde stehen da aber den ganzen Tag.

Die vielen Eindrücke, die die Pferde haben müssen, die lauten Geräusche, Lautsprecherboxen, Kindergeschrei, jeder der Besucher kann seine Hand in diese Boxen halten, kein Mensch kontrolliert, wer, welches Futter in diese Boxen wirft, unzählige Auren, die so sensible Wesen wie ihr doch wahrnehmt.

Jetzt kann man sagen, ja gut, manche Pferde sind das bestimmt gewöhnt und so ein Messeaufenthalt ist nur ein paar Tage – ja, das kann sein, aber ich möchte dennoch nicht mehr dazu beitragen, dass ich durch mein Eintrittsgeld diesen Handel, möchte man das so nennen, unterstütze.

Das allerbeste und jetzt spreche ich ironisch, nicht dass du mich falsch verstehst, Milan, sind die Pferde, die auf der Messe auch noch zum Verkauf stehen. Die werden natürlich angebunden, sodass sie keine Möglichkeit mehr haben, sich dem Trubel der sie anstarrenden Menschen zu entziehen, denn es soll doch schließlich die Schönheit dieses Pferdes begutachtet werden. Die Verkaufspferde werden so angebunden, dass sie den hunderten Blicken von fremden Menschen nicht ausweichen können und dass sie den Menschen nicht den Hintern zudrehen können, wie es all die Pferde aber machen, die nicht angebunden sind.

Die Schönheit des Pferdes soll erkannt werden – ja, die meisten Pferde, die auf solchen Messen verkauft oder vorgeführt werden, sind wunderschön, aber sie sind unglücklich und das sieht man in ihren Augen.

Wenn ich Reiter sehe, deren Pferde so fantastisch laufen, auf jedes Kommando sofort reagieren, denke ich, wie stolz muss doch der Reiter sein, dass sein Pferd, trotz dieser vielen Zuschauer und möglichen Ablenkungen, so reagiert!

Weißt du was, Milan, du würdest vermutlich überhaupt nicht reagieren, wenn ich irgendetwas mit dir vorführen wollen würde und hunderte Menschen am Rand stehen und uns zuschauen würden, aber genau das macht dich doch zum Pferd, zu einem glücklichen Pferd, dass du nicht auf Knopfdruck funktionieren musst!

Funktionieren sollte ein Auto oder ein Motorrad, aber kein Tier!

Du bist ein Individuum, genau wie ich, das müde, angestrengt und auch mal lustlos sein darf, das vergessen die Menschen, die tatsächlich meinen, dass du zu jeder Zeit gleich motiviert bist und bereit bist neben dem Fahrrad herrennen zu wollen. Das kann man nicht trainieren, dass du auf Knopfdruck immer genau den Kommandos folgst, die ich dir mal zurufe, wenn ich auf dem Fahrrad sitze, oder ich weiß zumindest nicht, wie man das trainieren soll, wenn man immer noch das Pferd als Individuum wahrnehmen möchte und deren Bedürfnisse berücksichtigen will."

Ich hörte Sarah zu und nachdem ich heute keine Lust hatte, mir Gedanken zu machen über Wortphrasen und darüber zu rätseln, was diese bedeuten könnten, beschäftigte mich nur eine Frage: Funktioniert denn der Mensch auf Knopfdruck? Ich glaube nicht, aber warum wird es dann von so vielen Menschen von uns Pferden verlangt?

Das Phänomen: Auf Knopfdruck

„Milan, stell dir vor, ich wurde tatsächlich gefragt, ob ich anderen Pferden das beibringen könne, was du kannst. Was sagt du denn dazu?"
Sarah fischte den Rest ihres Salates aus der Schüssel, die sie in der Hand hielt, kaute langsam und blickte in die Ferne.

- Was kann ich denn? Und wieso soll Sarah anderen Pferden etwas beibringen, was ich kann? Wenn ich es kann, bin ich doch derjenige, der es anderen beibringen könnte, oder irre ich mich?
Ist das wieder so eine Menschenlogik? Der Mensch braucht einen anderen, der es eigentlich gar nicht kann und hofft, dass dieser ihm etwas lernt, weil er sich vermutlich nicht traut, denjenigen zu fragen, der es wirklich kann! Muss man nicht verstehen, oder?

Ich fragte mich, was Sarah meinte, aber wenn sie tatsächlich meint, dass sie einem anderen Pferd beibringen soll, dass es auch so freudig neben dem Fahrrad herrennt, dann verstehe ich gar nichts mehr, denn wie will man das denn einem anderen Pferd beibringen?
Sarah hat mich unter ihrer Obhut, seit ich ein Jahr alt bin. Mit einer Eselsgeduld, wie ihr Menschen dazu sagt, haben wir jeden gemeinsamen Schritt zusammen getan. Angefangen damit, in der Box zu verweilen und zu warten, bis Sarahs Anwesenheit mich nicht mehr ängstigte, bis hin zu jedem einzelnen Tag, an dem ich die verschiedenen Dinge beigebracht bekommen habe, wie ruhig stehen beim Putzen, Hufe anheben, Führen, Satteln, in fremden Wäldern spazieren gehen und was eben sonst noch dazu gehört.

Denken manche Menschen jetzt ernsthaft, dass, wenn sie ihr Pferd nun ein paar Wochen zu Sarah stellen, dieses Pferd dann genauso eine Bindung zu Sarah aufbaut wie ich zu Sarah in all den Jahren, und diese Bindung es ermöglicht, dass das fremde Pferd genauso fröhlich und frei neben dem Fahrrad herrennt, wie ich es mache?

Da hätten wir es doch wieder, das Phänomen des „Knopfdrückens": Ein Pferd wird trainiert und dann erwartet der Mensch, dass das Pferd es können muss.

Das Pferd muss das können, was der Mensch möchte. Was kann aber eigentlich der Mensch? Oder inwieweit bildet sich der Mensch, damit er auch auf die Kommandos seines Pferdes gehorcht?

Jetzt lacht ihr bestimmt, habe ich recht? Die Vorstellung, dass sich ein Mensch ausbilden lässt, um den Kommandos eines Pferdes zu folgen – noch nie gehört.

Aber ich denke, wenn der Mensch mit seinem Pferd zu einer Einheit heranwachsen will, dann sollte das selbstverständlich sein, dass der Mensch sich genauso um eine Gemeinschaft und gegenseitiges Verstehen mit seinem Pferd bemühen sollte wie wir Pferde, die irgendwelche Kommandos ausführen sollen.

Die erste Frage, die sich der Mensch stellen sollte, bevor überhaupt nur daran gedacht wird, in welche Ausbildung das Pferd gehen soll, um es nochmal zu wiederholen – was will ich von meinem Pferd?

- Will ich Turniere reiten?
- Will ich ein Pferd für mein Hobby?
- Will ich ein Pferd als Statussymbol?
- Will ich ein Pferd für meine Kinder?
- Oder will ich ein Pferd als meinen Freund?

Sarah und ihr Vater haben sich schon immer dafür entschieden, dass sie ihre Pferde als beste Freunde wollen und Freunden gesteht man

Launen zu und verlangt von ihnen nicht, auf „Kopfdruck" funktionieren zu müssen.

Werdet ihr Menschen auch trainiert und könnt alles auf Knopfdruck, jeden Tag, zu jeder Zeit gleich?
Ich vermute stark, dass ihr euer Können, sei es körperlich oder geistig, auch nicht jeden Tag auf Knopfdruck gleich abrufen könnt, oder?
Denn ihr seid Lebewesen, genau wie wir Pferde, die auch mal müde, angestrengt, genervt, hungrig, durstig oder demotiviert sein können. Abhängig sind diese Zustände auch vom Wetter, von der Situation oder vom körperlichen Befinden, weshalb es überhaupt nicht möglich ist, immer und zu jeder Zeit die gleiche Leistung zu erbringen.

Ein Pferdehalter der sich eingesteht, dass er selbst ein Wesen ist, das nicht jeden Tag gleich funktioniert und dieses auch nicht von seinem Pferd erwartet, wünsche ich allen Tieren, die von Menschen gehalten werden.
„Gehalten" – eigentlich ein wunderschöner Begriff, um auszudrücken, dass der Mensch das Tier auf Händen tragen sollte, damit es sich gehalten fühlt. Gehalten in einer Hand, die nur das Beste will, Geborgenheit und Sicherheit vermittelt, aber auch Ruhe und Verständnis zeigt, wenn der Mensch mit seinem Tier eine Einheit werden möchte und sein Tier als besten Freund ansieht.

Fragwürdig

Sarah stieg in ihr Auto, klopfte ihre dreckigen Schuhe ab und winkte mir nochmal zu, bevor sie die Autotür schloss, um nach Hause zu fahren.

Sie erzählte mir heute wieder von den unzähligen Kommentaren der Menschen, die mein Fahrradvideo angeschaut haben und sich scheinbar dazu angeregt fühlen, sich über ihr eigenes Verhalten im Umgang mit Pferden oder Tieren allgemein, Gedanken zu machen.

Folgende Sätze, die ich überhaupt nicht verstehe, mich aber beschäftigen, sind mir im Gedächtnis geblieben, sie machen deutlich, wie Menschen tatsächlich denken oder sich ausdrücken, und dass sie tatsächlich meinen, man könnte sie verstehen.

- *„Bodenarbeit kann ich nicht."*

Jeder Mensch, genau wie jedes Tier läuft auf dem Boden. Schon wenn der Mensch uns aus dem Stall holt, ist das eine gewisse Tätigkeit, die man vielleicht noch nicht als Arbeit beteiteln würde. Als Pferd nimmt man jedoch doch sehr deutlich wahr, wie der Mensch gelaunt ist. Zieht er uns Pferde ungeduldig am Strick? Kommt er mit einer gewissen Geduld und Ruhe zu uns in den Stall oder merkt man schon von Weitem, dass der Mensch sich überhaupt nicht auf uns konzentrieren kann, weil er noch in den Gedanken des Alltags gefangen ist?

Wenn ihr uns führt, befinden sich sowohl der Mensch als auch das Tier auf dem Boden. Vielleicht fangt ihr an uns zu putzen.

Weißt du, welche Stelle dein Pferd besonders mag, wenn du es mit einer Bürste berührst?

Merkst du, welches Bein dein Pferd gerne anhebt und welches eher nicht?

Weißt du, welche Stellen deinem Pferd gar nicht angenehm sind, wenn du es berührst?

Vermutlich würde der Mensch jetzt wieder sagen, das ist doch keine Bodenarbeit, aber ich würde sagen, das sind die kleinen Schritte und Möglichkeiten, damit du und dein Pferd sich kennenlernen können.

Du gehst mit deinem Pferd spazieren oder wandern wie Sarah?

Du überquerst Brücken, Straßen, führst dein Pferd an unheimlichen Gegenständen vorbei, lobst es, wenn das Pferd ruhig und folgsam neben dir läuft – das ist auch keine Bodenarbeit?

Egal wie man nun Bodenarbeit definiert, vermutlich schauen die Menschen zu viele Videos an, wie irgendwelche Vollprofis ihren Pferden Kunststücke am Boden beibringen, die so kompliziert aussehen, dass man auf die Idee kommt, zu sagen, dass man Bodenarbeit nicht könne. Dass jedoch jeder Schritt, den ihr Menschen mit uns auf dem Boden zusammen geht, auch als ein Teil angesehen werden kann, der zusammenschweißt, darf man nicht vergessen.

Wenn ihr mich fragt, der Mensch macht permanent Bodenarbeit mit uns Pferden. Wir beobachten euch in eurem Sein genau, nur merkt derjenige, der uns führt oder putzt oder was auch immer ihr mit uns auf dem Boden macht, meistens gar nicht, dass wir jede kleinste Bewegung von euch wahrnehmen.

Wenn es natürlich noch eine Luftarbeit gibt, da bin ich mir jetzt nicht ganz sicher, dann machen meine Gedanken vielleicht nicht so viel Sinn, aber ich vermute, solange alle vier Beine eines Pferdes auf dem Boden stehen und die zwei Beine des Menschen ebenso, könnte man das von mir eben Beschriebene, meiner Meinung nach, schon als Bodenarbeit betrachten.

- „Ich habe noch nie gesehen, dass man mit einem Pferd spazieren geht wie mit einem Hund, das ist mir völlig fremd."
Zu diesem Satz kann ich nur Folgendes sagen: Menschen haben oft Muster im Kopf, wie diese:
Pferde sind zum Reiten da.
Hunde sind zum Gassigehen da.
Autos sind zum Fahren da.
Töpfe sind zum Kochen da.
Auch wenn der Mensch scheinbar das intelligenteste Wesen sein soll, was ich bis heute übrigens nicht glaube, zeigen diese vier Beispiele deutlich, dass der Mensch gewissen Dingen immer ein anderes Ding oder eine Eigenschaft zuordnet. Ich weiß jetzt auch nicht, wie ich das

besser sagen soll, aber passt die Zuordnung, die der Mensch gewöhnt ist, nicht in sein Bild, ist der Mensch verwirrt oder befremdet.

Ich probiere es anders: Der Unterschied zwischen einem Hund oder Pferd zu einem Topf oder Auto ist eigentlich klar, oder?

Scheinbar nicht, denn dass ein Auto scheinbar nichts weiter kann, außer per Knopfdruck zu fahren, ist für mich logisch, aber dass ein Lebewesen, wie ich es bin, vielfältiger ist als ein Auto oder ein Topf und diesem auch viel mehr zugesprochen werden kann als eine einzige Sache, für die es scheinbar „gemacht wurde", wie in unserem Beispiel – Pferde sind zum Reiten gemacht", ist vielen Leuten vielleicht wirklich fremd.

Ja, mit uns Pferden kann man spazieren gehen, schwimmen, joggen, Fahrrad fahren, wandern, sprechen, ja sogar fressen. Ihr Menschen fresst doch manchmal auch Salat, seht ihr, selbst das geht! Setzt euch einfach mit uns auf die Wiese, zupft euch ein bisschen Löwenzahn ab und fresst mit uns zusammen, auch Gänseblümchen könnt ihr mal probieren, die schmecken uns nämlich auch.

- „Ich dachte immer, dass man Pferde eher davon abhalten sollte, in der Gegend rumzuschauen!"

Wer kommt denn auf so eine Idee?

Dürfen wir die Umgebung um uns herum nicht wahrnehmen?

Dürfen wir uns nicht orientieren? – Orientierung ist übrigens auch ein witziger Begriff, doch was hat Orientieren, wie ich das Wort verstehe, denn mit dem Orient zu tun?

Vielleicht haben die Menschen die Sorge, dass wir, wenn wir uns umschauen, um uns ebenso zu orientieren wie unser Mensch, in den Orient abhauen wollen, und möchten es uns deshalb verbieten?

Ich kann euch beruhigen, ich habe noch nie an den Orient gedacht und wollte noch nie dorthin abhauen, wenn ich mir die Gegend anschaue. Also bitte lasst eurem Pferd doch die Möglichkeit, sich umzuschauen!

- *„Ich habe meinem Pferd abtrainiert, dass es beim Äpfeln (Kotausscheiden) stehen bleibt."*

Wie kann man denn das abtrainieren?

Ich vermute, es geht nur mit Druck- und Stressmachen, dass sich das Pferd merkt, - „ohje, wenn ich mir die Zeit nehme, um in Ruhe meinen Ballast abzuwerfen, dann stresst mich der Mensch so sehr, dass ich mich lieber bemühe, weiterzulaufen, um meinen Ballast beim Laufen zu verlieren".

Bitte, lieber Mensch, so viel Zeit muss doch sein, dass wir in aller Ruhe kacken dürfen, oder kommt ihr demnächst auf die Idee, wenn ihr auf einer Wiese mit uns galoppiert, dass wir auch noch im Galopp pinkeln sollen. Ich vermute, es würde euch stören, wenn Urin dann links und rechts von der Bewegung an euch hochspritzen würde, dass ihr auf die Idee noch nicht gekommen seid! Aber weil unsere Kacke euch nicht ins Gesicht fliegt, während ihr uns reitet, habt ihr beschlossen, dass wir unser Geschäft doch auch beim Laufen tätigen können?

- *„Ich finde es so schön zu sehen, wie ein Mensch und ein Pferd auf Augenhöhe miteinander kommunizieren können!"*

Sarah meinte, dass der Kommentar total schön wäre, aber ich dachte mir nur, Sarah ist 1,80 groß und wenn sie neben mir steht, muss sie schon zu mir runterschauen, damit unsere Augen auf der gleichen Höhe sind. Ich vermute, wenn Sarah sich auf die Wiese legen würde und ich meine Grashalme fresse, dann müssten unsere Augen auf der gleichen Höhe sein, aber wieso sollte das jetzt wichtig sein, wenn man miteinander kommunizieren will? Soll sich Sarah jetzt immer ein bisschen bücken, wenn sie mit mir spricht, damit unsere Augen auf der gleichen Höhe sind?

Ich glaube, so wortwörtlich kann das nicht gemeint sein, ich vermute, dass es etwas damit zu tun haben könnte, dass wir beide mit unseren Augen auch in die Höhe schauen können. Könnten wir das nicht, dann hätten wir ja auch keinen Blick für das große Ganze und dass die Höhe nämlich überhaupt nicht wichtig ist, sondern vielmehr der Boden, auf dem wir beide stehen, der uns immer wieder bodenständig darüber nachdenken lässt, dass nichts Anderes wichtig ist, außer dass wir uns haben!

Meine Freundin Josie stupste mich von hinten an, und ich sah, wie unser Bauer neues Heu auffüllte.
Ich blieb stehen, lud erstmal meine verdauten Grashalme ab und war in dem Moment mehr als zufrieden, dass mich keiner dabei störte und sich auch keiner vor mir bückte, um irgendwie auf der gleichen Augenhöhe mit mir sein zu wollen.

Liebe statt Hiebe

Ich streckte meine Nase ins Unterholz und hatte einen Geruch in der Nase, dass man hätte meinen können, irgendein junger Tannenbaum sei hier erst vor Kurzem entlanggelaufen und habe vor lauter Freude, dass er sich entwurzeln konnte, einen Tanz gemacht, genau an dieser Stelle. Vor lauter rhythmischen Bewegungen und dem Bewusstsein, dass der junge Tannenbaum seine Wurzeln vielleicht für kurze Zeit bewegen konnten, die ihn sonst schließlich immer fest an einem Ort hielten, verlor er vermutlich so viele Tannenadeln, dass diese hier alle so lose rumlagen und ich deshalb diesen Duft genau in diesem Moment in meiner Nase hatte.
Wie konnte man sich sonst erklären, dass hier überall Tannennadeln herumlagen, von denen bestimmt der Tannenduft ausging, aber um mich herum doch nur Kastanienbäume standen und keine einzige Tanne.
Sarah nahm den Duft auch wahr und wir beide genossen den Spaziergang und hörten dem Zwitschern der Vögel zu.

„Milan, einige Menschen, die unser Fahrradvideo gesehen haben, haben mich gefragt, wie viel Arbeit ich wohl in dich gesteckt habe, damit du so präzise auf meine Stimme hörst.

Ich freue mich immer noch über jede nette, berührende und interessante Frage von den Menschen, die uns auf unserem Profil im Internet folgen, aber diese Frage blieb länger in meinem Kopf als manch andere. Als ersten Impuls hätte ich am liebsten die Antwort gegeben: Ich habe überhaupt keine Arbeit in dich gesteckt. Dass diese Antwort die Menschen aber vermutlich nicht verstehen, bewegte mich dazu, dass ich noch gar nicht geantwortet habe.

Mit dem Wort „Arbeit" verbindet man doch gewöhnlich etwas Lästiges, Anstrengendes oder etwas, das man am liebsten sehr schnell erledigt hat, damit man zu den spaßigeren Dingen übergehen kann, oder?

Keine Sekunde, die ich je mit dir verbracht habe, war lästig, anstrengend oder so, dass ich sage, dass ich am liebsten schnell wieder ins Auto gestiegen wäre, damit ich bloß keine Zeit mehr mit dir verbringen muss. Im Gegenteil, jede Sekunde, die ich mit dir verbringen darf, erfüllt mich mit tiefster Zufriedenheit, Ruhe, Dankbarkeit und Stolz.

Arbeit muss man erledigen, hat ein gewisses Ziel, und wenn man Glück hat und die Arbeit gut macht, sein Ziel erreicht hat, wird man entlohnt. Mit dir muss ich doch überhaupt nichts erledigen. Gut, ganz strenggenommen, dann erledigen wir den Hufschmied zusammen, damit deine Hufe gesund bleiben; der Zahnarzt kommt mal vorbei und auch der Sattler schaut regelmäßig, ob der Sattel immer noch gut passt, aber ein gewisses Ziel, haben wir das?

Ich hatte mit dir nie ein wirkliches Ziel, mein Ziel mit dir war, wenn man es so nennen möchte, dass wir die Zeit zusammen genießen, dass du dich wohl in meiner Nähe fühlst und dass es dir gut geht.

Meine Entlohnung für die „hart getane Arbeit", dich zum Hufschied zu bringen oder dich zu putzen, damit du für den Frühling dein Winterfell schneller loswirst, war deine Anwesenheit, dein Dasein –, das ist meine Belohnung jedes Mal, wenn ich bei dir bin.

Du musst gar nichts können, du musst nicht mal zu mir kommen, wenn ich dich rufe, es erfreut mich, wenn ich dich sehe, wie du mit Josie und deinen Stallkameraden das Heu frisst und hin und wieder in die Ferne blickst.

Kein Moment, den wir bisher zusammen erlebt haben, ist für mich selbstverständlich, keine einzige Minute, und doch wurden mir bisher so viele unzählige wunderbare Momente mit dir geschenkt.

Das ganze Hegaugebiet haben wir erkundet, sind im Bodensee schon mehrmals schwimmen gewesen, haben tolle Touren im Schwarzwald gemacht und uns die Sterne angeschaut, sind durch die Wälder geradelt, im Unterholz rumgeklettert…

Hätte ich je erwartet, dass dies alles möglich wird, als ich dich damals, klein und zierlich, das erste Mal in der Herde an der Donau gesehen habe und du das einzige Fohlen warst, dass sich keine fünf Meter von seiner Mutter entfernt hat? Nein.

Ich habe gar nichts erwartet und jetzt sehe ich, was alles möglich geworden ist.

Wir sind unseren eigenen Weg gegangen, egal wo wir waren, es war unser eigener Weg.

Ein weiterer Kommentar einer Dame war: *„Du hast mit Milan wohl den 6er im Lotto und Milan mit dir!"*
Ja, ich habe den 6er im Lotto mit dir, aber nicht nur mit dir, sondern mit meiner ganzen Familie, zu der du ja auch gehörst! Ohne die Unterstützung meiner Familie und meinen langjährigen Partner hätte ich das Pferdehobby niemals so ausleben können, wie ich es bis heute tue.

Der 6er im Lotto sind mein Partner, meine Schwester mit ihrer Tochter, meine Mutter, mein Vater mit Josie und du, und deshalb fühle ich mich tatsächlich wie eine Lottogewinnerin.

Einen Partner zu haben, der es toleriert, eine Freundin zu haben, die in den meisten Fällen nach Pferd riecht, wenn sie nach Hause kommt, lieber ausreiten geht als Fenster zu putzen oder überhaupt aufzuräumen, den ganzen Urlaub meistens so plant, dass das Pferd überallhin mitkommen kann und die Fotobücher ausgeschmückt sind von 99% Pferdefotos, das muss man auch aushalten können. Ein Partner, der mir den Schlafsack bringt, wenn ich mal wieder irgendwo übernachte, weil ich das Gepäck nicht auf dich schnallen will, und der ganze 10 Liter Kanister irgendwelche Burgen hochschleppt, damit du genügend zu trinken hast, das ist ein einmaliges Geschenk!

Wenn ich meinen Vater nicht hätte, wäre ich nie entstanden, logisch, aber er war derjenige, der mir das Pferdehobby nähergebracht hat.
Auch wenn ich als Kind manchmal keine Lust hatte, in die Reitstunde zu gehen, weil es im Stall oft so kalt und matschig war, ist seine Leidenschaft zu den Pferden, die mein Vater hat, seitdem ich auf der Welt bin, auf mich übergegangen. Er hat mich nie gezwungen, sein Hobby lieben zu müssen, aber er hat mich durch seine eigene Begeisterung immer dazu angeregt, weitermachen zu wollen.
Er hat mich auf Turniere gefahren, auf denen wir zusammen abgelästert haben, wie furchtbar die Richter auf dem Platz mein reiterliches Können bewertet hatten, – obwohl, wie sollte ein Richter es denn anders bewerten als negativ, wenn das Pferd, auf dem ich ritt, plötzlich die Zierkräuter an den Hindernissen wegfraß und alle lachten?
Er hatte immer das beste Material in seinen Hängern, bis heute, mir fehlt es einfach an nichts – ja richtig gehört, Hänger im Plural, einen ganzen Materialhänger haben wir, in dem man vermutlich mehr Lederbändel findet als übriggebliebene Haferkörner.

Welches Kind hat wohl keine Freude daran, ein Rind spielen zu dürfen, indem es auf dem Sandplatz herumrennt, während der eigene Vater es auf dem Pferd sitzend einfangen will.

Er hat mich dazu animiert, den Anhängerführerschein zu machen, obwohl ich immer gesagt habe: ach, den brauch ich doch nicht, du kannst mich doch fahren! Dafür bin ich auch so unglaublich dankbar, denn jetzt, Milan, die ganzen Touren, die wir schon gemacht haben, bin ich gefahren, ich ganz allein!

Mein Vater, der Cowboy vom Bodensee, dessen Stute ihm entgegenrennt, wenn er mit seinem Auto von Weitem zu hupen anfängt, ohne ihn wäre ich nie an das wundervollste Hobby der Welt gekommen.

Meine Mutter genauso, auch ohne sie wäre ich nicht geboren und ohne ihre endlose Toleranz hätte ich, was das Pferdehobby angeht, meine Leidenschaft zu Pferden niemals so ausleben können, wie ich es bis heute tue.

Diese Leidenschaft hat sie immer unterstützt, indem sie mich schon so viele Kilometer durch die Gegend fuhr, als ich noch keinen Führerschein hatte, dass die Kilometerzahl bestimmt so viel beträgt, würde man die Fahrten in den Stall zusammenzählen, als wäre sie schon einmal um die ganze Erdkugel gefahren. Ihre Akzeptanz, dass meine Schwester und ich so gut wie jedes Tier nach Hause bringen durften, welches wir draußen im Garten gefunden haben, war unermüdlich.

Während meine Schwester und ich ganze Mäusescharen züchteten, von denen natürlich eine immer irgendwie abgehauen ist und auch mal in der Küche wieder aufgetaucht ist, bis hin zu Fröschen, die wir auf dem Balkon hatten, oder Nacktschnecken und Grashüpfern, die wir im Zimmer versteckten, hat sie unsere Leidenschaft zu Tieren und unser großes Interesse an der Natur nie untersagt oder verboten.

Welche Mutter kommt ins Zimmer und sagt, dass die große Tochter jetzt endlich mal aufhören solle mit Lernen, weil sie sich sorgte, dass ich zu viel Zeit mit unnötigem Vokabellernen verbringe, für meine Gesundheit solle ich doch lieber an die frische Luft gehen.

Genau das war es, was mich immer und immer wieder aus eigenem Antrieb dazu brachte, sowohl selbstständig für die Schule zu lernen als auch Reitstunden weitermachen zu wollen, weil ich nie gezwungen wurde oder mir nie Druck gemacht wurde.

Meine Eltern gaben mir immer das Gefühl, dass ich gut bin, wie ich bin und dass ich nichts Besonderes tun oder können muss, um von ihnen geliebt zu werden.

Das Gleiche will ich dir schenken, Milan, ich will dich auch zu nichts zwingen, du sollst es aus eigenem Interesse heraus probieren wollen, egal was wir tun, und wenn ich merke, dass du aus freien Stücken mit mir zusammen sein willst, dann werde ich dich, wie bisher auch, in all deinem Tun unterstützen.

Meine Schwester war nie so begeistert von den Pferden wie ich, aber dennoch hat sie immer Verständnis gezeigt, dass Papa und ich so viel Zeit zusammen im Stall verbrachten.

Meine Schwester ist die begabteste Schneiderin und die wunderschönste Frau, die ich kenne, die ich ebenso wie meine Eltern sehr bewundere, weil auch sie immer ihren eigenen Weg gegangen ist. Dass sie auch noch ein Kind auf die Welt gebracht hat und damit unsere Eltern zu stolzen Großeltern macht und mich zu einer stolzen Tante - was wollen wir denn noch mehr vom Leben?

Wenn meine Nichte erst mal alt genug ist, Milan, dann schnallen wir sie dir oben auf den Sattel und zeigen ihr all unsere Lieblingsstrecken im Hegau.

Ich erinnere mich auch noch, als meine Schwester und ich den Kutschenunfall mit Frisco, deinem Vorgänger, hatten.

Ich hätte mir so sehr gewünscht, dass ich mir damals den Arm gebrochen hätte, anstelle meiner Schwester, denn wie ungerecht kann es sein, dass meine Schwester, die sich mir zuliebe mal wieder überwand, mit in den Stall zu kommen, sich den Arm bricht und ich, die jeden Tag beim Pferd ist, auch schon einige Male heruntergefallen ist, immer heil geblieben bin – zumindest was die Stürze vom Pferd betrifft. Ich habe mir mal beim Fahrradfahren das Radiusköpfchen am linken Arm gebrochen, einfach weil es glatt auf der Straße war. Obwohl ich ein relativ gefährliches Hobby habe, da die Pferde sich jederzeit erschrecken oder durchgehen können, breche ich mir den Arm auf dem Weg zur Schule. Das ist doch merkwürdig, oder?

Ich hatte mich so gefreut, dass meine Schwester Interesse hatte, mit uns Kutsche fahren zu wollen und war so aufgeregt, weil ich so stolz auf Frisco war, dass ihm das Kutscheziehen solche Freude bereitete. Ich wollte meiner Schwester stolz zeigen, was für einen Spaß es macht, sich ziehen zu lassen. Es bestand tatsächlich auch die Hoffnung, dass, wenn meiner Schwester das Kutschefahren auch Spaß machen würde, wir öfter Zeit miteinander verbringen würden und sie doch wieder etwas mehr dazu motiviert werden könnte, hin und wieder mit zu den Pferden zu gehen, bis ausgerechnet an diesem Tag der Unfall passierte. Frisco erschrak sich in einer Kurve, er sprang unkontrolliert zwei Meter nach vorne, leider einen Meter zu viel, weil die Kutsche so genau in der Kurve hing und wir keine Möglichkeit hatten, das Kippen der Kutsche zu verhindern.
Ich sprang rechtzeitig ab, bevor die Kutsche zum Kippen kam, meine Schwester zwar auch, aber sie fiel so auf den Arm, dass ein Armbruch nicht zu verhindern war.
Frisco war so aufgeregt, dass ihm natürlich nichts Anderes in den Sinn kam, als davon zu rennen. Zu unserem Glück ist die Achse der Kutsche beim Kippen gebrochen, sodass Frisco nur einzelne Stangen, die an seinem Gespann befestigt waren hinter sich herzog, sodass ihm zum Glück nichts passiert ist, außer dass er einen riesigen Schrecken zu verarbeiten hatte.

So wunderschön das Hobby mit Pferd auch ist, besteht auch immer ein gewisses Risiko.

Das Pferd kann noch so ruhig sein, noch so gut folgen, noch so anständig sein, es kann immer Situationen geben, in dem das Pferd sich erschreckt oder so verhält, dass es denkt, sich durch dieses oder jenes Verhalten sein Leben retten zu müssen, was für den Menschen aber durchaus gefährlich sein kann, egal ob er auf dem Rücken des Tieres sitzt und reitet, Kutsche fährt oder wie ich, Fahrrad fährt.

Ja, Pferde sind keine Gegenstände, die auf Knopfdruck reagieren müssen, aber auch nicht auf Knopfdruck wieder beruhigt werden können, das sollte man nie vergessen und, egal was man tut, sich dessen bewusst sein.

Auch sollte man immer die Geschichte seines Pferdes kennen, also was es erlebt hat, denn auch die Geschichte eines Pferdes kann dazu beitragen, dass man dessen Ängste besser verstehen kann und eventuell auch einfühlsamer darauf einwirken kann.

- Alles gedeiht durch Liebe, nicht durch Hiebe -

Ja, vielleicht funktioniert manches mit einem Hieb bei euch Pferden mit einem Gertenschlag auf den Hintern schneller, aber es gedeiht nichts, während durch einen liebevollen Umgang das Vertrauen wächst und das Interesse euererseits, die Dinge aus freien Stücken machen zu wollen.

Wie der junge Tannenbaum, Milan, vielleicht hat sich der junge Tannenbaum wirklich gefreut, dass ihn seine Wurzeln mal nicht festhielten, aber ohne seine Wurzeln wäre er niemals gewachsen, dass er jetzt hätte auf Wanderschaft gehen können und seine Tannennadeln verlieren.

Sowohl du als auch ich wären beide nicht gewachsen, hätten wir nicht diese starken Wurzeln geschenkt bekommen – du durch dein behütetes Aufwachsen in deiner Herde und ich dank meiner fürsorglichen

Eltern – die uns jetzt vielleicht nicht mehr festhalten, aber uns zu dem haben heranwachsen lassen, was wir jetzt sind."

Ich streckte meine Nüstern weiter in das Unterholz und roch an dem frischen Moos, das ich unter den Tannennadeln fand.

Sarah erzählte sehr viel und wenn ich die Kernbotschaft für mich jetzt nochmal zusammenfassen müsste, verstand ich nicht recht, wenn Sarah doch gerne Rind spielt, dann würde ihre Nichte bestimmt auch Freude haben, wenn sie auf Sarah geschnallt werden würde und nicht auf mich, oder irre ich mich?

Hiebe lassen Liebe gedeihen? Oder gedeihen die Hiebe durch Liebe?

Haferkörner im Hänger werden von einer Mäusezucht bewundert oder bewundern die Haferkörner die Mäusezucht, weil der Lottogewinn die Entlohnung der nicht getanen Arbeit ist, die Sarah und ich täglich tun?

Lassen wir es bei den vielen Gedanken, Sarah hat schließlich selbst gesagt, dass die Antworten, die sie gerne spontan auf einige Fragen geben würde, von den meisten nicht verstanden würden, wie soll ich sie dann verstehen?

Der verlängerte Arm

Wenn Sarah mich mit der Gerte am Fuß berührt, dann ist das das Zeichen, dass ich ihn anheben soll. Wenn sie auf dem Rad sitzt und mit der Gerte wedelt, dann heißt das, dass ich noch ein bisschen warten soll, bis ich Gras fressen darf, und wenn Sarah mit mir spazieren geht und ich zu schnell laufe und sie überholen will, dann dient die Gerte als eine Art Schranke.

Ich glaube, bei vielen Menschen ist in den Köpfen, dass die Gerte dazu da ist, das Pferd anzutreiben, indem man dem Pferd einen Klaps auf den Hintern gibt.

In einigen Videos, von denen Sarah mir erzählt hat, die über Turniere berichten, ist auch zu sehen, dass die Gerte oft missbraucht wird und den Druck erhöht, damit das Pferd zum Beispiel über ein Hindernis springen soll.

Sollte eine Gerte dafür da sein, dem Pferd mehr Druck zu machen?

Sarah verwendet die Gerte als verlängerten Arm und ich finde, dass das Pferd keine Angst vor der Gerte haben sollte, genauso wie das Pferd keine Angst vor dem Satteln oder Aufzäumen haben sollte.

Wenn Sarah und ich hin und wieder Menschen beobachten, die auf dem Platz reiten, dann erkennt man gut, dass manche Pferde gewisse Dinge tun, weil der Mensch mit der Gerte droht. Wenn man so etwas sieht, kann man davon ausgehen, dass das Pferd den Befehl des Menschen nur deshalb ausübt, weil die Erfahrung sagt, wenn ich es nicht mache, dann kommt die Gerte. Sollte das das Ziel sein? Das Pferd pariert nur, wenn mit der Gerte gedroht wird?

Es gibt aber noch eine andere Art, die Gerte zu gebrauchen, die tatsächlich als Maßregelung gelten sollte, und zwar dann, wenn das Pferd die Grenzen des Menschen nicht achtet.

Welche Grenze hast du als Mensch? Und was sind deine klaren Signale, mit denen du deine Grenzen auch vor deinem Pferd verteidigst?

Sarah hat mir mal ein Beispiel gezeigt, wie sie reagiert, wenn ein Pferd ihre Grenzen missachtet und ich kann nur so viel sagen, ich hätte meine Grenzen in der Herde auch nicht anders gesetzt, – ja, ich hätte meine Grenzen sogar noch deutlicher gezeigt als Sarah, die das Pferd, das ihr ungefragt und aufdringlich zu nahe kam, energisch mit ein paar Gertenklapsen rückwärts von sich wegschickte.

Sarah hat ihren Raum verteidigt und das Pferd ist wiederholt und unerwünscht in ihren Raum eingedrungen und ihr dabei zu nahe gekommen. Wenn also eine deutliche Körpersprache nicht hilft, dann kann die Gerte tatsächlich ein Hilfsmittel sein.

- Hilfsmittel – so etwas brauchen tatsächlich nur Menschen. Stellt euch mal vor, wenn ein neues Pferd in die Herde kommt und ich mein Heu verteidigen müsste, indem ich mit einer Gerte hin und her wedle. Die anderen Pferde würden mich vermutlich aus der Herde aussortieren, weil sie denken würden, ich sei kein Pferd, aber ich verstehe schon, Sarah und die anderen Menschen haben nicht so eine körperliche Statur, dass sie plötzlich mal austreten könnten, wenn ihnen etwas nicht gefällt. Und schließlich haben die Menschen auch nur zwei Beine, würden sie austreten, würden sie ziemlich schnell auf der Nase landen.

Habt ihr Menschen uns in der Herde mal beobachtet, wie wir unter uns Pferden unsere Grenzen setzen? Sehr gut kann man beobachten, wie die verschiedenen Rangordnungen geklärt werden, wenn ein neues Pferd in die Herde kommt.

Wir legen die Ohren an, laufen selbstbewusst auf das jeweilige Pferd zu, das uns aus dem Weg gehen soll, und wenn wir mit diesem Verhalten bei dem anderen Pferd keine Reaktion erreichen, dann wird gebissen und getreten.

Wir sind nicht zimperlich miteinander, man sieht dieses robuste Verhalten nur nie, weil, wenn die Rangordnung erstmal festgelegt ist, dann sind die meisten Herden eigentlich ruhig und friedlich.

Wir Pferde sind nicht nachtragend oder sauer aufeinander, wir klären deutlich unsere Stellung und unseren Rang und derjenige, der das nicht akzeptieren will, ja, nur derjenige, der bekommt eben auch mal einen Tritt ab.

Die Herde gibt uns Sicherheit und Schutz. Der Anführer hat die Aufgabe, seine Herde zu beschützen und wenn der Mensch es schafft, ein Anführer zu werden, der seinem Pferd ebenso Sicherheit und Schutz bieten kann, dann wird es nie eine Diskussion geben, dass man als Mensch die Gerte so gebrauchen muss, um seine Grenzen gegenüber seinem Pferd aufzuzeigen.

Der Fehler, der aber häufig gemacht wird, ist der, dass der Mensch dann sauer auf sein Pferd ist, weil er denkt, das Pferd habe den

Menschen nun absichtlich ärgern oder provozieren wollen, indem das Pferd die Grenzen des Menschen nicht gewahrt hat.

Nein, niemals machen wir Pferde irgendetwas, um euch Menschen ärgern zu wollen.

Wir wollen euch gefallen; das Verhalten oder das Missverständnis in Bezug auf die Deutung einer Grenze kommt nur daher, wenn der Mensch nicht konsequent in dem ist, seine Grenzen immer zu verteidigen und deutlich zu kommunizieren.

Ein Beispiel: Viele Menschen wollen nicht, dass ihr Pferd während eines Spaziergangs frisst.

Stellt euch vor, ein Mensch geht mit seinem Pferd allein spazieren, ist konzentriert auf sein Pferd und kann dem Pferd deutlich signalisieren, dass es nicht gewünscht ist, wenn das Pferd in diesem Moment ungefragt, frisst, indem er am Strick zieht oder das mit der Stimme verdeutlicht.

Jetzt hat der Mensch aber auf dem Weg jemanden getroffen, den er kennt, konzentriert sich also nicht mehr so auf sein Pferd und lässt ihm ein paar Mal durchgehen, dass es ein paar Grashalme zupft, weil das Gespräch mit dem Mitwanderer vielleicht nicht unterbrochen werden soll, um das Pferd zu maßregeln.

Was versteht das Pferd? - „Ach, dann ist es doch ok, wenn ich ab und zu fresse, also probiere ich es als Pferd gleich nochmal, denn das Gras schmeckt schließlich so lecker." -

Der Mensch merkt, das Pferd frisst häufiger, als er es eigentlich will, wird sauer und dann kommt ein überschwänglicher Klaps mit der Gerte, als Zeichen, dass der Mensch wieder seine Grenzen wahren möchte!

Das Pferd wird garantiert verwirrt sein. Daher frage ich euch: Findet ihr nicht auch, dass das Verhalten des Menschen unverständlich ist? Denn ein paar Male davor hat der Mensch doch seine Grenze nicht deutlich gemacht, weil er in einem Gespräch vertieft war.

Ja, ihr Menschen seid eben auch nur Menschen, und man schafft es vermutlich nicht als Mensch, immer und zu jeder Zeit perfekt zu reagieren. Ihr seid ja auch keine Wesen, die auf Knopfdruck reagieren sollen. Aber ich gebe euch den Rat, wenn ihr vor allem ein junges Pferd ausbildet, dann seid die ersten Jahre ganz klar und deutlich und vor allem konsequent.

Geht lieber einmal weniger mit eurem Pferd spazieren und trefft eure Bekannten, ohne uns mitzunehmen, und konzentriert euch besonders am Anfang ganz haargenau auf euch und euer Pferd, dann braucht ihr die Gerte in Zukunft wirklich nur als Verlängerung eures Armes und nicht als Druckmittel, um eure Grenzen immer und immer wieder deutlichzumachen.

Sarah streichelte mich und verstand mich sehr gut, das spürte ich. Sie sagte folgendes: „Milan, auch unter uns Menschen ist es sehr wichtig, konsequente und klare Grenzen zu setzen, ich erkläre es dir.

Wir hantieren unter uns Menschen zwar nicht mit einer Gerte herum, um unsere Grenzen deutlich zu machen, aber wir Menschen neigen oft dazu, dass wir den anderen die Schuld in die Schuhe schieben für unsere Situation oder unsere Gefühle, obwohl die anderen eigentlich über unsere Gefühle oder unsere Lage, in der wir uns befinden, überhaupt keine Kontrolle haben dürften, - dazu müssten wir Menschen jedoch fähig sein, unsere Grenzen richtig zu signalisieren, und uns dafür einsetzen, dass diese Grenzen auch respektiert werden. Ich glaube tatsächlich, Milan, dass Menschen teilweise ihre Grenzen nicht nur bei euch Pferden nicht konsequent setzen können, sondern auch nicht bei anderen Menschen, was vielleicht eine Erklärung dafür sein könnte, dass immer und immer wieder so viele Missverständnisse passieren, sowohl im Umgang mit Menschen als auch mit euch Pferden.

Ich gebe dir ein Beispiel: Eine Freundin von mir kommt immer und immer wieder zu spät, jedes Mal ärgere ich mich, dass sie mich warten lässt. In mir habe ich die Gedanken, dass es unverschämt ist, dass sie mir meine Zeit stiehlt, dass ich so etwas selbst nicht machen würde und mein Ärger ist in mir drin. Das sind meine Gefühle, habe ich recht?

So, wer, außer mir, kann meine Gefühle jetzt ändern?

Meine Freundin? Soll die meine Gefühle ändern? Weil ich es ihr schon wiederholt gesagt habe, dass mich ihr Zuspätkommen nervt und sie trotzdem zu spät kommt, ändert sie meine Gefühle sicherlich nicht, im Gegenteil, ich werde noch genervter, da ich ihr schon wiederholt gesagt habe, dass mich ihr Verhalten nervt.

Ich möchte jetzt Herrin meiner Gefühle werden, indem ich mir überlege, was ich tun kann, damit ich mich gut fühle und mich nicht mehr über das Verhalten meiner Freundin ärgere.

Ich fühle mich gut, wenn ich klar kommuniziere, was ich will und deutlich mache, wie ich mich in Zukunft verhalten werde, damit ich selbst verantwortlich bin und mich weniger ärgern muss. Ich möchte nicht weiterhin meiner Freundin die Macht geben, dass sie mich immer und immer wieder neu verärgert, indem sie ihr Verhalten nicht ändert. Wenn aufgrund meines klaren Kommunizierens keine Handlung des Gegenübers stattfindet, meine Freundin also weiterhin zu spät kommt, dann muss ich ihr meine Grenze mitteilen. Ich sage also: Liebe Freundin, hör zu, ich habe dir schon mehrmals gesagt, dass ich nicht auf dich warten möchte, du kommst meiner Bitte nicht nach, aus welchen Gründen auch immer, ich werde in Zukunft nicht mehr auf dich warten, ich werde dir einen Puffer geben von 10 Minuten, wenn du diesen überschreitest, fahr ich wieder nach Hause oder starte die geplante Unternehmung allein.

Jetzt könnte man vielleicht denken, ich bin streng, das kann man doch nicht machen.

Warum nicht? Meine Freundin verärgert mich und ich will mich nicht verärgern lassen, also muss eine konsequente Handlung her, die verdeutlicht, dass hier meine Grenze ist.

Ich will nicht sauer auf meine Freundin sein, ich will mich aber auch nicht über sie ärgern müssen, deshalb ist das, was ich tun kann, meine

Grenze zu setzen und diese konsequent durch mein Handeln zu verteidigen.

Genauso mache ich es mit dir, Milan, ich liebe dich von Herzen und du bist so ein achtsames und sensibles Wesen, ich musste noch nie streng meine Grenzen bei dir durchsetzen, aber wenn du zum Beispiel kurz vor dem Überqueren einer Straße den Anschein machst, dich nicht konzentrieren zu wollen, plötzlich lostrabst, wenn ich neben dir laufe, dann muss ich dir klar die Grenze aufzeigen, indem ich dich zum Beispiel rückwärtslaufen lasse, damit klar ist, dass man in der Nähe einer befahrenen Straße nicht ungebeten anfängt zu traben. Es dient unserer, vor allem deiner, Sicherheit, dass ich deutlich und klar bin in meinen Handlungen, dass manches Verhalten, in manchen Situationen, einfach nicht tolerierbar ist.

Ich versuche, es dir einfach zu machen, indem ich versuche, konsequent zu sein, damit du nicht unterscheiden musst, das ist jetzt eine Straße, da darfst du antraben und das ist eine Straße, da darfst du es nicht. An jeder Straße sollst du Schritt laufen und nicht ungebeten antraben, das ist unsere Regel, genau wie unsere Regel, dass, wenn ich aufsteige, nicht direkt losspaziert wird, sondern du wartest, bin ich sitze und erst noch ein paar Minuten stehen bleibst, bevor es losgeht, weil auch das meiner Sicherheit dient.

Konsequenz bietet doch auch Sicherheit und schafft Vertrauen, du kannst dich auf mein Wort verlassen und musst nicht immer wieder neu rätseln, wie mein Kommando heute gemeint ist, wenn es gestern noch anders war."

- Sarah ist streng? Könnte man das wirklich denken? Sarah ist nicht streng, Sarah ist klar und ich verstehe ihre Klarheit.
Konsequenz ist ein schwieriges Wort, es klingt nach Frequenz, was ich schon mal gehört habe, aber auch nicht mehr weiß, was es bedeutet.
Und wie immer, wenn ich über Sarahs Erzähltes nachdenke, fällt mir auf, dass die Menschen und ihre Kommunikation ein Mysterium sind,

das, glaube ich, die Menschen selbst nicht verstehen. Es wird etwas gesagt, was vom anderen oft nicht verstanden wird; vielleicht sollten die Menschen auch unter sich Hilfsmittel verwenden, damit sie sich besser verstehen können.

Wieso probiert es Sarah nicht mal, die Gerte mitzunehmen, wenn ihre Freundin wieder zu spät kommt, aber diese sollte sie bei ihr dann genauso konsequent anwenden wie bei mir, sonst wird es vermutlich auch bei ihr keine Verhaltensänderung geben.

Der Pferdelohn

„Milan, weißt du was, ein Pferdefutterhersteller hat mich angeschrieben und eine Firma, die Pferdewippen herstellt.

Die Pferdefutterfirma fragte an, ob ich Interesse daran hätte, wenn sie mir für dich regelmäßig Leckerli schicken dürften, in den süßesten Formen und tatsächlich zuckerfrei, ich diese im Gegenzug hin und wieder auf meinem Profil zeigen könnte.

Auch der Wippenhersteller meinte, er würde uns eine Pferdewippe zukommen lassen, die wir behalten dürften, wenn ich auch da hin und wieder ein Video von dir machen würde, wie du auf der Wippe stehst. Das ist absolut Wahnsinn, denn die sind nur auf uns aufmerksam geworden, weil immer noch so viele Menschen dein Fahrradvideo anschauen und immer mehr Menschen unserem Profil folgen und Interesse an uns haben.

Du magst Leckerli und für deine Gesundheit ist eine Pferdewippe auch etwas Gutes, da können wir doch nicht Nein sagen!"

- Ich müsste auf diese Pferdewippe, was auch immer das sein soll, um Leckerli zu bekommen, war es das, was Sarah mir eigentlich sagen wollte?

Ihr Menschen sagt, dass man uns mit Leckerli belohnen würde, aber wofür denn eigentlich?

Es gibt Menschen, die füttern uns einfach so, ohne dass es für uns Pferde einen Sinn macht. Einfach Leckerli zu bekommen, ohne dafür etwas tun zu müssen, das ist natürlich toll. Wer hat nicht gerne einen kleinen Snack für zwischendurch?

Das Problem ist nur, wenn das Pferd nicht versteht, dass es vom Menschen oft nicht gewollt ist, wenn das Pferd dann nach dem Leckerli bettelt und plötzlich anfängt in irgendwelchen Jackentaschen danach zu suchen. Manche Pferde werden auch aufdringlich, stupsen den Menschen an und fordern immer wieder mal, wieder etwas zu bekommen. Dass es so weit kommen kann, hängt damit zusammen, dass auch hier wieder die Grenzen nicht klar und deutlich gesetzt werden. Das Pferd sollte nicht plötzlich anfangen zu schnappen, weil es denkt, es wäre mal wieder an der Zeit, ein Leckerli zu bekommen.

Sarah sagt immer, Leckerli sollten nicht einfach so gegeben werden, schon gar nicht Pferden, die danach betteln. Die Motivation, weshalb ein Pferd etwas tut, sollte doch nicht die sein, dass es nur für die Belohnung irgendetwas tut, sondern dass es Freude an dem hat, was es machen soll.

Ebenso meint sie, dass es auch nicht schön sei, wenn das Pferd nur dann schneller läuft, wenn es weiß, dass es sonst einen Gertenhieb bekommt. Leckerli und Gertenhiebe sollten nicht der Beweggrund sein, welche das Pferd antreibt, etwas zu tun.

- Also ich finde schon, dass es toll ist, wenn ich einfach so ein Leckerli bekomme, und wenn Sarah schon von Beweggründen spricht, ich brauche keinen Grund für meine Bewegung, wenn das Heu vor mir liegt. Was hat Sarah schon wieder für seltsame, komplizierte Überlegungen und was hat jetzt diese Gerte mit Leckerli zu tun? Kann man die Gerte etwa auch fressen oder bietet der Leckerli-Shop Leckereien in Gertenform an? Die würde ich dann gerne mal probieren.

Sarah gibt mir schon hin und wieder ein Leckerli oder ein Stückchen Karotte oder Apfel; die beste Belohnung für mich ist aber tatsächlich immer die Ruhe. Wenn wir zum Beispiel etwas konzentriert auf dem Platz machen und Sarah merkt, dass ich mich so langsam nicht mehr konzentrieren kann, dann ist die beste Belohnung für mich, aufzuhören und auszuruhen.

Oder wenn wir eine Mehrtagestour gemacht haben, ich einiges erlebt habe oder einige Male in den Hänger einsteigen musste, dann habe ich den darauffolgenden Tag immer frei.

Ebenso ist eine großartige Belohnung immer die, wenn ich Übungen machen darf, die mir sehr viel Spaß machen. Das Anheben eines meiner Beine oder einfach freies Rumspazieren im Wald, das sind Belohnungen, die für mich tatsächlich wichtiger sind als Leckerli.

Wenn ich etwas Neues gelernt habe oder auch immer, wenn ich wieder zu Sarah zurückkomme, zum Beispiel wenn wir Waldspaziergänge machen und ich frei entscheiden darf, wohin ich gehen will, dann bekomme ich ein Leckerli, das weiß ich auch inzwischen.

Für Spielereien auf der Weide sind Leckerli auch etwas Großartiges. Sarah hat damals, als ich noch jünger war, manchmal welche auf der Weide versteckt, mal unter ein paar Grashalmen, mal hinter einem Baum. Sarah lief immer kreuz und quer über die Weide, versteckte irgendwo etwas für mich und zeigte dann mit ihrem Finger auf den Boden und ich verstand schnell, dass sie mir etwas zeigen wollte. Das motivierte mich nur noch mehr, dass ich da hinrennen wollte, wo Sarah eben diese Leckereien versteckt hatte, und es forderte mich heraus, diese auch finden zu wollen.

Für uns Pferde ist das Loben und Belohnen sehr wichtig, damit wir Freude an unserem Tun haben. Ein Pferdelohn kann auch durch die menschliche Stimmlage ausgedrückt werden, wenn Sarah sich zum Beispiel über etwas freut, was ich mache, dann hört sich ihre Stimme etwas höher an und das signalisiert mir sofort, dass ich etwas gut

gemacht habe. Wenn Sarahs Stimme aber eher tief klingt, dann weiß ich inzwischen auch schon, dass ihr irgendetwas nicht gefallen hat.
Loben motiviert, bestätigt und führt zu mehr Freude an der Arbeit.
Ist es denn bei euch Menschen anders?

Nachdem Sarah vor lauter Freude wieder so viel auf einmal sagte, wechselte sie von dem Thema Leckerli plötzlich zur Pferdewippe.
„Milan, die Pferdewippe ist super, die trägt zu deiner Gesundheit bei, und ich bin mir sicher, das wird ideal sein, um ein bisschen Abwechslung in unseren Alltag zu bringen.
Durch das Stehen auf der Wippe stabilisierst und kräftigst du deinen Rücken, und gut fürs Gleichgewicht ist solch eine Übung auch. Ich freue mich sehr, dass wir so wunderbare Angebote bekommen, die zu deinem Wohlbefinden beitragen."

Sarah streichelte mich und ich merkte durch ihr unstrukturiertes Erzählen, dass sie freudig war, meist erzählt sie mir dann immer sehr viel, manchmal auch so viel, dass ich mich so lange nicht konzentrieren kann, um alles zu verstehen, was sie mir mitteilen will, aber es braucht in den meisten Situationen gar nicht viele Worte, damit wir uns verstehen. Es reicht unser gegenseitiges Wahrnehmen, wie der andere sich fühlt, und das nehme ich meistens schon wahr, wenn Sarah noch gar nicht in meiner unmittelbaren Nähe ist, sondern noch dabei ist, auf mich zuzulaufen.

Die „Blade-of-grass-Methode"

Sarah und eine gute Freundin namens Rahel, bei der ich und Josie auch schon auf der Sommerweide im Schwarzwald waren, schickten sich Sprachnachrichten hin und her und Sarah erzählte Rahel, dass es nach Wochen, nachdem sie das Fahrradvideo hochgeladen hatte, immer noch nicht aufhört, auf ihrem Profil ruhiger zu werden, im Gegenteil, hunderte Nachrichten täglich, unzählige Fragen, Kommentare und Liebesbekundungen, dass ich das süßeste Pferd sei, das die Menschen anscheinend im Internet je gesehen haben.

Ich hörte die ganzen Sprachnachrichten auch, ich hatte gar keine Wahl, denn wir übten gerade, dass ich im Hänger einfach ein bisschen verweilen sollte, ohne dass Sarah irgendetwas von mir forderte. Ich sollte einfach nur im Hänger stehen und ein bisschen Heuhalme fressen. So verkaufte mir Sarah die heutige Übung, ich vermutete aber eher, dass sie so vertieft war in die Sprachnachrichten mit Rahel, dass es sich nur um weitere Stunden handeln konnte, bis die Hängerübung für heute wohl beendet werden würde.

Abwechselnd fingen beide immer wieder an, über die jeweiligen Nachrichten des anderen zu lachen, weil sie sich immer weiter hineinsteigerten, was wohl in Zukunft passieren wird, wenn die Followerzahlen weiter steigen werden.

Mögliche Schlagzeilen dichteten sie sich zusammen und konnten gar nicht mehr aufhören über sich selbst und die ganze Situation lachen zu müssen.

Folgende Schlagzeilen dachten sie sich aus:

„Sarah H., die neue Pferdeflüsterin aus dem Hegau" oder

„Wunderpferd entdeckt: Ohne Reitlehrer ausgebildet, aber hört dennoch besser als jeder Hund, wie kann das sein?"

„Die neue Methode, Pferde auszubilden – Du brauchst einfach nichts außer ein Pferd und dich selbst" oder „Der neue Pferdeguru, ab jetzt buchbar."

Nachdem sich die zwei wieder etwas beruhigt hatten, entschied Sarah dann endlich, dass die Hängerübung für heute beendet sei, sie führte mich aus dem Hänger und ich trottete ihr mit meinem Heubauch hinterher.

Am nächsten Tag kam Sarah wieder mit dem Handy in der Hand zu mir in Stall und erzählte mir lachend: „Milan, Rahel und ich haben eine Idee, also wir haben eine Lösung gefunden, wie wir auf alle Fragen deiner Follower antworten können mit nur einer Methode, die alles erklären wird, was deine Fans wissen wollen."

- Was sind Fans? Was ist eine Methode? Welche Fragen? Was ist eine Idee?

Ich verstand überhaupt nichts und ich vermutete, falls wir die Hängerübung heute nochmal wiederholen würden, würde diese auch nicht weniger lang gehen als gestern. Ich atmete tief ein und aus.

„Milan, Rahel und ich haben eine Methode erfunden, die Blade-of-grass-Methode.

Die Methode muss einen englischen Namen haben, weil sich englisch schließlich noch innovativer anhört, auf Deutsch klingt sie zu langweilig, einfach die Grashalmmethode, aber die Blade-of-grass-Methode, das hört sich doch genial an, oder findet du nicht?

- Nach welcher Reitkunst hast du Milan ausgebildet?
- Wie schaffst du es, dass dein Pferd so freudig ist?
- Wie kann eine so tolle Bindung entstehen zwischen Mensch und Pferd?
- Wie trainierst du dein Pferd, dass es mit dir solche Touren macht?
- Welche Anleitung gibt es, dass man sein Pferd so erziehen kann, wie du es gemacht hast?
- Wie schaffst du es, dass dein Pferd immer so entspannt ist?
- Hast du ein Geheimrezept für alle Pferdemenschen, wie man ein Pferd ausbilden sollte?

Ja, Milan, genau diese Fragen kommen täglich in hundertfacher Ausführung und ich glaube, durch die nun beschriebene Methode, könnten wir allen lieben Menschen da draußen eine Antwort auf all ihre Fragen geben. Hör genau zu, Milan, und sage mir, ob du zustimmen würdest, dass diese Methode genau das beschreibt, was im Umgang und für den Vertrauensaufbau mit einem Pferd wichtig ist."

- Zunächst einmal überlegte ich mir, was überhaupt eine Methode sein sollte und warum wir jetzt auch noch in anderen Sprachen sprechen mussten. Damit diese Methode etwa von niemandem verstanden wird oder sollte diese Methode nur von Engländern verstanden werden? Ich dachte eigentlich, dass das Sprechen miteinander, vor allem unter den Menschen, doch eh schon so schwierig sei, wieso dann noch fremde Sprachen in diese Methode bringen? Ich hörte Sarah aufmerksam zu und war neugierig, wie man mit der englischen Sprache alle Fragen auf einmal beantworten könne. Während ich noch darüber nachsann, sprach Sarah schon weiter:

„Gras wächst nicht schneller, wenn man daran zieht. – Dieses Zitat habe ich damals in einer Qigong-Stunde aufgeschnappt, und je länger ich mir darüber Gedanken mache, desto mehr bin ich davon überzeugt, dass man diesen Satz auf die ganze Pferdeausbildung anwenden kann. Ich werde dir erklären, was ich damit meine.

Was braucht Gras, damit es wachsen kann?
Es braucht äußere Umstände, wie beispielsweise das Wetter, einen nahrhaften Boden und eine gewisse Pflege.
→ Ihr Pferde braucht auch äußere Umstände, damit ihr euch entfalten und entwickeln könnt, und wenn man mit den Grundbedürfnissen anfängt, dann braucht ihr einen Stall, der euch genügend Auslauf schenkt, Artgenossen, Heu und Wasser.

Damit der Grashalm zu einem schönen grünen Halm heranwachsen kann, dass man seine Schönheit auch sehen kann, sollte seine Wurzel gesund und kräftig sein, denn selbst wenn mal jemand auf dem Grashalm steht und diesen dann zu Boden drückt oder ihn vielleicht abrupft, kann der Grashalm sich wieder aufrichten oder wieder nachwachsen.

→ Damit ihr Pferde eure Schönheit zur Geltung bringen könnt, braucht es ein Grundvertrauen in einen Menschen, der euch ausbildet, welches ich als Wurzel beschreiben würde. Das Pferd sollte durch eine solide Grundausbildung lernen, sich selbst und seinem Besitzer vertrauen zu können und der Besitzer sollte alles dafür tun, damit das Pferd lernt, sich selbstbewusst, nicht unterdrückt zeigen zu dürfen, sonst wird seine Schönheit nie in voller Pracht zur Geltung kommen.

Wenn der Mensch auch mal Fehler macht, was jeder Mensch vermutlich tut, das Pferd aber ein Grundvertrauen in den Menschen hat, hindern einzelne, kleine Fehler des Menschen das Pferd nicht daran, sich in seiner Schönheit entwickeln zu können.

Je mehr man den Grashalm pflegt, desto schneller wächst er.

→ Je mehr Pflege ihr Pferde bekommt und je mehr Zeit man euch schenkt, desto schneller entwickelt ihr euch zu selbstbewussten Lebewesen. Man sollte aber bedenken, dass nicht jeder Grashalm gleich schnell wächst, genau wie ihr Pferde auch eure individuelle Zeit braucht, um euch entwickeln zu können.

Noch nie hat man Gras allein, ganz einzeln irgendwo wachsen sehen, Grashalme sind immer umgeben von vielen anderen Grashalmen.

→ Auch ihr Pferde lebt nicht allein, sondern seid Herdentiere, ihr braucht eure Artgenossen, die euch Schutz und Sicherheit bieten. Pferde sind soziale Tiere, die in einer Herde aufwachsen und leben sollten, dieses gehört zu der Erfüllung ihrer Grundbedürfnisse.

Es gibt verschiedene Grasarten, die je nach Art unterschiedliche Bedingungen brauchen, damit sie gut gedeihen können.

→ Auch unter euch Pferden gibt es verschiedene Rassen, die unterschiedliche Charakterzüge und Vorlieben aufweisen, die man ebenfalls berücksichtigen sollte, wenn man sich ein Pferd kauft und mit diesem seine Zeit verbringen möchte.

Kaltblüter sind zum Beispiel eher die gelasseneren Pferde, während Araber einen ganz anderen Gang und ein völlig anderes Temperament haben.

Woher stammt mein Pferd? Ist die Ursprungszucht tatsächlich aus wärmeren Ländern, dann ist es doch klar, dass dieses Tier im Winter andere Bedürfnisse hat als ein Pferd, das vielleicht aus Norwegen kommt und im Winter sicherlich nicht eingedeckt werden muss, damit es nicht friert.

Wenn man einen Grashalm unbedacht abzupft und meint, man könne ihn in ein Glas Wasser stellen und er würde dann auch weiter blühen, dann wird man schnell merken, dass ein Grashalm schon wenige Sekunden später verwelkt, wenn ich ihn von seiner Wurzel trenne.

→ Wenn man euch Pferde einfach unbedacht von einem Ort zum anderen stellt, immer wieder weiterreicht, euch von einer Bezugsperson zur nächsten schickt, dann wird man euch anmerken, dass ihr eine gewisse Leichtigkeit verliert. Pferde bauen auch eine Verbindung zu ihren Besitzern und ihrer Herde auf, weshalb man euch nicht in kürzesten Abständen von einem zum nächsten reichen sollte.

Nicht jeder Grashalm ist gleich!

→ Auch nicht jedes Pferd ist gleich. Wenn man ein Pferd hat oder hatte, heißt es nicht, dass man alle Pferde kennt. Pferde sind individuelle Wesen, wie wir Menschen auch, die unterschiedliche Erfahrungen in ihrem Leben gemacht haben, auf die man unterschiedlich eingehen sollte, besonders wenn es unschöne Erfahrungen waren, die ein Pferd machen musste. Pferde unterscheiden sich in ihren Vorlieben, in ihrem Wesen und in ihrem Handeln. Jedes Pferd ist einzigartig.

Dass Grashalme wachsen und ihr schönes Grün zum Vorschein bringen, ist nicht selbstverständlich, denke man nur an die Wüste, in der gar keine Grashalme wachsen.

→ Es sollte nicht als selbstverständlich gesehen werden, dass man Kontakt mit einem Pferd haben darf, egal in welcher Form. Pferde sind genau wie alle anderen Tiere ein Geschenk des Himmels, die mit Behutsamkeit, Wertschätzung und Respekt behandelt werden sollten. Jedes Tier sollte als Leihgabe Gottes gesehen werden, nicht als Eigentum, denn ist das Bewusstsein dafür da, dass Tiere nur ausgeliehene Engel sind, die wir Menschen für kurze Zeit auf Erden kennenlernen dürfen, würde mancher Mensch vielleicht etwas behutsamer mit ihnen umgehen.

So und nun der für mich wichtigste Punkt: Gras wächst nicht schneller, wenn man daran zieht.

→ Unter Druck und Zwang kann es sein, dass ein Pferd schneller funktioniert, jedoch entsteht Vertrauen niemals durch Zwang und Druck.

Sollte die Motivation eines Pferdes nicht daraus entspringen, dass es Freude an den gestellten Aufgaben hat und dass es freiwillig mitarbeiten möchte? Wenn man aber als Mensch sein Pferd als Gegenstand betrachtet, von dem man erwartet, dass es funktionieren muss, wird nie eine Freundschaft zwischen Mensch und Tier entstehen, die es ermöglichen würde, dass man gemeinsam zusammenwachsen kann.

Freundschaft und Vertrauen entstehen nicht durch Druck und Zwang, sondern in dem Erkennen, welche Bedürfnisse der andere hat und in dem Willen, auf die Bedürfnisse des anderen eingehen zu wollen, damit eine Einheit entstehen kann, die alles möglich machen kann.

Wahrnehmung, Empathie, Zeit, Geduld und Liebe sind meiner Meinung nach die Grundpfeiler, wenn man sein Pferd als einen Freund gewinnen möchte und diese Grundpfeiler des Vertrauens sind jeden Tag aufs Neue zu pflegen, sonst kann das aufgebaute Vertrauen zueinander genauso schnell eintrocknen wie ein Grashalm, der nicht genügend Wasser bekommt!"

- Ich hörte Sarahs Worten zu und ich muss sagen, ich verstehe immer noch nicht, was eine Methode sein soll, aber da ich so oft das Wort Grashalme gehört habe, kann diese Methode nichts Schlechtes sein.
Was fressen Grashalme eigentlich? Diesen einen Punkt würde ich noch hinzufügen wollen, denn wie wichtig für uns Pferde die Grashalme sind, müsste man irgendwie auch noch erwähnen, und da Sarah uns ja irgendwie mit Grashalmen vergleicht, müsste man nochmal recherchieren, ob Grashalme denn auch irgendeine Vorliebe haben, was sie gerne fressen.
Und außerdem sollten die Menschen nie vergessen, ihr Pferd ausgiebig und intensiv dafür zu loben, wenn sie etwas gut gemacht haben, denn auch daraus entstehen Motivation und Kommunikation. Durch das Loben fühlen wir uns verstanden und darin bestätigt, dass wir etwas richtig gemacht haben. Die Belohnung kann ja dann sein, dass wir ein paar Grashalme zupfen dürfen.

Glück folgt

„Milan, was ist jetzt eigentlich Erfolg?" Sarah grübelte und drehte den Deckel auf ihrer Plastikflasche auf und zu.
„Erfolg unter uns Menschen bedeutet, dass man ein gewisses Ziel, welches man sich vorgenommen hat, zu erreichen, auch erreicht hat. Meistens wird das Erreichen des Ziels dann von Außen anerkannt durch Urkunden, Preise, Zeugnisse oder Geld.

Was aber, wenn man sich ein Ziel setzt, das von außen vielleicht gar nicht erkannt oder gesehen wird, weil es vielleicht gar nicht richtig messbar ist? Ist man dann weniger erfolgreich, weil man keine Anerkennung dafür bekommt?

Glücklichsein zum Beispiel, kann man den Grad des Glücklichseins daran messen, dass man sagen kann, der hat den Grad des Glücklichseins erreicht, deshalb gratulieren wir zu diesem Erfolg?

Ich hatte immer das Ziel, glücklich sein zu wollen. Jeden Tag aufs Neue tue ich alles dafür, dass ich mit dir dieses Ziel erreiche.
Ich will, dass du glücklich bist, dass du freudig und motiviert bist, wenn wir zusammen losziehen, denn wenn du es bist, dann bin ich es nämlich auch.
Inwiefern wir dieses Ziel tatsächlich täglich erreichen oder nicht, sieht vermutlich keiner von außen, denn nur wir beide können entscheiden, ob wir unser Ziel erreicht haben und inwieweit wir das Gefühl des Glücks und der Freude nun als Erfolg verbuchen wollen.

Unser Erfolg, das Glücklichsein, begleitete uns auf all unseren Wegen, die wir bisher zusammen bestritten haben und für unseren Erfolg braucht es weder Likes auf Instagram, Tausende von Followern noch irgendwelche Urkunden oder Preise.
Das innere Fühlen, sich selbst und den anderen fühlen zu dürfen, und nach diesem Gefühl weitere Wege auszuwählen, die wir gemeinsam gehen wollen, gesund, in Freiheit und Verbundenheit – einen größeren Reichtum kann es für mich nicht geben. Dieser Reichtum, den wir uns über die Zeit geschenkt haben, ist von keiner äußeren Meinung, keinem Geschenk, keinem Geld oder einer Gruppe von Personen abhängig.
Solange uns das Glück folgt, werden wir Erfolg haben."

- Glück kann auch folgen? Kann man auch dem Glück folgen? Ich überlegte kurz, was Sarah sagte. Wieso folgen denn nicht viel mehr Menschen dem Glück, der Freiheit und der Verbundenheit, wenn der individuelle Weg des Glücklichseins doch zum größten Erfolg führt?